富山の文学・歴史散策

立野幸雄

桂書房

はじめに

人々の日々の生活の営みを様々に描いたものが文学作品です。そして、日々の生活の営みは、そこに住む人の自然や文化環境によって大きく影響されます。すると、一つの文学作品をより深く理解するためには、その作品が生まれた土地の自然や文化をよりよく知る必要があります。そこで、作品の文学的特徴ばかりに重点を置いていた従来の見方から、広くその土地の文化環境、特に伝説や民俗も含めた郷土史的な面も加えて再度文学作品を見直そうと思い立ち、朝日新聞富山版で「ぶらり　つれづれ」を隔週連載いたしました。令和元年4月から令和4年9月までの3年半ほどの連載でしたが、本書の「ぶらり・富山の歴史と文学」が、その連載に訂正、加筆したものです。

また、本書の「つれづれ・文学雑感」は、富山ゆかりの文学に関して日頃思っていることを、北陸中日新聞文化欄や『雷鳥』（富山県民カレッジ友の会「雷鳥会」）に寄稿したもので、「とやま幻想」は、文芸誌『弦』（弦短歌会）に寄稿した富山に関わるエッセイに加筆したものです。

富山ゆかりの文学作品については、本書だけでは不十分な点が多く、拙著『越中文学の情景』『富山文学探訪』（共に桂書房）と併せてお読みいただければ幸いです。

目次

2 つれづれ・文学雑感……193

3 とやま幻想……239

1　ぶらり・富山の歴史と文学

【氷見市】

・死骸の前で面を打つ～氷見市朝日本町

雪が降ると高田宏を思い出す。彼は雪をこよなく愛した編集者・作家だった。高田が館長をした「深田久弥《ふかだきゅうや》　山の文化館」（石川県加賀市大聖寺）に招かれ、彼の雪への想《おも》いを語って以来、雪の日には決まって高田を思い起こす。雪に関わって高田が書いた「能面師・氷見宗忠《むねただ》」（『雪日本心日本』所収）が思い浮かび、宗忠ゆかりの上日寺《じょうにち》（氷見市朝日本町）を訪れた。

高岡から雨晴《あまばらし》を経て国道415号で氷見市街に入り、市民会館前交差点を左折、そのまま進むと大銀杏《おおいちょう》の樹が目立つ上日寺に着く。上日寺は白鳳10年（681）創建の真言宗の古刹《こさつ》で、その頃に銀杏が植えられたと言われ、国の天然記念物に指定されている。雪を踏み分け、更に境内の奥へと進み、石段を上りつめると観音堂がある。この観音堂に氷見宗忠がいたと伝えられている。

氷見宗忠は、金剛巌《こんごういわお》の『能と能面』では「越中氷見村朝日山の朝日観音堂に住んでいた僧侶で、つねに能面を打って観音に奉納していたといわれている。（中略）すべて痩《や》せたる面を得意とした人で、老女、痩男《やせおとこ》、痩女《やせおんな》、蛙《かわず》などの作物ではもっとも古いばかりでなく後世にその類を見ない名人である」とあるが、室町時代末期のこの能面師について詳しいことは分っていない。ただし、「蛙（川途《かわず》）」は水死人の面で「痩男」「痩女」は幽霊面である。宗忠には優艶《ゆうえん》な面はなく、死者のような生気《せいき》のない妖しげな面が多い。宗忠はどうしてこのような面を多く打ったのだろうか…。

また、宗忠には奇妙な話が伝わっている。彼は死骸を前にして面を打っていたという。真偽のほどは分からない。能面師・鈴木慶雲《すずきけいうん》は『能の面《おもて》』で「死人の面をうつしたというのは或《ある》いは幽霊面という性質から生まれた伝説的な話なのかもしれませんが、しかしすべての骨《こっ》骼《かく》の点においても、よくリアルに死人の相を写していますから真実かもしれません」と述べている。確かに宗忠が打った面の多くは死人の顔そのもののように見えてくる。

上日寺の観音堂

この宗忠の伝説を題材に杉本苑子《そのこ》は「燐《りん》の譜《ふ》」を描いた。面打ちに行き詰まり、観音堂に引き籠《こ》もった宗忠は、寺の葬式で見た死人の顔が目に焼き付き、吹雪の夜に墓を暴《あば》いて死骸を盗み出し、観音堂で死人の顔の面を打つ。それが「痩男」の面だという話で、この作品などで26歳の杉本は雑誌の懸賞小説に入選し、それが縁で審査員の吉川英治に師事して作家デビューした。雪が降る深夜、人里離れた薄暗い観音堂の細々とした燈火《とうか》の下《もと》で死骸を前に男が一人、死人の顔を模《も》して鑿《のみ》を打つ。思い浮かべただけでも怖気《おぞけ》だつ。

杉本は作品で面打ちを極寒の雪の日にしたが、宗忠作のどの面を見ても、その冷ややかさから雪の季節に打たれたように思えてくる。彼の面は雪国のイメージがする。高田宏は「雪は人の心の襞《ひだ》を深くする。生と死をいつもまっすぐに見せている」とし、「生と死が鮮やかに見すえられる雪の季節が彼に能面を打たせた」、そして「幽霊面を打つには雪のときでなければならなかった」と述べている。雪を愛した人ならではの言葉だろう。

死人の顔を写したか否かは分からないが、宗忠は雪国で〔生と死〕を見据《みす》えていたに違いない。雪に埋もれ、ひっそりと佇《たたず》む観音堂を見ていると、その想いがますます強まってくる。

・天下御免の傾奇者～氷見市阿尾

上日寺《じょうにち》の「瘠男《やせおとこ》」の面に思いを残しての帰路、市民会館前交差点付近で、戦国期のある男のことが不意に頭に浮かんだ。「天下御免《ごめん》の傾奇者《かぶきもの》」と囃《はや》された前田慶次（慶次郎・利益《とします》）である。慶次の逸話と彼に関わる城が近くにあるのを思い出し、阿尾城《あお》（氷見市阿尾）を訪れた。

市民会館前交差点から国道４１５号を能登方面に向かい、中央町交差点から県道３７３号に入り、富山湾沿いの道を進むと湾に突き出て、海側が断崖絶壁の独立丘陵が見えてくる。

その丘陵に嘗《かつ》て阿尾城があった。
前田慶次は面白い男だ。隆慶一郎の小説「一夢庵風流記」を読んで以来、慶次の魅力に囚《とら》われた。近年では原哲夫の漫画「花の慶次―雲のかなたに―」で若者層にも人気がある。彼に関しての逸話には、義叔父の前田利家を騙《だま》して水風呂に入れ、利家の愛馬を奪って前田家を出奔《しゅっぽん》したとか、豊臣秀吉が大名を招いた宴会に紛れ込み、ふざけた猿踊りで座を盛り上げたが、上杉景勝《かげかつ》の前では遠慮していたとか、様々な逸話が、江戸時代の随筆集『翁草《おきなぐさ》』『常山紀談《じょうざんきだん》』『米沢史談』『可観小説《かかんしょうせつ》』などに武辺咄《ぶへんばなし》（武道の体験話）として載っている。だが、その信憑性《しんぴょう》は疑わしい。

県道373号の阿尾城跡口交差点から右に進み、案内板に従うと駐車場があり、「阿尾城址」の石碑が鳥居の前に立っている。城址には現在、榊葉《さかきば》乎布《おふ》神社が鎮座している。阿尾城の築城時期は不明だが、天正年間（1573～92）には肥後の名族菊池氏の末裔《まつえい》とされる菊池武勝《たけかつ》が居城していた。塩照夫の『越中の古戦場を歩く』によると、当初、菊池氏は上杉謙信に従い、後に織田方の佐々成政《さっさなりまさ》に従った。賤《しず》ケ岳の合戦後、成政と前

阿尾城址の石碑

田利家が敵対し、天正12年（1584）に成政が利家の朝日山砦（金沢市朝日町）を急襲し、末森の戦いへと展開する。翌年に利家が6千の兵を率いて阿尾城に進攻すると、菊池は寝返って城門を開き、城外で利家を迎えて前田勢を迎え入れた。この前田勢の中に前田慶次がいた。利家は慶次を城代にして金沢に帰るが、菊池の裏切りに激怒した成政は、守山城の神保氏張《ぼうじはる》に命じて5千の兵で阿尾城を攻めさせた。阿尾城の2千の前田・菊池勢は城外で戦い、苦戦に陥ったが、折良く偵察にきた前田方の猛将・村井長頼《ながより》の3百余りの兵の加勢で勢い付き、戦況は逆転して神保勢は退却した。

富山藩士・野崎雅明《まさあき》の『肯構泉達録《こうこうせんたつろく》』には、成政は菊池の首に賞金をかけ、戦い僅《わず》かの間に両軍それぞれ60騎ほどが討ち死にしたとあり、凄《すさ》まじい戦いだったようだ。鬼神のごとく獅子奮迅《ししふんじん》の活躍の慶次の姿が思い浮かび、小気味《こきみ》よいが、岡本慶雲《けいうん》の『末森（守）記』には、利家の許しもなく城外で戦ったことを、利家が叱責《しっせき》したとも受け取れる文言がある。慶次と利家の仲は良好でなかったらしく、前田家中でも慶次は扱いにくい存在だったようだ。

今福匡《いまふくただし》の『前田慶次』によると、諸説はあるが、慶次は織田信長の重臣・滝川一益《かずます》の一族で、利家の兄・前田利久《としひさ》の養子になったが、信長の命《めい》で利家が前田家を継《つ》ぐと、利久と共に前田家を追われ、後に利家が能登領主になった折りに前田家に帰参したという。連歌に没頭し、前田家を出奔して上杉景勝に仕えたのも、慶次に何か前田家に含む処があったのかもしれない。こんなに美しい海岸線を毎日見ながらも人は戦さで殺し合うとは何と愚かしいことだろう。

・石動山の焼き討ち～氷見市（荒山峠）

好きな富山ゆかりの小説の一つに村上元三の「流雲《りゅううん》の賦《ふ》」がある。能登半島の付け根付近の、富山・石川県境近くにある石動山《せきどうざん》（天平寺）を戦火から守ろうとする檀家《だんか》一族の南北朝時代から江戸時代までの活躍を描いた作品である。その石動山を訪れた。

氷見市の国道160号の稲積交差点から氷見バイパスを北上し、阿尾交差点で左折、県道18号を道なりにカーブの多い山道を25分ほど上ると荒山峠に着く。この峠からの荒山（枡形山《ますがた》）と石動山への尾根筋が、天正10年（1582）に前田利家・佐久間盛政《もりまさ》の連合軍に対して、畠山氏遺臣の温井景隆《ぬくいかげたか》、三宅長盛《みやけながもり》に率いられた越後上杉軍と石動山衆徒の連合軍とが熾烈《しれつ》な戦いを繰り広げた所だ。

石動山は、能登、加賀、越中など北陸7ヵ国に知行4万余石を持つ修験の拠点として栄え、院坊

富山と石川の県境の荒山峠

360余り、衆徒約3千人を有していた。だが、能登の領主畠山氏の内紛《ないふん》に乗じて上杉謙信が能登を侵略、支配し、その後、織田家の前田利家が代わって統治すると、上杉方に味方した廉《かど》で石動山は寺領を5千貫から1千貫に激減された。その不満が募っていた折りに本能寺で信長が殺され、それを好機として石動山は、寺領奪還《だっかん》を目論《もくろ》んで、荒山合戦（石動山合戦）が起きた。

この合戦の経緯を青山克彌《かつみ》「前田利家・利長軍記」と櫻井甚一《じんいち》・他三名による「能登石動山」では次のように述べている。信長の死後、石動山衆徒は上杉景勝《かげかつ》の助勢を得て、氷見女良《めら》浦から上陸してきた畠山氏遺臣が率いる上杉軍と、般若院快存《はんにゃいんかいそん》・大宮坊立玄《おおみやぼうりゅうげん》等が率いる僧兵等、総勢4千3百人ほどが石動山に陣取った。一方、前田利家は佐久間盛政や柴田勝家に援軍を求め、自らは3千の兵を率いて石動山と荒山の中間の柴峠に陣を張り、荒山の出城の攻略後、石動山を攻撃した。佐久間も2千5百の兵で荒山城を攻撃し、温井・三宅らの軍を殲滅《せんめつ》した。翌朝の石動山の攻撃で、利家は衆徒を討滅《とうめつ》し、山内の堂塔・坊舎を悉《ことごと》く焼き払い、一山が灰燼《かいじん》に帰した。この時の火煙を海上で見た越後からの援軍・兵3千の船団は直《ただ》ちに引き返したという。石動山の焼き討ちは、さほど知られていないが、破壊・殺戮《さつりく》の規模では信長の比叡山の焼き討ちに匹敵《ひってき》するだろう。

この戦いを村上元三は「流雲の賦」の〈荒山合戦・一殺多生の章〉で力強く活き活きと描いている。仏の力だけで敵を退散できると信じ、いきり立つ僧兵、だが、その意気込みは戦《いくさ》慣れした前田・佐久間の鉄砲隊の前で微塵《みじん》に砕かれ、累々《るいるい》と屍《しかばね》を重ねていく。猛炎の山中を逃げ惑う僧を撫《な》で切る鎧《よろい》武者《むしゃ》、極楽浄土へ導く聖域が火炎の地獄図に豹変《ひょうへん》する。人々は何のために戦い、仏は何処《どこ》においでになるのか…。

石動山（天平寺）の前に立つと、何の変哲《へんてつ》もない長閑《のどか》な風景が眼前に広がっている。だが、忘れてはならない。戒《いまし》めのためにもこの地で流された悲惨な血の歴史を…。

【小矢部市】

・宮島峡の俊寛～小矢部市久利須

小矢部市民図書館での講演の帰りに宮島峡に寄ってみた。長い間、気に掛かっていた宮島の俊寛《しゅんかん》伝説を確かめたかったからだ。

『平家物語』では、安元3年（1177）6月、後白河法皇とその側近による平家打倒の企《くわだ》て（鹿ケ谷《しかがたに》の陰謀）が発覚し、加担した藤原成経《なりつね》、平康頼《やすより》、俊寛は薩摩の孤島・鬼界ケ島《きかいがしま》に流される。だが、熊野信仰に熱心な成経と康頼は中宮徳子《とくし》〈建礼門院《けんれいもんいん》〉の出産での大赦《たいしゃ》で京への帰還を許されるが、俊寛は島にとり残される〈巻第三「足摺《あしずり》」〉。この後に、成経、康頼の帰京のことが語られ、続いて俊寛の従者・有王《ありおう》が鬼界ケ島を訪れ、俊寛の最後を看取《みと》る「有王」「僧都死去」の章段になる。だが、不思議なことに越中の宮島にこの3人は流されて俊寛はこの地で死んだとの話が伝わっている。

国道8号の桜町遺跡交差点から県道74号を子撫川沿いに宮島に向かう。しばらく行くと左に矢波へ向かう道があり、矢波には奥州行きの義経一行が通った際に弁慶が投げたとされる「弁慶岩」がある。県道74号に戻って更に進むと、対岸に滝之《たきの》社《しゃ》の鳥居が見えて、境内には俊寛が帰京を祈願して挿《さ》した杉箸《すぎはし》が成長したと伝わる大杉（俊寛杉）と、社殿の奥に高さ10メートルの滝がある。熊野権現を信仰した平康頼がこの滝を熊野の那智《なち》の滝に擬《なぞら》え、観音像を祀《まつ》って滝に打たれて流罪放免《ほうめん》を祈願したので観音滝と呼ばれている。

県道206号に入り、久利須《くりす》の「宮島緑の村」に至ると、俊寛の屋敷跡と俊寛の墓と伝わる俊寛塚がある。俊寛らが越中の宮島に流されたのは、成経の義父・平盛俊《もりとし》が前越中国司《まえのえっちゅうこくし》であり、越中と深い関わりがあったからだという。だが、俊寛ゆかりの遺跡は全国に散在していて、その地には俊寛の鬼界ヶ島での物語に似た話が伝わっている。

柳田國男《やなぎたくにお》は「有王と俊寛僧都」〈『物語と語り物』所収〉で俊寛の最後を看取った従者・有王は俊寛の遺骨を高野山に納めた後、蓮華谷《れんげだに》で出家したので鬼界ヶ島での俊寛の話は蓮華谷を本拠とする高野聖《こうやひじり》〈高野山への募金を集めるため全国を巡って勧化《かんげ》・唱導《しょうどう》・納骨などに務

滝之社の観音滝

めた僧〉が語り歩き、その折りに盲僧の琵琶法師《びわほうし》などとも接して各地で伝説化したのではないかと示唆《しさ》している。また、これらの高野聖や時衆（宗）の念仏聖《ねんぶつひじり》、修験者、琵琶法師などの遊行者《ゆぎょうしゃ》（布教や修行で各地を巡り歩く者）は当時盛んだった熊野信仰の強い影響の下で活動していたという。

兵藤祐己《ひょうどうひろみ》は『琵琶法師』で、京での琵琶法師の活動拠点は東山界隈《かいわい》と東の市付近の2箇所で、東山一帯には京近郊の聖《ひじり》が集住《しゅうじゅう》し、また、東の市でも聖、時衆《じしゅう》の念仏聖が盛んに活動していたという。平康頼は帰京後に東山の雙林寺《そうりんじ》に住み、そのことから鬼界ヶ島での成経・康頼の話は東山界隈の聖や琵琶法師に伝えられ、東の市付近の琵琶法師は東の市で活動する聖や時衆の念仏聖が聞き知っている鬼界ヶ島での俊寛の話を聞いて、それら二系統の鬼界ヶ島での話を琵琶法師が語り継いで『平家物語』にまとめられたのではないかと述べている。

俊寛塚のある久利須から能登へと道は続いている。能登は熊野信仰が盛んで、近くに修験の大霊場・石動山もある。熊野系の修験者や語り部、それに琵琶法師などの遊行者らも屯《たむろ》していたに違いない。その者たちが越中側の山裾《やますそ》の宮島峡に俊寛や義経の話を伝え、それがその地の伝説として語り継がれてきたのかもしれない。

・女武者の活躍～小矢部市石坂

長尾為景塚《ためかげづか》（砺波市頼成新《らいじょうしん》）の前に佇《たたず》み、海音寺潮五郎の小説「天と地と」の女武者・松江のことを思い浮かべていると、別の凛々《りり》しい女武者が頭を過《よ》ぎり、車で倶利伽羅《くりから》峠を訪れた。

小矢部市の埴生《はにゅう》から源平ライン（市道源平線）に入る。この道の県境付近の倶利伽羅峠で、平安時代末期の寿永２（１１８３）年、源義仲軍約５千と平維盛《これもり》軍約10万とが戦って義仲軍が大勝した。その時の義仲四天王の一人・樋口兼光《ひぐちかねみつ》が進軍したルートがこの道に当る。道が山道に入る手前に堤池《つつみいけ》（舟山堤）がある。その池の傍らに「巴塚《ともえ》・葵塚《あおい》」の案内板があり、その案内に従って徒歩で池横の道を通り、林の中の坂を上ると巴塚がある。また、その手前の分かれ道から回り込んで別の坂を上ると葵塚がある。鎌倉時代に成立した軍記物語『源平《げんぺい》盛衰記《せいすいき》』で「木曾殿（義仲）には、葵、巴とて二人の女将軍あり、葵は去年《こぞ》の春砺並山《となみ》（砺波山・倶利伽羅峠）の合戦に討れぬ、巴は未在《いまだあり》ときく」とある、巴御前と葵御前の塚である。

巴御前の武勇は『源平盛衰記』の宇治川の戦いでは「強弓《つよゆみ》の手練《てだ》れ、荒馬乗りの上手～軍には一方の大将軍にして、更に不覚《ふかく》の名を取らず。～怖《お》ろしき者にて候」と敵将の言葉で語られ、『平家物語』の「木曾の最後」では、敵方の騎馬武者を馬から引き摺《ず》り落とし、自らの鞍《くら》の前輪《まえわ》に押し付け、首をねじ切る場面が描かれている。だが、巴の容貌《ようぼう》について同書は「巴は色白く髪長く、容顔まことに優れたり。」とも記しており、その剛勇無双の美女武者ぶりは海音寺の「天と地と」の美女武者の松江に重なってくる。

『平家物語』では「木曾殿は信濃より、巴・山吹《やまぶき》とて、二人の便女《びんじょ》を具せられたり。」とあり、『源平盛衰記』ではこの二人の女武者に加えて「葵」もいて、義仲のそばには、〔巴、葵、山吹〕の3人の女武者がいたことになるが、巴の活躍ばかりが喧伝《けんでん》され、他の二人になるとあまり知られていない。素性も、巴は中原兼遠の娘、樋口兼光・今井兼平の妹などと説明されるが、他の二人になると全く分からない。だが、三人とも鎌倉時代に編纂《へんさん》された幕府の公的史書『吾妻鏡《あづまかがみ》』には全く記されていなく、架空の人物だと説く研究者もいる。

この三人を吉川英治は小説「新・平家物語」でうまく絡ませて描いている。義仲・巴の夫婦の前に現れた葵（参陣した武士の娘）は義仲の心を奪い、巴と葵は互いに恋の火花を散らす。その間、義仲はまたもや葵の従者の雑兵の山吹に心を移し、倶利伽羅峠での戦いの最中、葵は、嫉妬に狂った山吹の放つ毒矢を受けて倒れ…。まさに義仲をめぐる三つ巴《どもえ》の女の戦いである。だが、義仲の妻は巴ではない。『平家物語』などによれば、義仲は都

巴塚

で藤原基房《もとふさ》の娘・伊子《いし》を正妻にした。義仲の死後、伊子は公卿・源通親《みちちか》の側室となって、曹洞宗開祖の道元を生んだと伝わっている。ちなみに、巴の兄と伝わる樋口兼光の子孫が、戦国末期から江戸時代初期に上杉景勝《かげかつ》に仕えた直江兼続《なおえかねつぐ》だという。

素性《すじょう》の曖昧《あいまい》な巴御前らとは別に、同時代に実在した女武者として板額《はんがく》（坂額）御前がいる。『吾妻鑑《かがみ》』には建仁元年（１２０１）に越後で源頼家《よりいえ》に抗して城《じょう》一族が挙兵した折り、幕府軍に抗して奮戦する板額の活躍が記されている。巴御前と板額御前の活躍は似通う点が多く、案外、巴御前は板額御前をモデルとしているのかもしれない。それはともかく、当時の甲信越地方は、女性も武芸に励み、戦闘に秀でた女性が多くいたのだろう。そのことが、巴御前らの女武者の話を語り継がせ、海音寺も「天と地と」に松江のような越後の剛勇無双の美女武者を登場させたのだろう。

・火牛の計の真偽〜小矢部市猿ヶ馬場

小矢部市にある巴《ともえ》塚と葵《あおい》塚を見て源平ライン（市道源平線）に戻ると、ふと友人の映画談を思い出した。彼は近頃上映されたインド映画「バーフバリ　王の凱旋《がいせん》」の戦いのシーンに「火牛《かぎゅう》の計《けい》」があったと興奮気味に話していた。その話から思い立って倶利伽羅峠《くりからとうげ》の平家本陣跡を訪れた。

源平ラインを矢立、源氏ケ峰へと山道を進み、平家本陣跡の猿ケ馬場《さるがばば》へ着くと、角《つの》に松明《たいまつ》を結び付けた勇ましい二頭の牛の像が迎えてくれた。火牛の像である。『平家物語』の異本の一つ『源平盛衰記《げんぺいせいすいき》』では、義仲が火牛の計で、角に松明を括《くく》り付けた5百頭ほどの牛を平家の陣に追い放ち、混乱した平家方に夜襲をかけて大勝したと伝えている。倶利伽羅合戦の圧巻の場なのだが、『平家物語』にはそのことに触れてはいない。そのためか、火牛の計は中国の故事を下敷きにして、後に潤色《じゅんしょく》されたものではないかと疑問視されている。

「火牛の計」とは、中国の戦国時代末期、斉国が、燕国の名将・楽毅《がっき》によって滅亡寸前まで追い込まれた折り、籠城《ろうじょう》中の斉国の将・田単《でんたん》が千頭の牛の角に剣を縛りつけ、尾に括りつけた油を染み込ませた藁《わら》に火を点《つ》けて、敵陣に追い払い、撃退した時の戦法である。田単は牛の尾に火を点けたが、義仲は牛の眼前で松明を燃やしたので、火を恐れる牛の動揺で前方敵陣への突進は難しいと力説する者もいるが、一概《いちがい》にそうとは言えない。共和政ローマとカルタゴが戦った第二次ポエニ戦争中の紀元前２１７年、ローマ軍に前進を阻《はば》まれたハンニバルが率いるカルタゴ軍は４千頭の牛の角に蒔《まき》を結び付け、それに火を点けて

火牛の像

夜襲をかけ、ローマ軍の陣を翻弄《ほんろう》して脱出した例（アゲル・フレルヌスの戦い）もある。

また、倶利伽羅合戦の火牛の計に関わって興味深い話が伝わっている。義仲に火牛の計を進言したのは、越中武士団の宮崎太郎だと言われているが、義仲没落後、彼は本拠地・朝日町宮崎に帰り、その30年後に承久の乱が起こる。その時、宮崎太郎の孫とも言われる宮崎定《さだ》範《のり》が宮崎党を率いて後鳥羽上皇側に組みし、北陸路から上京する北条朝時《あさとき》が率いる幕府軍を親不知《おやしらず》の市振《いちぶり》浄土で阻止する。その守備が鉄壁《てっぺき》で、困り抜いた幕府軍は数十頭の牛の角に松明を結び付けて夜襲したという。祖父・宮崎太郎が倶利伽羅峠で進言した火牛の計で孫の宮崎定範が、今度は平氏の末裔《まつえい》・北条朝時に敗れたとは皮肉なことだ。このことは『北条九代記』『加越能三州志』などに載っているが、疑う研究者も多い。

火牛像を見ていると、小田原駅前の「北条早雲公像」が思い浮かんできた。早雲の傍らに松明を角につけた牛群がいた。江戸時代の軍記物語『北条記（小田原記）』には、明応4年（1495）、早雲が伊豆韮《にら》山から箱根を越え、小田原に進出した時、牛の角に松明を結んで大軍の夜襲に見せかけて小田原城を攻略し、その後の約百年に渡る後北条氏の関東支配の礎を築いたという。友人は好評のインド映画に火牛の計があったと騒いでいたが、火牛の計は義仲の専売特許《せんばいとっきょ》ではない。そう思って火牛像を見ていると、火牛像が生気《せいき》を宿し、襲ってくるように見え、慌てて源平ラインを引き返した。

※「バーフバリ　王の凱旋」

２０１７に日本公開。戦士バーフバリの壮絶な愛と復讐の物語で、インド映画史上歴代最高興収と、日本でのロングランヒットを記録した。

・峠の廃屋の怪～小矢部市天池

倶利伽羅峠《くりからとうげ》から源平ライン（市道源平線）を下る途中、矢立《やたて》に車を止め、天池の茶店跡を訪れた。陽が陰《かげ》りだし、人気《ひとけ》のない薄暗い林の中の道を歩くと、現世から一歩一歩遠退《とおの》き、別世界へ入り込んで行くような気がする。

峠の茶店を訪れた境三造《さかいさんぞう》もこんな気持ちだったのかと思うと身震《みぶる》いがする。境三造とは泉鏡花の小説「星女郎《ほしじょろう》」の主人公で、彼が訪れた茶店は小説では火牛像の立つ猿ヶ馬場《さるがばば》にあるのだが、現在では公園となっていて昔日の面影は全くなく、むしろ天池の茶屋跡付近が鏡花が描く奇怪な茶店の雰囲気を漂わせている。

「星女郎」は奇妙な小説だ。鉄道の倶利伽羅トンネル開通以後、峠を経ての旧道は人跡が絶えたが、峠には廃屋《はいおく》同然の茶店が一軒残っている。その茶店に妖しげな女が棲《す》みつき、女の許《もと》に時たま妖艶《ようえん》な貴婦人が訪れてくる。その茶店へ金沢から富山へ帰省する学生・三造が立ち寄り、二人の妖女のおぞましい姿を垣間見《かいまみ》る。

女同士は女学校からの親友で、貴婦人は女学生の頃から多くの男に言い寄られ、あげく男たちの生魂《いきたま》（生霊《いきりょう》）が女の体に入り込み、女を奪おうと互いに争う。その度、女は苦しみ喘《あえ》ぎ、それを見かねて親友の女が念を込めて生魂の男たちを絵に描き、絵の中で殺すと、実際に男たちは息絶える。貴婦人は助かったものの、絵で男を殺す喜びを知った女は次々と絵を描いて男を殺す。その女の姿に危惧《きぐ》を覚えた貴婦人は峠の廃屋を買い取ってその女を幽閉《ゆうへい》する。その二人の妖女のいる廃屋の茶店に三造が訪れる。そして、その夜……。

峠（天池）の茶屋跡の碑

「星女郎」を執筆中に妻・すずが入院、手術をし、愛妻家の鏡花の動揺は甚《はなは》だしく、その妻の苦しむ姿を「星女郎」で生魂に取り憑《つ》かれて苦しむ女の姿に投影したとも言われている。また、鏡花は「星女郎」の男版を大正14年（1925）の「鎧《よろい》」の前半部で富山町（富山市）滞在中の話として描いている。女たちに恋慕されている男に、女たちの生魂が取り憑き、男は苦痛のあまり、神通川の神に除霊を願うが、その神から……。鏡花は霊魂の存在を本当に信じていたらしい。

　鉄道の倶利伽羅トンネル開通に関わっての作品がもう一つある。石動町在住の作家・畷文《なわてぶん》兵《ぺい》の「遠火《おび》の馬子唄《まごうた》」（昭和31年）である。倶利伽羅峠を通る駅逓《えきてい》（郵便）馬車の元締めの娘をめぐって二人の男が決闘する。勝者は娘婿となって元締めになるが、数年後、トンネル開通で駅逓馬車が廃止と決まり、廃止交渉に出向いた元締めの男の前に現れた交渉相手の官吏は、そして、その官吏の最後は……。人生の最終勝者・敗者は誰かを考えさせる秀作である。この作品は講談倶楽部賞を受賞した。受賞に際し、5人の審査員の4人が畷を推したが、遅れてきた審査員の海音寺潮五郎《かいおんじちょうごろう》が強引に司馬遼太郎《しば》の「ペルシャの幻術師」を推したので、両者受賞となったという。当時、畷も司馬も新聞記者でこの受賞で両者は作家デビューをし、その縁で二人の交友は終生続いた。3年後に司馬が「梟の城《ふくろう》」で直木賞受賞、翌年に畷が「妖怪蟇《がま》」で直木賞候補になって将来を期待されたが、病床についた。畷は病の中でも書き続けた。この二人をみるにつけ、人生の最終の勝者・敗者とは何かを考えさせられる。

茶店跡はすっかり暗くなっていた。この闇の中には何が身を潜めているのだろうか……。

【砺波市】

・謙信の宿怨の地〜砺波市頼成新

夜半過ぎ、眠れぬまま、本棚から無作為《むさくい》に一冊の本を抜き出すと、海音寺潮五郎の『天と地と』だった。そのまま読み耽《ふけ》り、夜が明けきると、朝食もそこそこに小説の舞台の一つ、高岡市南部から砺波市東部に広がる般若野《はんにゃの》と栴檀野《せんだんの》を訪れた。

般若野は、和田川が砺波市増山から高岡市中田に入る増山城の麓《ふもと》に広がる地域で、隣接する梅檀野は般若野より高台の、西は庄川、東は砺波市正権寺、頼成、福岡、芹谷《せりたに》に広がる地域だ。現在は穏やかな田園地帯だが、平安時代末期の源平の戦いでは、源義仲に呼応した今《いま》井兼平《いかねひら》と平盛俊《たいらもりとし》とが激突し、戦国時代には越後守護代・長尾能景《ながおよしかげ》、その子為景《ためかげ》、さらにその子景虎《かげとら》（上杉謙信）ら三代に渡ってこの地に侵攻し、増山城に拠《よ》る神保《じんぼ》氏や一向一揆勢らと激しく戦った。また、佐々成政《さっさなりまさ》も増山城を攻略し、その後に増山城を普請している。この地域は夥《おびただ》しい血が土に染み込んでいる。

　富山市から西へ国道359号を進み、千光寺前を通り過ぎて直ぐに旧道に入ると、左に梅檀野神社、右は砺波の市街が一望でき、砺波市頼成新《らんじょうしん》の和田川導水路の縁の田の中に「長尾為景塚」がある。塚の中央には「紅花や猛将女傑《じょけつ》の夢のあと」（作・佐藤助九郎）の句碑が立っていて、昭和44年（1969）春の句作と刻まれている。海音寺の小説を元にした同名のNHK大河ドラマがその年に放映されていることから、「女傑」とは海音寺が創作した登場人物「松江《まつえ》」のことに違いない。美貌の上、男勝りの怪力の持ち主で、謙信の父・長尾為景の側室として従軍する豪快な女性である。ドラマでは松江を有馬稲子が演じていた。

　小説「天と地と」では為景は、当時越後側の支配下にあった放生津《ほうじょうづ》城（今の射水市）を攻めた越中地侍《ぢざむらい》と一向一揆勢を追い払い、数日後、兵を繰《く》り出してきた一揆勢とこの梅檀野で戦う。だが、一揆勢が前もって掘っていた数十の落とし穴に、長尾勢は騎馬諸共《もろとも》に陥《おちい》り、軍勢は大混乱となる。為景は乱戦の最中《さなか》に討ち死にするが、この時、「中一段を紫革《むらさきかわ》で縅《おど》した鎧《よろい》に半月の前立《まえだて》を打った冑《かぶと》を着た」美女武者が馬で駆けつけ、為景を助けようと片鎌《かたかま》の槍で大暴れをする。それが松江である。

ところで、江戸時代後期に加賀藩士がまとめた史書『越登賀三州志《えつとかさんしゅうし》』や、『本朝通鑑《ほんちょうつがん》』『長尾系図《けいず》』では、栴檀野（芹谷野）の戦いについては天文14年（１５４５）のことで、この時に75歳の為景が戦死したと記しているが、他に同9年、同7年など様々な説があるとも記している。近くの千光寺には為景の位牌《いはい》も伝えられているのだが、越後の『上杉謙信公年表』には天文5年（１５３６）に病死し、越後の林泉寺に葬るとの史料もあり、婦中町牛《うし》滑《なめ》にも為景の遺墳があり、本当のところは分からない…。

一方、謙信の祖父・能景が永正3年（１５０６）に増山城を攻めた折り、般若野で一向一揆勢と戦って討ち死にしたのは確かなようだ。裏切った神保勢に背後から攻められ、奮戦の最中、全身返り血で血だるまになって死に、その死を敵将の神保良衡《よしひら》が悼《いた》み、能景の首と胴体を繋《つな》いで戦場近くに手厚く埋葬したと伝えられている。それが頼成新から増山へ行く途中の、為景塚《づか》の東１８０㍍の民家の敷地内にある能景塚である。

長尾為景塚

為景がこの地で戦死していたのならば、謙信にとって、この地は祖父・父がいずれも無念の最後を遂げた宿怨《しゅくえん》の地で、謙信の復讐戦は凄《すさ》まじかったに違いない。だが、爽やかな栴檀野の風に吹かれていると、血生臭《ちなまぐさ》い場面より、松江の美しく凛々《りり》しい騎馬姿ばかりが目に浮かんでくる。

・抗争の川～砺波市庄川町小牧

大学で講義を終えると学生がやって来て授業で聞いた作家に幼い頃に会ったという。その学生は砺波市の庄川町出身で、その作家・山田和《かず》は、林業を営んでいた祖父の家に木材の流送《りゅうそう》（川流し）について尋ねてきたという。

山田和は砺波市生まれのノンフィクション作家だ。彼が庄川流木事件を題材に書いた長編小説「爆流《ばくりゅう》」を思い出し、その舞台となった小牧ダム（同市庄川町小牧）を訪れた。

示野の「道の駅庄川」から国道１５６号を岐阜方向に15分ほど南下すると小牧ダムがある。高さ約79メートル、幅３００メートルの曲線重力式ダムで、竣工《しゅんこう》当時には東洋一の規模を誇った。訪れた時、ダム周辺には人影がなく、静寂というより時間がどんよりと滞《とどこお》り、寂寞《せきばく》感が漂っていた。だが、建設当初、このダムと上流の祖山ダムに関わって「慣行水利権《かんこうすいりけん》（河川の流水を排他独占的に使用する権利）」をめぐって木材会社と電力会社の間で激しい抗争が繰り広げられた。

現在の氷見市の生まれで、財閥を一代でつくり上げた浅野総一郎は、大正2年（1913）に庄川を訪れてダム式発電所の建設を思い立ち、同5年（1916）に庄川の水利権（流水を排他的に利用する権利）使用を県に出願し、同8年（1919）に県の認可を受け、電力会社を設立して、同15年（1925）から建設に着工する。だが、藩政期以来、飛騨から切り出した木材を庄川の流れを利用して輸送してきた人々にとって、ダム建設は死活問題で、地元の木材会社は庄川の慣行水利権を主張し、直ちに県に対して工事取り消しの行政訴訟を起こした。それ以来、電力会社と木材会社、それに木材会社の内部分裂も絡み、抗争は激化し、昭和5年（1930）には国会で問題とされ、全国的に注目を集めた。この抗争の中で同年に小牧ダムが完成し、この間にも行政訴訟や民事訴訟が繰り返され、泥沼状態になっていた。だが、昭和8年（1933）に国や富山・岐阜両県知事の斡旋《あっせん》で和議調停が成立し、訴訟は全て取り下げられて和解に至った。この間、約8年間に及んだ。

この庄川流木事件を題材にして多くの作品が生まれた。高見順の「流木」昭和12年（1937）、三島由紀夫の「山

小牧ダムの堰堤

の魂」昭和30年（１９５５）、源氏鶏太の「青春の旅」昭和34年（１９５９）などだが、山田和の長編「爆流」平成14年（２００２）が群を抜いて秀でている。戦時体制強化のために電力の重要さが叫ばれている折り、主人公は中国に中国人の妻子を残して帰国し、電力会社の運材の仕事に携わる。その後、地元新聞の記者となり、抗争裏の不正を告発して健筆《けんぴつ》を奮《ふる》うのだが、そこに主人公と山村の旅館の若い女主人との恋愛を加えて話に彩《いろど》りを添えている。だが、「爆流」の真の主人公は庄川とその周辺の自然であろう。ダム工事によって刻々と変《へん》貌《ぼう》する庄川と自然の姿に、時流に弄《もてあそ》ばれる人々の営みを映し出している。

山田はこの作品を書くに当たり、短い時で３泊、長い時で１週間に渡り、森の中にテントを張って現地取材を11回も行い、また、事件の関係者への取材、公文書、訴訟文、判決文、大正15年（１９２５）から昭和９年（１９３４）までの地元の新聞記事、それに土木、木材関係の雑誌などと膨大な資料を読破、駆使して描き上げたという。事件の詳細な経緯と、精《せい》彩《さい》に富んだ庄川周辺の自然の描写には驚嘆する。

小牧ダムの堰堤《えんてい》に立つと、浅野総一郎が庄川を見て言ったと伝えられる言葉「おお、黄金が流れる。黄金が流れている」を思い出す。庄川は人の欲心を誘う「黄金」で汚され、神通川はカドミウムでの他者を思いやらぬ心で汚された。人はいつまで性懲《しょうこ》りもなく自然を汚《けが》すのだろうか…。

・西行の来訪～砺波市庄川町三谷

南砺市井波からの帰り、庄川に架かる雄神《おがみ》橋を渡り、流れに沿って右岸の県道11号線を砺波方向に向かって三谷交差点を過ぎると右手にバス停がある。その傍らに桜の木・石碑・案内板がある。案内板には「西住塚」とあり、以前、この辺りに「西行桜」と「西行庵《あん》」があったという。歌人の西行とその随従《ずいじゅう》者・西住に関わりがある所のようだ。

西行に仮託《かたく》された中世の説話集『撰集抄《せんじゅうしょう》』の巻三・四・七には西行が〈越の方へ〉三度出向いたとしているが、本当に西行は越中を、この三谷を訪れているのだろうか…。

加賀藩山廻役《やままわりやく》・宮永正運《みやながしょううん》の『越之下草《こしのしたくさ》』では、西行が諸国行脚《あんぎゃ》で三谷を訪れた際に、この地を故郷とする随従者の西住が病で死んだので、塚を築き（西住塚）、石碑を建て、桜を植え（西行桜）、菩提《ぼだい》を弔《とむら》う庵《いおり》（西行庵）を結び、西行もしばらく住んだという。その折りの西住臨終の際の西行の歌一首、庵での西行の歌二首、西住の歌一首を『越之

西住塚

下草』に載《の》せている。更に慶長16年（1611）に大清水村（現・高岡市）に前田家の御亭《ごてい》（邸宅）を造った折りに、誤って三谷の石碑が持ち去られたまま返されず、現在も大清水の永願寺境内にあり、三谷の碑は代石として建てたものだという。同様の話が尾崎康工《おざきこうこう》の『西住墳《さいじゅふん》記《き》』、森田柿園《もりたしえん》の『越中志徴《えっちゅうしちょう》』にも載っている。

だが、疑問が残る。『北陸の民俗伝承』で松本孝三《こうぞう》は、『越之下草』の西住臨終の際の西行の歌は『山家集』の「雑」部に、庵での西行の歌二首は『山家集』の「春」部と初句をすげ替えた歌が「雑」部に、西住の歌は二句目に錯誤があるが『千載《せんざい》和歌集』の「巻17雑歌中」にあり、西行・西住の古歌を使って両者をこの地に結び付けて創出したようだとし、三谷は西行と関わりある徳大寺家の般若野荘《はんにゃのしょう》（荘園）にある機縁によるものだろうと述べている。出家前の西行（佐藤義清《のりきよ》）は鳥羽院の北面《ほくめん》の武士で、徳大寺家の家人《けにん》（家臣）でもあり、徳大寺家とは出家後も親交があったことからの結び付けなのであろう。

また、松本文雄は『西行の影の人西住を探る』で、西行と徳大寺家との関係に加え、高野山参詣道《さんけいどう》の三谷坂経由の起点が紀ノ川の川津（川の船着き場）の「三谷」で、その川下に西行の生まれ育った、佐藤家の根拠地・田仲庄があることから、富と名誉、妻子を捨てて出家し、自らの予言通りに「桜の花の咲く頃に」死期を迎えた西行の遁世《とんせい》・往生《おうじょう》に共感・憧憬《どうけい》を抱いた高野聖《こうやひじり》や時衆の念仏《ねんぶつ》僧たちが「三谷」の地名にあやかって二人を結び付けて、勧進《かんじん》の手段としたのではないかと述べている。

他に元々経塚の板碑《いたび》（石卒塔婆《そとば》）だったものが時衆の影響で供養塔になり、それに西行伝説などが加わって西行塚・西住塚へと変貌《へんぼう》したとの説もある。西住は出家前の名が源季正《すえまさ》（政）といわれるが、その家系も越中との関わりも判然としなく、西行の越中訪問も定かでない。伝説は庶民の期待を容《い》れて生まれ、身近なものになる。それを意図的に利用して啓蒙《けいもう》する者たちもいるが、虚偽《きょぎ》と目くじらを立てるのではなく、それを楽しむのも一興だろう。

・深山の秘めた歴史〜砺波市庄川町隠尾

小説を読むとその舞台になっている土地へ行きたくなる。それが県内であるとなおさらで、これまで気に掛かりながら、なかなか訪れられなかった所がある。隠尾《かくりょう》（南砺市庄川町隠尾）である。

砺波市の市街地から国道156号を神岡方向へ金屋トンネルを通り、二股の道を左の国道471号に入る。そのまま藤橋を渡り、左折して県道347号の細く曲がりくねった山道を上ると隠尾に辿《たど》り着く。隠尾は水上勉の小説「その橋まで」での主要な舞台である。刑務所を仮釈放された男の許《もと》に幼馴染《おさなな じ》みの女が訪ねてくる。その女と一夜を過ごすが、後に女は殺害され、疑いが男に掛かる。刑事の執拗《しつよう》な追及はあるが、やがて真犯人は捕まったものの、男は女の供養《くよう》のために故郷の隠尾を訪れる際に新たな事件に巻き込まれ、再び刑務所に舞い戻る。男が道を外して刑務所に入ったのも幼い頃の隠尾での事件のせいで、再び刑務所に送られたのも隠尾に帰ったことからである。水上は隠尾を程々《ほどほど》に豊かで穏やかな山村として描いているが、実際の隠尾は山深く苛酷《かこく》な環境の地で、小説舞台としては藤橋を渡った隠尾への上り口の庄川沿いの村をイメージしているようだ。また、隠尾を「かくりょう」と呼ぶのには面白い話が伝わっている。

現在、隠尾は廃村だが、かつての集落の入り口に隠尾八《はち》幡宮《まんぐう》がある。『庄川町史・上巻』には、隠尾八幡宮裏の大杉のある丘陵が第98代（南朝第3代）長慶《ちょうけい》天皇の御陵《ごりょう》ではないかとの説が記されている。その根拠は長慶天皇親筆《しんぴつ》の般若心経が高野山金剛寺にあり、その裏の折目に「長慶天皇は河内を出て、淡路より九州を経て越中に移り、約5年滞在して崩御《ほうぎょ》。亡骸《なきがら》は越中国庄川の出口、南部の里に葬られた」との文があるからだという。それに隠尾を「かくりょう」と読むのは北朝の目から逃れるための「隠陵（隠れた御陵）」に由来しているからだという。だが、長慶天皇については南朝不振の頃で史料が乏しくて不明な点が多く、長慶天皇の御陵と称されるものも全国各地にあり、隠尾の地が長慶天皇の御陵か否かの真偽のほどは分から

隠尾八幡宮

ない。
隠尾八幡宮から更に集落跡へ進むと、隠尾城（居館）跡がある。南部氏が築城し、幾代にもわたって治めてきたが、築城年代は定かでない。鉢伏山麓《はちぶせさんろく》のこの地は、現在では山深く深《しん》閑《かん》としているが、かつては鉢伏峠《とうげ》を経て旧砺波郡と旧婦負郡とを結ぶ間道が通り、尾根伝いに五箇山、飛騨へも抜けられる要衝《ようしょう》の地でもあった。そのため戦国期には戦火に見舞われている。

塩照夫の『越中の古戦場を歩く』によると、越中で神保《じんぼ》氏と勢力を競っていた椎名《しいな》氏が、永禄３年（１５６０）、越後の上杉謙信に援助を求め、謙信はそれに応じて越中に侵攻し、富山城の神保長職《ながとも》を増山城（砺波市）へ追いやり、更に追撃したので、神保長職は増山城も捨てて五箇山へと敗走した。その折り、隠尾城主の南部《なんぶ》源左衛門《げんざえもん》尚吉《ひさよし》は長職に与《くみ》してこの城で謙信と戦って敗れ、討ち死にし、子の源右衛門《げんうえもん》は飛騨へと逃れた。この戦いでの南部方の兵数は２百人ほどで謙信方の兵数の10分の１にも満たなかったと伝わっている。後に源右衛門は隠尾に戻り、城跡の脇に館を構えたというが、今はその館跡もない。

人里離れたこんな山奥で血で血を洗う戦いがあったとは、まさに「つわものどもが夢の跡」で感慨深いものがある。

【南砺市】

・田屋川原の戦い～南砺市田屋（福野）

福光での講演を終え、県道27号で井波の瑞泉寺《ずいせんじ》へ向かう途中、山田川の田屋橋を渡ると、橋の袂《たもと》の案内板に目が止まった。この辺りは田屋川原の古戦場跡だった。

案内板によると、文明13年（１４８１）２月、加賀の守護・富樫政親《とがしまさちか》の弾圧で加賀一向宗徒が越中に逃げ込み、瑞泉寺を拠点としたので、政親は内々に福光城主・石黒光義《いしぐろみつよし》に瑞泉寺を焼き払うように要請した。石黒も一向宗徒に危惧《きぐ》を抱いていたので、医王山惣海寺《いおうざんそうかいじ》衆（天台宗）と共に総勢１６００人ほどの軍勢で瑞泉寺討伐に向かった。一方、瑞泉寺も、五箇山、般若野《はんにゃの》、射水郡などの一向宗徒の援軍を得て、総勢5千人ほどで石黒軍を山田川で迎え撃った。戦いの最中、瑞泉寺の別動隊の加賀の湯涌谷《ゆわきだに》の一向衆が手薄《てうす》の惣海寺や福光城下を焼き払ったので石黒軍は総崩れとなり、敗北したとある。この戦いで石黒光義は安居寺《やすいじ》に逃げ込み、家臣16人と共に自刃《じじん》し、惣海寺は灰燼《かいじん》と化し、砺波郡は一向宗徒の勢力地となったという。

田屋川原の戦いは史料に乏しく、瑞泉寺の「闘諍記《とうじょうき》」（『富山県史　史料編Ⅱ』所収「付録Ⅱ」）しかなく、それには後世の書き込みもあり、確かなことは分からない。久保尚文は『勝興寺《しょうこうじ》と越中一向一揆』で、この戦いは加賀が発端で、加賀での守護と一向宗徒との抗争を把握していないと経緯を理解するのは難しいと指摘しているが、その通りだろう。

加賀では、守護の富樫氏の家督相続《かとくそうぞく》争いに浄土真宗門徒が本願寺派と高田派に分かれて参戦し、高田派を駆逐《くちく》して本願寺派が勢力を得たものの、その本願寺派を家督相続した守護が支配を強めるために弾圧した。一方、越前の吉崎御坊《ごぼう》の蓮如《れんにょ》は息子の蓮乗《れんじょう》、蓮綱《れんこう》、蓮誓《れんせい》らを松岡寺、二俣本泉寺、土山御坊、瑞泉寺などの加賀・越中の有力寺院に配し、加賀・越中での布教活動を精力的に行っていたので、加賀で弾圧された門徒の多くは越前ではなくて越中へ逃げ込み、その本願寺派（一向宗）の拡大を恐れて越中の地侍《ぢさむらい》が鎮圧しようとしたのである。この間を作家の北方謙三《きたかたけんぞう》は「魂の沃野《よくや》」で描いている。加賀の地侍の主人公は、本願寺派が加勢する富樫政親に組みし、高田派の加勢する政親の弟を滅ぼす。政親が守護になると、本願寺派の宗徒や不服従の地侍は守護に弾圧され、多くは越中に逃げ込む。だが、主人公は本願寺派の宗徒と共に加賀で戦い、政親を自刃に追い込む。乱世に生きる人々の姿が生々《なまなま》しく描かれ、田屋川原の戦いの生じた経緯《いきさつ》もよく分かって面白い。

何の変哲もない目前のこの川原で血が流れたとは、信仰が絡んでいるだけに言い様のない虚《むな》しさに襲われる。

田屋川原古戦場跡

・鬼平の第二の故郷～南砺市井波

昨年の暮れに二代目中村吉右衛門《きちえもん》が亡くなったが、その報せを聞いて思わず「鬼平《おにへい》が死んだのか…」と唸《うな》ってしまった。それ以来、「鬼平犯科帳」をはじめ、池波正太郎の作品を頻《しき》りに読んだせいか、やたらと池波の気配《けはい》を感じたくなり、池波ゆかりの井波を訪れた。

池波の父方の先祖が天保《てんぽう》（１８３０年代）の頃まで井波で宮大工をしていたことから、彼は昭和56年（１９８１）10月25日、58歳の時に初めて井波を訪れて、井波がよほど気に入ったらしく、67歳で亡くなるまで6回も訪れている。井波のことは、最初の訪問から3ヶ月後に早くも随筆「越中・井波―わが先祖の地」で発表し、61年（１９８６）の長編「秘密」、平成元年（１９８９）の鬼平犯科帳・最終回「ふたり五郎蔵」、それに昭和58年（１９８３）から8年間連載された「池波正太郎の銀座日記」に10カ所ほど、昭和59年（１９８４）『食卓のつぶやき』の「越中・井波」でも触れている。

池波が先祖の地へ初めて赴《おもむ》いたのは、井波歴史資料館の当時の館長・岩倉節郎の熱心な井波への勧誘によるものだという。最初の訪問で岩倉から池波の先祖と親戚だった池尻屋《いけのしりや》（池波）宗七《そうしち》が住んでいた地を教えられ、本通りの造り酒屋や女性の木彫師の家を見学し、瑞泉《ずいせん》寺《じ》の客間で精進料理《しょうじんりょうり》も馳走《ちそう》になった。また、食通の池波ゆえ、本通りの甘泉堂《かんせんどう》のカステラの旨《うま》さを堪能《たんのう》し、利賀の仕出し屋「尾の上」の山菜や山芋つなぎの蕎麦に舌鼓《したつづみ》を打ち、割烹《かっぽう》「丸与《まるよ》」の料理を満喫《まんきつ》した。加えて純朴な子どもの姿や井波の人情の深さに胸打たれて故郷のように思い、それ以来、井波をしばしば訪れるようになった。井波での定宿《じょうやど》は、岡本太郎や白洲《しらす》正子なども贔屓《ひいき》にした瑞泉寺真向かいの東山荘で、山門に面した2階の「藤の間」で眠り、朝は6時に道一つ隔てた鐘楼《しょうろう》の鐘の音で目が覚めたという。

　また、「池波正太郎ふれあい館」の大和秀夫解説員の「気遣《きづか》いのいらん先生　本当に井波をかわいがった」（『北國文華』第86号所収）によると、池波は、井波を訪れるつど、地元の本屋や文房具店で自分の本や色紙を買い占め、それにサインをして土産《みやげ》にし、取材旅行では常に夜10時に部屋に入るのに、井波の人らとは深夜遅くまで酒を酌み交わしたという。気を許した昔なじみと再会を楽しむように寛《くつろ》いでいたようだ。「ふれあい館」に展示してある書簡や、自筆絵画、色紙、写真等を見ると親密な交流の様子が分かり、池波の気配《けはい》がひしひしと伝わってくる。「晩年、井波に住みたい」と池波は言っていたらしいが、そうなれば、鬼平や秋山小兵衛らが井波にやって来て、新たな物語が井

池波正太郎ふれあい館内

波で始まったに違いなく、今更《いまさら》ながら池波や吉右衛門の死が残念でならない。

・夜叉ケ池の龍神～南砺市城端

篠田正浩監督の映画「夜叉ケ池《やしゃがいけ》」で若い頃の坂東玉三郎の妖艶《ようえん》な龍神《りゅうじん》・白雪姫に見惚《みと》れていると、この映画のロケ地の一つが縄ケ池《なわがいけ》だったのを思い出し、急ぎ城端（南砺市）へと向かった。

城端の市街から国道304号を五箇山方面へ向かい、縄ケ池への案内板で林道高清水線に入り、縄ケ池へと進む。進むにつれ、この道を驟雨《しゅうう》の中、ばんどり（大蓑《おおみの》）を着た農民たちが縄ケ池の龍神に雨止めを願いに歩いている姿が目に浮かんだ。岩倉政治《いわくらまさじ》の小説「田螺《たにし》のうた」の冒頭部分の光景である。岩倉は、縄ケ池の龍神伝説と、宝暦《ほうれき》7年（1757）に起こった城端騒動（北市騒動）を題材にして「田螺のうた」を描いた。

縄ケ池の龍神は、金属を忌《い》み嫌い、池に金属を近づけると怒って豪雨と洪水をもたらすという。この伝説に、数年来の天候不順での不作と、宝暦7年6、7月の城端地方の洪水での米価高騰《こうとう》が絡《から》んで農民一揆が起こり、城端の米屋数軒が打ち壊《こわ》された。これが城端騒動である。この騒動を宝暦年間に書かれた『川上農乱記』では次のように記している。

数年来の水害などでの不作は、城端の米屋が雨乞《あまご》いをして米価高騰を企《たくら》んだせいで、6、

7月の洪水も米屋が縄ケ池に金屎《かなくそ》（鍛冶屋《かじや》の鍛造残滓《たんぞうざんし》）三升《さんしょう》を捨てて龍神を怒らせたせいだとする噂《うわさ》が城端一円に広まり、6月に米屋を打ち壊せとの立札《たてふだ》が立ち、11月20日頃に村々に決起を促す廻状《まわしじょう》が回り、23日には千人を超す農民が城端の5軒の米屋を打ち壊した。だが、当夜の内に一揆の首謀者は捕縛《ほばく》され、拷問《ごうもん》による取り調べで首謀者《しゅぼうしゃ》3人（北市村在住）は各自宅前で磔《はりつけ》、謀議《ぼうぎ》参加者15人（北市村在住）は金沢の本牢送《ほんろうおく》りとなるが、うち12人が獄死《ごくし》、また、北市村以外の村の8人の捕縛者も獄死した。

岩倉は『川上農乱記』を基に「田螺のうた」を描いたが、作品ではこの騒動を農民一揆に加えて、江戸中期の尊王論《そんのうろん》者《しゃ》を弾圧した宝暦事件での小杉出身の藤井右門《うもん》一派が扇動《せんどう》した世直《よなお》し一揆の性格を帯びさせて描いていて、読み物としても面白い。

林道を更に進むと城端が一望できる駐車場に辿《たど》り着く。そこから徒歩でしばらく下ると、水芭蕉《みずばしょう》の群生《ぐんせい》する湿原があり、やがて四方を原生林で囲まれた縄ケ池が現れる。この池には俵藤太《たわらのとうた》（藤原秀郷《ひでさと》）にまつわる「龍女伝説」も伝わっている。近江で大百足《おおむかで》退治をした藤太が、龍神からお礼に貰《もら》った龍の子を小池に放ち、周囲を縄で巡らすと、

縄ケ池

一夜にして大きな池になる。その龍の子がやがて美女となり、年に一度、池から姿を現すという。この龍女伝説を題材に泉鏡花は「蓑谷《みのたに》」「龍潭譚《たんたん》」を描いた。いずれも、少年が螢を追い求めているうちに、または毒虫（斑猫《はんみょう》）に刺されて戸惑っているうちに禁断の地（縄ケ池）に迷い込み、年上の美しい女性（龍神の化身《けしん》）に出会い、その女性に母の姿を見出して癒《いや》されるという話である。鏡花が縄ケ池を実際に訪れているのか否かは分からないが、金沢の俳人・北茎《ほっけい》の『北国奇談巡杖記《じゅんしょうき》』あたりなどから縄ケ池伝説を知ったのかもしれない。「夜叉ケ池」も鏡花の作、縄ケ池の湖畔に佇《たたず》むと、今にも玉三郎の白雪姫が現れてくるようでわくわくする。縄ケ池ほど鏡花の世界に相応《ふさわ》しい場所はない。

・流刑者の怨嗟の声～南砺市田向（五箇山）

夜半、眠れぬままに村上元三の『加賀騒動』の頁を捲《めく》ると、面白くて一気に読み終えた。特に主人公の流刑地での自害の場が印象に残り、翌朝、その流刑の地・五箇山《ごかやま》（南砺市）を訪れた。

東海北陸自動車道の五箇山ＩＣから１５６号を上梨《かみなし》集落に向かい、村上家住宅の前で右折して庄川を渡ると、緩やかな坂になり、その途中に粗末な小屋がある。高さ約３・５メートル、幅約３メートル、広さ６畳ほどの流罪人を収容した流刑小屋である。

『越中五箇山　平村史上』〈平村史編纂《へんさん》委員会〉によると、加賀藩の追放刑には「流刑〈罪状の重い場合〉」と「遠島」あった。流刑地は越中五箇山、遠島は石川県の能登島か鹿島郡津向《つむぎ》だった。流刑でも極めて罪状の重い者は御縮《おしまり》小屋に収容され（禁固《きんこ》）、軽い者は居村内での散策自由な平小屋《ひらごや》収容だった。現存の流刑小屋（南砺市田向《たむかい》）は一軒だが、当時は、断崖絶壁《だんがいぜっぺき》の庄川右岸の七カ村（祖山《そやま》・田向・猪谷《いのたに》・大崩島《おおくずしま》・嶋（大島）・小原《おはら》・籠渡《かごど》）の各村の３、４箇所に流刑小屋があった。

　五箇山が藩の流刑地となったのは寛文7年（１６６７）頃からで、元禄3年（１６９０）以後に本格的な指定地となった。流罪人は不正を働いた武士や政治犯などで、幕末までの約２百年間に１５０人を超える流罪人が送られたという。ただし、加賀藩では、足軽以上の名字のある者はその子息も親と同刑に処したので、親子の流罪人もいた。この地で流刑が赦免《しゃめん》になった者は55人、最長で34年の流刑期間の者もいた。流刑中の病死者は54人で、服役中65年目に病死した者もいる。自殺は４人で、その１人が加賀騒動で知られる大槻伝蔵《おおつきでんぞう》（内蔵充《くらのすけ》）だった。

　大槻伝蔵は、足軽の三男に生まれ、14歳で茶坊

流刑小屋

主として出仕して以来、加賀6代藩主前田吉徳《よしのり》に寵愛《ちょうあい》され、27年間に20回の加禄《かろく》を受け、2人扶持金2両の微禄《びろく》から3800石の家老級にまで昇進した。だが、吉徳没後に失脚《しっきゃく》し、更に罪を課せられて五箇山へ流罪となり、46歳で自害する。その波乱の生涯は注目され、当時の実録体小説（実際の事件に世間の噂《うわさ》を交えて書かれた小説）では、吉徳の側室お貞の方（真如院）との藩主相続問題に絡む奸計《かんけい》や不義密通、更に中﨟《ちゅうろう》・浅尾への蛇責《へびぜ》めなどを加えて面白く語られ、歌舞伎でも伝蔵を大悪人に仕立てて喝采《かっさい》を博した。これが、伊達・黒田と並ぶ三大お家騒動と言われる加賀騒動である。

　村上の「加賀騒動」では、伝蔵をお貞の方への恋情を胸奥に秘め、無能な門閥《もんばつ》重臣に抗して藩財政の難局打開に貢献した有能な経済官僚として描いている。現在では伝蔵を藩立て直しの功労者と見なしている研究者も多い。伝蔵は祖山村の御縮小屋に幽閉されて約5ヶ月後に小鳥をさばく小刀で喉を切り、自害した。その後の牢内検分の折りに禁制の差入れがあったのが判明し、祖山村の村役人と牢番の5名が入牢となり、7年後に刑の申し渡しがあった。その間に2人が病死し、村役人2人は罪が許され、村役人1人と牢番2人は生胴《いきどう》〈斬首後に胴の試切《ためしきり》〉、病死者の倅《せがれ》は3年の禁牢となった。また、牢内板壁に伝蔵の血による呪詛《じゅそ》の言葉が残っており、村人は祟《たた》りを怖れたという。

　現在、流刑小屋を多くの人が観光気分で訪れているが、耳を澄ませば流罪人や村人の怨嗟《えんさ》の声が聞こえてくるかもしれない。

【高岡市】

・倶利伽羅合戦の前哨戦～高岡市常国

櫛田《くしだ》神社（射水市）を詣《もう》でた帰り、近くに「弓の清水《しょうず》」があるのを思い出して立ち寄った。「弓の清水」は、高岡市中田出身の作家・三島霜川《そうせん》の短編「霊泉《れいせん》」の舞台で、「般若野《はんにゃの》の戦い」で有名な古戦場跡といわれる。

櫛田神社から戸出方面へ県道を道なりに進むと、下り坂の右に常国神社（高岡市）、左の崖下に「弓の清水」がある。石柱の柵に囲まれた屋根付きの建物があり、その地下から水が湧き出て前方の方形の池に流れている。環境省「平成の名水百選」に選定されている泉で、近くに弓で地を打つ武者の像が立っている。

般若野とは高岡市南部から砺波市東部の広い範囲の平野部を指し、この地域で「般若野の戦い」と呼ばれる合戦が二度あった。平安時代の「平氏と源氏」、戦国時代の「一向一揆勢と長尾能景《ながおよしかげ》（上杉謙信の祖父）」の戦いである。「弓の清水」に関わりある戦いは前者で、この泉の傍らの武者像は源（木曾）義仲の像である。寿永2年（1183）、平家は平維盛《これもり》を総大将として越前・加賀を制した後、平盛俊《もりとし》に兵5千を与えて先遣隊《せんけんたい》とし、5月8日に倶利《くり》伽羅峠《からとうげ》を越えて越中に進攻させた。一方、源義仲は早々《そうそう》に先遣隊として今井兼平《かねひら》に兵6千を与え、越中へ進攻させ、御服山《ごふく》（現・呉羽山）を占拠して平氏軍への迎撃体勢を整えていた。

この今井軍の動向を平盛俊は８日に進軍中の般若野で知り、進軍を止めて般若野でとどまった。この動きを察知した今井兼平は、夜襲を思い立ち、夜陰《やいん》に乗じて行軍して９日未明に平盛俊軍を攻撃した。戦いは午後２時頃まで続き、平盛俊軍は善戦したが、戦況不利で退却した。ちなみに平盛俊は、平家の有力家人《けにん》で越中前司《えっちゅうぜんじ》盛俊とも呼ばれ、越中守に在任していたこともある平氏での越中通《つう》で、「彼の家、第一の勇士」といわれた平家随一《ずいいち》の剛《ごう》の侍大将でもあった。翌10日に源義仲の本隊が般若野の今井軍に合流し、11日朝に倶利伽羅峠へ向かって出撃した。倶利伽羅合戦の前哨戦《ぜんしょうせん》だった。この折り、源義仲が、兵士の喉《のど》の渇きを癒《いや》すために崖下に弓を射ると、清水が湧き出たので「弓の清水」の地名が生まれたとも言われている。

弓の清水

三島霜川は、「弓の清水」周辺を短編「霊泉」では、三重の塔が残る青葉の城址で、籠城《ろうじょう》の後に恨みをのんで自害した城主・家臣一同の怨念《おんねん》が未《いま》だに漂い、落城の際に城主が恨みの一念で巌《いわ》を弓で打つと、湧き出たのが「弓の清水（泉）」だとしている。更に青葉茂れる頃の深夜、甲冑《かっちゅう》姿の亡霊が泉付近を彷徨《さまよ》い歩き、三重の塔で首を吊《つ》る者が後を絶たないなどと、今なお亡者の怨念がこもる魔所のように描いている。この青葉の城址は近くの増山城址で、三重の塔は近くの千光寺の塔を思い浮かべてのことだろう。だが、霜川はどうして「弓の清水」を不気味な土地として描いたのだろうか…。

江戸時代初期までの北陸道の本道は、倶利伽羅峠から今石動《いまいするぎ》（小矢部市）、戸出（高岡市）、中田（同）への山沿いの道で、砺波、射水、婦負の3郡の境にある交通の要衝《ようしょう》に増山城があった。そのためか、古来、般若野や栴檀野《せんだんの》での合戦、増山城を巡っての神保・上杉・織田軍の攻防戦が繰り返され、多くの血が流れた。霜川は、現在の穏やかな田園地帯の中に流血の歴史を嗅《か》ぎ取り、この地を「霊泉」で魔所のように描いたのかもしれない…。

・流浪の皇子〜高岡市二塚

「親の光は七光り」という諺《ことわざ》がある。権力のある親を持った子がその恩恵を被《こうむ》るという意味だが、親の威光《いこう》があまりに強すぎて逆に子が自らの人生を全《まっと》うできない場合もある。

JR二塚駅から真っ直ぐに5分ほど歩くと、左の木立の中に太子墓がある。本県で宮内庁が唯一管理する後醍醐《ごだいご》天皇の皇子・恒性《こうしょう》皇子（大覚寺宮）の御陵墓である。鎌倉末期、二塚には越中守護・名越時有《なごえときあり》の支城があり、後醍醐天皇が鎌倉幕府討伐を企《くわだ》て失敗した折り（元弘の変）、天皇は隠岐《おき》に配流されたが、恒性皇子はこの地で幽閉された。当時、皇子は京・

大覚寺の門跡《もんぜき》（住職）で父・天皇に連座《れんざ》し、還俗《げんぞく》させられて草深いこの地に流された。皇子の不幸は更に重なった。後醍醐天皇は、後に隠岐から脱出し、再び倒幕の兵を挙げるが、その折りに執権・北条高時《たかとき》は、恒性皇子が北越の兵を擁《よう》して上洛《じょうらく》するのを怖れ、名越時有に命じて皇子を側近の勧修寺《かじゅじ》家重《いえしげ》、近衛宗《このえむね》康《やす》、日野直通《ひのなおみち》と共に殺害した。その時、皇子は28歳だったという。鎌倉幕府崩壊直前のことで、その7日後に名越時有も新湊の放生津《ほうしょうづ》城で、一族郎党79人と共に自害し果てた。この間の経緯は『太平記』巻11「越中守護自害の事附怨霊《おんりょう》の事」に詳しい。

　太子墓を基点に墓前の道を右に5分ほど歩くと、気多社（悪皇子宮）がある。皇子はこの地で幽閉され、殺害された。気多社の社殿は、非業《ひごう》の死を遂げた皇子を悼《いた》んで村人たちが後に建てたという。更に道を庄川の堤近くまで進むと、田の中に「皇《み》子三昧《こざんまい》」と刻まれた石碑が立つ共同墓地がある。幽閉所で殺害された皇子は、この地で火葬にされたという。高貴な血を引くというだけで、京育ちの若い皇子は辺境《へんきょう》の地で殺され、庶民同様に荒涼とした川縁《かわべり》で荼毘《だび》にふされた。皇子はこの地で死ぬ間際に何を思い浮かべたのだろうか…。

恒性皇子の御陵墓

太子墓に戻り、今度は道を左に進むと浄誓寺《じょうせいじ》がある。皇子が生前によく訪れ、法話や写経などで心静かな時を過ごしたという。寺には皇子ゆかりの品々が伝わり、境内に皇子と側近の慰霊碑が立っている。道を更に2分ほど進むと、左に地蔵と「三ケ首」の石碑が立つ広場がある。側近三人の首が晒《さら》された所だという。近くに県道57号線が走り、高岡スポーツコアが見える。車が頻繁《ひんぱん》と行き交い、多くの人が集う近くに歴史の暗部が口を開いている。

吉川英治は、『私本太平記』の「世の辻の帖」の章で皇子を「や、お許しを。～大覚ノ宮とは、世を忍ぶご変名。まことの皇子名は恒性《つねさが》と仰せられます」と、大覚ノ宮として登場させ、後醍醐天皇の養子（実父は後宇多院で異母弟）に設定している。作品では、皇子は大覚寺から出奔《しゅっぽん》後、備前国守護の松田氏に身を寄せ、配流途中の後醍醐天皇を院ノ庄で佐々木道誉《どうよ》の計《はか》らいで児島高徳《こじまたかのり》と共に陰ながら見送らせている。作品中の皇子の姿を思い浮かべながら、訪れる人もなく寂しげな佇《たたず》まいの太子墓を見ると、言いようのない哀しみが込み上げてくる。

・修羅の世の貴公子～高岡市上牧野

親と子の血の繋がりは、時として親の我《が》が勝《まさ》ると、子に取って逃れ得ぬ規制となって悲劇の人生を歩ませる。後醍醐天皇には『本朝皇胤紹運録《ほんちょうこういんじょううんろく》』によると皇子人17人・皇女15人の計32人の子がいたようだ。その皇子の多くは南都・北嶺《ほくれい》（興福寺・延暦寺）へ勧誘工作のために送り込まれた。両寺が擁《よう》する経済力と僧兵の軍事力を頼んでの討幕を計るためだった。その一人に宗良（むねよし・もりなが）親王がいる。

万葉線の庄川口駅に降り、庄川沿いに歩いて高岡市上牧野の「樸館塚《ぼっかんづか》」を訪ねた。民家に囲まれた狭い空地にポツンと「八宮《はちのみや》樸館塚」の石碑が立っている。この地が越中での南朝勢力拡大のために奮戦した宗良親王の屋敷跡だと言われ、当時は黒木（切り出したままの木・樸《ぼく》）の丸柱の粗末な屋敷だったので、「黒木のお館」と呼ばれていたという。親王の越中滞在には諸説あり、興国3年（北朝・康永元、１３４２）頃から3年ほどのようで、越後から海路で奈呉《なご》浦に着き、石黒氏の赤丸浅井城（福岡・赤丸）に身を寄せた後に新湊の御座所《ござしょ》（高貴な人の居室）に移ったとか、また、元々新湊に御座所があり、それが後に庄川の改修で水没したとか、はたまた、その遺材などを近くの牧野に移したなどとも言われている。

宗良親王の母は歌道の二条家の出身で、親王も幼い頃より和歌に親しみ、早くに出家して、20歳で天台座主《てんだいざす》（延暦寺《えんりゃくじ》の住職）になった。だが、元弘の変で讃岐《さぬき》へ流され、建武中興《けんむちゅうこう》で再び天台座主に就いたものの、南北朝の争乱の激化に伴い、還俗《げんぞく》して宗良を名乗って南朝方の武将として活躍した。信濃を本拠に遠江《とおとうみ》、越後で戦った後に越中に滞在し、その後も各地で転戦して30数年ぶりに吉野へ帰り、南朝歌壇《かだん》の中心として『新葉和歌集《しんようわかしゅう》』（准勅撰《ちょくせん》和歌集）を撰集した。後に再び信濃に下り、その地で亡くなったとも言われている。

樸館塚から近くの長福寺を訪れる。親王が牧野に訪れて最初に宿を取った寺だという。境内に「思ひきやいかに越路の牧野なる草の庵《いおり》に宿からむとは」の親王の歌碑が立っている。寺から集落の中を庄川口へ向かって歩くと、下牧野公民館に着く。館前には、長福寺の歌碑の歌と、「故《ふる》さとの人に見せばやたち山の千とせふるてふ雪のあけぼの」「玉くしげ二上山を見るたびに都のふしとおもひわびぬる」「今はまた問ひ来る人も奈古の浦にしほたれてすむ身とはしらなむ」の親王の歌碑が立っている。海辺の何の変哲もない集落が親王の歌で歴史の中で微《かす》かな光を放っている。

親王の私家集『李花集《りかしゅう》』を紐解《ひもと》くと、越中での歌に「都にや同じ空ともながむらん我はゆくへも浪《なみ》の上の月」（自分は行方も知れぬ浪の上に漂う月のようだ）とか、「よしさらばかくて有磯の浪に寄る浦の藻屑《もくず》と身をやなさまし」（波に打ち寄せられる浦の藻屑となって果ててしまうのか）などと、行く末の暗さを嘆く歌に満ちている。生涯の大半を父・後醍醐天皇の命《めい》で戦いに明け暮れした親王は、歌に親しむ穏やかな日々をどれほど願ったことだろう。血の縁《いにしえ》は時として繊細優雅《せんさいゆうが》な貴公子を修羅《しゅら》の世の使番《つかいばん》にすることもある。

樸館塚

・判官贔屓と勧進帳〜高岡市伏木

伏木の勝興寺《しょうこうじ》（高岡市）への参詣《さんけい》の途中、JR伏木駅前で義経・弁慶像を見かけた。以前は小矢部川河口の渡船《わたしぶね》の待合所付近にあったはずと思い、確かめに行くと、渡船の廃止で待合所はなく、義経・弁慶像も平成29年（２０１７）に伏木駅前へ移設されていた。

この河口付近が「如意《にょい》の渡《わたし》」で、歌舞伎「勧進帳《かんじんちょう》」の元々の舞台だと言われているが、「如意の渡」の所在については諸説あり、小松空港近くの安宅《あたか》にも義経や弁慶らの像があって「勧進帳」の舞台だとしている。

歌舞伎「勧進帳」は、室町時代の謡曲「安宅」をほぼ踏襲《とうしゅう》し、江戸時代に歌舞伎化したもので、山伏に変装した義経一行が加賀の安宅の関を通ると、関守《せきもり》の富樫左衛門《とがしさえもん》が一行を怪しみ、それを弁慶が白紙の巻物を勧進帳（寺への寄進を募る公認の趣意書《しゅいしょ》）に見せかけて読み上げ、疑いを解く。だが、尚《なお》も強力《ごうりき》（荷物運び）の義経に関守が疑いを持つので、弁慶が杖で義経を激しく叩《たた》き、その弁慶の痛切な思いに富樫が共感して関を通すという話である。謡曲「安宅」は『義経記《ぎけいき》』（源義経とその主従を中心に描いた軍記物）を種本《たねほん》として創られているが、『義経記』で「安宅」と「如意の渡」の箇所を読むと妙なことに気づく。

『義経記』第七巻の「北国落ち」では、先ず越前の愛発関《あらちのせき》で義経一行は関守から怪しまれるが、弁慶が山伏の特権を主張して難関を突破し、そのまま陸路を進み、加賀の安宅の渡を越え、富樫庄《とがしのしょう》近くで、弁慶一人が富樫介《とがしのすけ》の館に乗り込み、東大寺勧進の品々を要求する。越中に入って如意の渡で一行が渡船しようとすると、渡守《わたしもり》に咎《とが》められ、弁慶が義経を打擲《ちょうちゃく》することで疑いが晴れ、那古《なご》浦（新湊）辺りで、弁慶がこの時の打擲を泣いて義経に詫《わ》びる。このように『義経記』には安宅の関も勧進帳の趣向《しゅこう》も見られなく、謡曲「安宅」は後世の創作だと分かる。また、この小矢部川河口付近を「如意の渡」とするのは、加賀藩士・森田柿園《しえん》が「如意の渡」を河口横断の渡船と考え、『越中志徴《しちょう》』に記したことに由来するが、それとは別にこの時の〈渡〉を昔の射水川（小矢部川）を上下する船運だと考え、河口の六渡寺《ろくとじ》へ至る発着地の蓮沼付近（小矢部市埴生《はにゅう》）、もしくは五位庄《ごいのしょう》付近（高岡市福岡）などとする説もある。

『義経記』を史実に近い義経の伝記と思っている人も多いが、『義経記』は『平家物語』成立後の、義経死後2百年余り経た室町時代、それも『太平記』がまとめられた後に成立したとされている。『平家物語』以後に判《はん》官贔屓《がんびいき》の民衆が語っていた多くの義経伝説を集成したも

「如意の渡」の義経・弁慶像

のが『義経記』で、史料としては信憑性《しんぴょうせい》に欠け、「如意の渡」の逸話も真偽のほどは分からない。それに義経一行の平泉への道筋も史料が乏しくて不明な点が多く、現在は『義経記』に頼って北陸路を通ったのが妥当《だとう》としているだけで、北陸路を通ったという確証はない。

だが、北陸各地には義経一行の北国落ちの伝説が点在している。角川源義《かどかわげんよし》は『語り文芸の発生』で『義経記』での義経一行の北国落ちの道筋は、弁慶らの熊野修験者や熊野信仰に関わる時宗の僧の歩んだ道筋と重なり、これら熊野信仰の語り部たちが、義経の北国落ちの話を好んで話して歩き、それにより、北陸路に義経伝説が定着したのだと述べている。民衆の判官贔屓に言寄《ことよ》せた唱導《しょうどう》で義経伝説が生まれたのかもしれないが、それを伝えてきた人々の浪漫《ろまん》への憧れに胸が熱くなる。

・逢魔時の出会い～高岡市関本

木崎さと子の短編「楼門《ろうもん》」は内容も奇妙だが、読み返すつどにやたらに小説の舞台の瑞龍寺界隈《ずいりゅうじかいわい》（高岡市）へと足が向く。今回も「楼門」を携《たずさ》えて瑞龍寺界隈へと向かった。

JR高岡駅から富山方面へ、下関交差点を右折して高架橋を渡って直進、芳野《よしの》中学校の横を左折すると前田公園に着く。その公園内の前田利長《としなが》墓所で、「楼門」の主人公の女は幼友達の男に20年振りに会う。女は高校卒業まで高岡で、その後、東京暮らしを続け、2年前に離婚した。その時以来、女は幼友達の男を思い出しては若かった頃のその男への接し方に自責の念を抱き、高岡に帰った折りに電話で男を呼び出した。…それにしても妙な所で待ち合わせをしたものだ。それも夕方に。

前田利長墓所は、加賀前田家3代利常《としつね》が兄・利長の三十三回忌の正保3年（1646）に築造した。歴代の加賀藩主の墓所は金沢市の野田山にあるが、利長が慶長14年（1609）から5年間、高岡に在住して高岡町の発展に尽力したことから利常が新たに築造したものだ。堀と石柵で囲まれた正方形の区画内に、戸室石を張った1辺15・5㍍の2段の方形墳《ほうけいふん》で、その上に笠塔婆《かさとうば》形の墓碑を建て、側面に狩野探幽《かのうたんゆう》の下絵とされる130枚の蓮華《れんげ》図文様《ずもんよう》が彫られている。

「楼門」の2人はこの墓所前で会い、夕なずむ瑞龍寺への参道を歩きだす。昼と夜の移り変わる夕方の薄暗い時刻は「逢魔時《おうまがとき》」と呼ばれ、魔物に遭遇《そうぐう》する時刻と言われている。その逢魔時を2人は墓所と瑞龍寺を結ぶ八丁道《はちちょうみち》を歩く。参道は延長八丁（870㍍）の御影石張りの石畳で、傍らには114基の石灯籠《とうろう》と、黒松や皐月《さつき》が立ち並ぶ。2人の歩きながらの話題は、この辺りに昔屯《たむろ》して

前田利長墓所

いた蛇のことばかり…。だが、女の胸の内は、若い頃に男に好意を抱かれているのを知りながらも男の不自由な足に躊躇《ためら》い、邪険《じゃけん》に扱ったことへの後悔ばかり…。謝《あやま》ろうにも謝れず、二人は黙々と瑞龍寺の山門に辿《たど》りつく。山門とは寺での配置や用途で区別した際の正門のことで、楼門とは二階建ての上部に屋根を持つ構造の門で寺院の正門に多い。現在は瑞龍寺の楼門には上れないが、男は女とポンポン山で会う約束をして一人で階段を上り、2階の闇へと消えていく。その闇は芥川龍之介の「羅生門《らしょうもん》」の世界を髣髴《ほうふつ》とさせる。その後、女は約束した「富大工学部のグランド」(現、高岡高校)の北隅のポンポン山へと赴《おもむ》く。

ポンポン山は「入定塚《にゅうじょう》」「行人塚《ぎょうにん》」「利長坊塚《りちょうぼう》」とも呼ばれ、その昔、僧侶の利長坊が生きながら土中に入り、即身成仏《そくしんじょうぶつ》を成し遂げ、その際に前田利長の高岡開町を予言したと伝わっている。僧侶・行者《ぎょうじゃ》の土中《どちゅう》入定(生きながら土中に入って自滅する宗教儀式)の古墳跡である。現在の「定塚」「古定塚」の地名もこの入定塚に由来しているという。女は、夕闇の中、ポンポン山で男を待つが現れず、男への連絡先を教えた老人に出会う。老人はこの塚の裏手で、男が5、6年前に鉄道自殺をしたことを告げる。逢魔時に高岡城の裏鬼門《うらきもん》に当たる瑞龍寺で男は消え、鬼門に当たる利長坊塚で男の死を知る。その死を告げた老人も奇《き》っ怪《かい》だ。全ては女の罪の意識が招き寄せた幻だったのか…。高岡の黄昏時《たそがれどき》はミステリックな雰囲気が漂っている。

・砺波騒動と津田三蔵～高岡市戸出

昨夜、眠れぬままに大津事件を扱った吉村昭の小説「ニコライ遭難」を読んでいるうちに津田三蔵に興味が湧き、彼をモデルにした作品の舞台の一つになっている永安寺〈高岡市戸出町2丁目〉を訪れた。

大津事件とは、明治24年（1891）に訪日したロシア皇太子ニコライ（後のニコライ2世）が、滋賀県大津町〈現・大津市〉で警備中の巡査に切りつけられ、負傷した事件で、その巡査が津田三蔵である。津田は巡査になる前、金沢の歩兵第7連隊に所属していた。その折りに勃発《ぼっぱつ》した砺波(戸出)騒動を鎮静するために現地に派遣されたが、これを基《もと》にした小説が藤枝静男《ふじえだしずお》の「凶徒《きょうと》津田三蔵」である。

明治6年（1873）に政府は地租改正《ちそかいせい》を行う。農民の土地所有権を認め、地価の3％相当の地租（土地に課す租税）を金納とし、ただし、地主は金納だが、小作人は藩政期と同様の物納（米納）であったため、米価の騰貴《とうき》の際に

永安寺

は地主は利益を被《こうむ》るが、小作人には不利益な仕組みだった。また、砺波地方は散居集落《さんきょしゅうらく》という事情があり、加賀藩の支配下にあった江戸時代以来、「田地割《でんじわり》」で土地の所有者が組み替えられても、互いに耕作権を交換して各家の周囲にそれぞれの耕作地を集める慣行があった。地租改正で地券《ちけん》（土地所有に関する証書）が自営農民に「当たりクジ」によって交付されることになったが、これにより、土地の所有権にかかわらず、耕作する権利「慣行小作権《かんこうこさくけん》」が奪われる怖れが生じ、激しい抵抗が起きた。これが砺波（戸出）騒動である。

JR戸出駅前から西に進み、戸出町2丁目の交差点を左折してしばらく行くと、左側に門が見えてくる。加賀藩主が領内巡見《じゅんけん》や鷹《たか》狩りをする際に休息や宿泊をした御旅屋《おたや》の御旅屋門である。その道路を挟《はさ》んだ隣に永安寺がある。『砺波の歴史』（砺波市史編纂委員会編）などによると、明治10年（1877）1月、政府は地租の税率を2・5%に引き下げたが、砺波地方では小作人と地主の対立が激化し、不穏な情勢になった。県（当時は石川県）は2月初め、大書記官・熊野九郎以下官史10人を30人の巡査と共に砺波地方へ説明にまわらせた。一行は先ず小矢部市の道林寺、次に砺波市の真光寺、最後に永安寺で説明を行った。永安寺では数千人の小作人が押し掛けて寺を取り囲み、一部は暴徒化したので熊野ら一行は寺の裏から這《ほ》う這《ほ》うの体《てい》で逃げ出した。

「凶徒津田三蔵」は、この時に随行《ずいこう》していた津田が、不甲斐《ふがい》ない官吏を嘲笑《あざわら》いながらも得意の撃剣《げっけん》で農民を追い散らす姿を描いている。その後も群衆は激高《げっこう》し、地主の家屋を打ち壊《こわ》し、金沢から派遣された軍隊と警察によって鎮圧される。津田は、その後、西南戦争に従軍して負傷。戦後に軍を退き、滋賀県の巡査に採用されて、後《のち》に大津事件を起こす。北海道の「釧路集治監《くしろしゅうちかん》」（監獄《かんごく》の一種）で無期徒刑囚《とけいしゅう》として収監《しゅうかん》中、事件後4カ月余りで病死する。

永安寺の静かな境内に佇《たたず》んでいると、この寺に数千人もの農民が押し寄せたとは信じ難いほどだが、時たま吹く風の中に農民の激しい息遣《いきづか》いが聞こえるようで、改めて歴史の奥深さに興味がそそられる。

・女性俳人への蔑視～高岡市和田

テレビをつけると、女性の俳人が、芸能人たちが作った俳句を痛烈《つうれつ》に批判していた。だが、女性が俳句に携《たずさ》わるのを白眼視《はくがんし》する時代もあった。それに関わる「事件」を思い出し、高岡市和田を訪れた。

旧北陸道沿いに西光寺がある。この寺に明治30年（1897）、正岡子規《まさおかしき》門下の俳人・河東碧梧桐《かわひがしへきごとう》が訪れ、また、明治31年頃には作家・佐藤紅緑《こうろく》（作家・佐藤愛子の父で当時は富山日報社の主筆）もしばしば訪れていた。住職の寺野守水老《しゅすいろう》は県内俳壇のリーダーの一人で、碧梧桐に感化されて、正岡子規の日本派俳句の結社「越友会」を設立し、この地が富山での活動拠点になっていた。また、周辺には俳人が多く、当時は「和田俳人村」とも呼ばれていた。守水老の次の越友会のリーダー・山口花笠《かりゅう》も西光寺の真向かいに住み、会の逸材でその名が中央にまで響いていた「沢田はぎ女」も寺の左隣に住んでいた。

　明治後期から大正にかけて俳句界で権威があったのは国民新聞の俳壇だったが、はぎ女の投句は明治40年以降、幾度となく選ばれ、当時の女性俳人の極めて少ない中で一際《ひときわ》異彩《いさい》を放っていた。選者は高浜虚子《たかはまきょし》、松根東洋城《まつねとうようじょう》で、取り分け東洋城は、はぎ女に目をかけ、はぎ女も東洋城を恩師として私淑《ししゅく》していた。

　そのはぎ女の句作が、夫・岳楼《がくろう》の句作と共に明治42年頃から減少し、大正2年（1913）には途絶《とだ》えてしまう。はぎ女の活躍は17歳から22歳頃までである。それに伴い、はぎ女の句は夫・岳楼が代作したものだとの噂が流れた。『ホトトギス』大正8年（1919）8月号に載った俳談会の記事で、俳人・長谷川零余子《れいよし》が代作説を発言し、更に『俳句研究』昭和27年（1952）6月号で俳人・室積徂春《むろづみそしゅん》が、山口花笠から聞いた話として「夫の代作説」を発表したので、はぎ女は俳句界から完全に抹殺《まっさつ》された。

だが、この代作説に疑問を抱いた者がいた。俳人・池上不二子《いけがみふじこ》である。池上は、明治・大

旧北陸道より西光寺付近

正期刊行の様々な俳句選集に、はぎ女の句が6百句余りも収録され、それも女性でなくては詠めぬ句であるのを見出した。そして、高岡在住のはぎ女（当時66歳）の許《もと》を訪れ、真偽を確かめ、はぎ女の実作であるとの確信を得て、そのことを『俳句研究』昭和32年（1957）10月号に発表した。それが話題を呼び、新聞にも取り上げられ、代作説支持者との間に論争が再燃した。その後、明治38年（1963）に池上不二子編『はぎ女句集』が発刊され、翌年に池上の労で、はぎ女は東洋城の家を訪れて久闊《きゅうかつ》を叙《じょ》した。これらの経緯をまとめて作家・吉屋信子が『オール読物』昭和40年（1965）2月号に「はぎ女事件」として発表した。

池上の訪問を受けたはぎ女は、夫の代作を否定したうえで、俳壇に自分の名が出るつど、土地の俳人たちに動揺が見られ、近所からも変な目で見られるので、姑《しゅうとめ》と夫の頼みで俳句をやめたと言っている。だが、その心情としては、男性が占める当時の俳句界での女性俳人への蔑視《べっし》と、彼女の名声を妬《ねた》む地方俳壇の有力者らの企《たくら》みで俳壇から追い払われたとの思いが強い処から生じているように思われる。代作説が広まった背景として、地元俳句界のゴタゴタも指摘されるが、それよりも、はぎ女作の句をじっくりと味わってみたらどうだろうか。それぞれの句は実に新鮮で冴《さ》えている。

【射水市】

・尊皇の先駆者～射水市戸破

　呉羽山（富山市）の七面堂《しちめんどう》で大石内蔵助《くらのすけ》のことが思い浮かぶと、大石一党が義士なら、不義士は…と思い、赤穂藩国詰《くにづめ》家老の大石に対して江戸《えど》詰家老の藤井又左衛門《またざえもん》が思い浮かんだ。その又左衛門から彼の息子のことが思い出され、射水市戸破《ひばり》の藤井右門廟《うもんびょう》（墓碑）を訪れた。

　赤穂事件の当時、赤穂藩には４人の家老がいた。その家老の中で、藤井は大石に次ぐ次席家老（８００石）で江戸詰めだった。だが、大石一党の華々《はなばな》しい討ち入りに比べ、藤井の動向は精彩《せいさい》に欠け、不義士として誹《そし》られた。しかし、この又左衛門は富山とは深い関わりがある。浅野内匠頭長矩《たくみのかみながのり》の殿中刃傷事件で浅野家が改易《かいえき》された後、又左衛門は富山藩の知己を頼り、津幡江《つばたえ》村（現・射水市津幡江）の十村《とむら》・若林源吾《げんご》宅助《たくすけ》の許《もと》に寄寓《きぐう》した。若林の縁戚《えんせき》の小杉町の豪農の金森文右衛門《ぶんうえもん》の許で働き、小杉近隣の大手崎村の豪農の赤井屋九郎平の娘と結婚して1女2男を設け、津幡屋吉平《つばたやよしへい》と称して名を左門《さもん》に改めた。その子（長男）が直明《なおあき》・藤井右門である。

　また、又左衛門は浅野長矩の弟・浅野長広《ながひろ》（大学）と共に富山藩前田家を訪れたとの話も伝わっており、これらから佐藤種治は『勤王家藤井右門』（昭和11年・１９３６）で、又左衛門は浅野大学に信頼されて、大学による浅野家復興に昼夜心血を注いでいたらしいと述べている。すると、不義士ではなくなる…。大学が広島浅野家にお預けに決まると落胆《らくたん》のあまり小杉の地に隠遁《いんとん》した。越中潜伏中に富山藩主・前田正甫《まさとし》から任官の求めもあったらしいが辞退したともいわれ、最晩年には姫路城下の網干《あぼし》で死去したという。

小杉の旧国道8号線沿いの下条《げじょ》川と射水市民交流施設の間に、鳥居《とりい》の一際《ひときわ》大きく目立つ墓碑がある。藤井右門廟である。右門は16歳（数え年）の時に上洛《じょうらく》し、京で神学研究をしていた前田利寛《としひろ》（富山藩主・前田正甫の第8子）の知己《ちき》を得て諸大夫《しょだいふ》・藤井忠義《ただよし》の養嗣子《ようしし》となった。従五位大和守に任じられ、吉子《よしこ》内親王（霊元天皇皇女）に仕え、皇学所教授も兼ねたという。後に竹内式部《たけのうちしきぶ》らと共に公卿《くぎょう》らに王政復古を説いたが、幕府に発覚し、宝暦《ほうれき》8年（1758）に公卿らは処分され、関わった前田利寛は幽閉《ゆうへい》、竹内式部は流罪、右門は翌年に京都から追放され、小杉に隠れ住んだ（宝暦事件）。右門は、潜伏《せんぷく》中、富山の松井弘明堂の売薬行商人に変装して諸国の動静を窺《うかが》い、後に江戸で山形大弐《やまがただいに》らと共に討幕を謀《はか》ったとされるが、再び発覚、幕府に捕《ほ》縛《ばく》、投獄《とうごく》され、山形大弐は斬首、右門は打首・獄《ごく》門《もん》に処せられた（明和《めいわ》事件・1767年）。藤井右門、享年48。

藤井右門廟

宝暦・明和事件は日本史上初めて、尊王論者《そんのうろんしゃ》が弾圧された事件である。明治維新後に右門には、右門の曾孫《ひまご》の藤井多門と親交のあった岩倉具視《いわくらともみ》の口添えで正四位が贈られている。だが、見方を変えれば、赤穂藩家老の大石は吉良邸討ち入りで、藤井は子・右門の代での尊王活動で、赤穂事件での裁定《さいてい》をした幕府に異を唱えたといえる。

野村胡堂《こどう》の小説「不義士の子右門」では、父の汚名返上のために上京した右門が、お家再興を謀る吉良・浅野両家の遺臣たちの争いに巻き込まれて大活躍する。美女あり剣客ありの血湧《わ》き肉躍《おど》る大活劇の痛快時代小説である。それにしても富山は、赤穂の義士・不義士ゆかりの者が入り交じり、それに尊王の先駆者までが加わって中々に面白い。

・血に塗れた湊町～射水市新湊放生津

戦いでの壮絶《そうぜつ》な最期に歴史の残酷・皮肉さが加わると、「悲運・悲劇の戦い」として「戦場跡」と共に人々の間で涙を伴って長く語り伝えられる。

万葉線・中新湊駅に降りて近くの放生津《ほうじょうづ》小学校を訪れた。小学校のグラウンド辺りが、鎌倉時代末期の越中守護・名越時有《なごえときあり》の居城・放生津城跡であり、この地で名越一族悉《ことごと》くが非業《ひごう》の最後を遂《と》げた。時有は元弘《げんこう》3・正慶《しょうけい》2年（1333）、後醍醐《ごだいご》天皇の倒幕の動きを封じようとした幕府執権《しっけん》・北条高時の命《めい》で、天皇の皇子（恒性《こうしょう》皇子）を殺害した。皇子は当時、元弘の変に連座し、高岡の二塚に幽閉《ゆうへい》されていた。時有はその後、越中の国人の大半が幕府に離反《りはん》したにもかかわらず幕府に与《くみ》し、幕府の崩壊に殉《じゅん》じて自ら一族も滅亡した。一介《いっかい》の地方の守護に過ぎない時有が、これほどまでに幕府に忠義立《ちゅうぎだ》てしたのは何故なのだろう…。名越一族の滅亡は『太平記』巻11「越中守護自害の事附怨霊《おんりょう》の事」に『平家物語』の「壇の浦合戦」の平氏滅亡に匹敵《ひってき》するほどの名調子で描かれている。

名越時有は、出羽、越後の宮方の軍勢が北陸道経由で上洛《じょうらく》するのを阻止するために二塚に陣を構え、恒性皇子を殺害する。だが、間もなく京での幕府方の敗北、宮方の鎌倉への侵入の報《しら》せが入り、急遽《きゅうきょ》、放生津城へ退く。この時、時有に従ったのは一族郎党79人のみ。一旦《いったん》は籠城《ろうじょう》したものの多勢に無勢、これが最後と覚悟して、妻子を船で海に逃し、城に火を放って全員自刃《じじん》する。沖合《おきあい》へ逃れた妻子も火炎の城を見て、我れ先にと次々に入水《じゅうすい》する。この入水の場面が、壇の浦での平家の女人たちの入水と同じく哀調《あいちょう》を帯び、涙なくしては読み続けられない。

名越一族がこれほどに鎌倉幕府に忠義立てしたのは、彼らが北条一門だったからだろう。名越時有の祖は、幕府2

放生津城跡の石碑

代執権・北条義時《よしとき》の次男・朝時《あさとき》で、一族は名越を称し、代々北陸や九州で守護を務めてきた。

余談だが、鎌倉の宝戒寺《ほうかいじ》を訪れた折り、寺に俳優・高倉健の奉納物が多くあるのに驚いた。高倉は名越一族の北条篤時《あつとき》の子孫と自称していた。篤時は幕府滅亡の際、宝戒寺の裏山にある東勝寺で、北条高時ら北条一門と共に自刃したが、その菩提寺《ぼだいじ》が宝戒寺だという。その後、篤時の子は周防《すおう》の大内氏に仕え、後に子孫が北九州の底井野（現・中間市）で両替商「小松屋」を営み、成功する。その血筋に小田剛一・俳優の高倉健がいる。高倉の墓は鎌倉の東光寺にあるが、高倉は北条氏の末裔《まつえい》として一門の供養《くよう》をしていたのだろうか…。

小学校のグラウンドの砂留め土盛りの傍らに放生津城跡の石碑がある。そこからしばらく歩くと海に出る。この海についても『太平記』に奇怪な話が描かれている。名越氏滅亡後、夜半、船が放生津の沖を通ると、沖合から女の泣き声が聞こえ、渚《なぎさ》からは「沖まで乗せてくれ」との男の声がし、3人の男が船に乗り込んでくる。船が沖に出ると波間に3人の女が現れ、3人の男はその女たちに寄り添おうとすると、忽《たちま》ち両者の間を猛火が走り、女は海中に消え、男も名越遠江守《とうとうみのかみ》……と名乗って共に姿を消す。一族滅亡と、死後まで愛し合う男女の姿が切々と描かれている。

血に塗《まみ》れたこの湊町も滅びの中に一抹《いちまつ》の美を宿して『太平記』の中で息づき、今なお語り継がれている。

・伊能忠敬との会見～射水市新湊放生津

江戸時代に日本全国を測量した伊能忠敬《いのうただたか》の富山での足跡を知りたくて、竹内慎一郎著『地図の記憶　伊能忠敬・越中測量記』を読んでいると、「放生津《ほうじょうづ》の一夜」の項に目が止まった。享和3年（1803）に忠敬は石黒信由《いしぐろのぶよし》に新湊（射水市）で会っている。信由は江戸時代後期の越中の著名な和算・測量・天文家である。そのことから信由に興味が募り、ゆかりの地を訪れた。

国道472号を新湊へ向かい、射水警察署を過ぎて高木交差点で左折すると、高木農村公園がある。この公園が信由の生家跡で、公園内には信由の顕彰碑があり、その前に佇《たたず》んで2人の会見に思いを馳《は》せた。

『越中の偉人　石黒信由』（新湊市博物館編）によれば、信由は、高木村（射水市高木）の肝煎《きもいり》（村役人）の家に生まれ、父の夭折《ようせつ》で祖父母に育てられ、23歳の時に富山城下の中田高寛《たかひろ》に関流の和算《わさん》

石黒信由の顕彰碑

を学ぶ。他に宮井安泰《やすひろ》に測量術、西村太冲《たちゅう》に天文暦学を学んだ。伊能忠敬が越中を訪れた折りには、四方《よかた》(富山市)方面の測量に同行して測量の方法や器械などについて意見交換を行った。それが信由の後の測量器具の改良に大いに役立ち、後年、加賀藩の命《めい》で、加・越・能の三国の測量を行い、忠敬の日本全図に劣らぬほどの精度の高い「加越能三州郡分略絵図《かえつのうさんしゅうぐんわけりゃくえず》」を作製した。また、新田開発や用水事業の測量にも貢献し、多くの業績を残している。

伊能忠敬一行８名が、能登から越中射水郡に入ったのが享和３年（１８０３）８月１日、その日は能登に引き返して止宿し、２日は氷見町（氷見市）、３日は放生津（射水市）、その後は富山町（富山市）、滑川（滑川市）、生地《いくじ》（黒部市）、泊（朝日町）に宿泊し、越中海岸全体の測量を８日で終えて越後に入った。３日の放生津山王町《さんのうまち》の廻船問屋《かいせんどんや》・柴屋彦兵衛《しばやひこべえ》宅での止宿の折りに伊能忠敬（58歳）と石黒信由（43歳）は会っている。だが、この会見には釈然《しゃくぜん》としないことがある。

竹内慎一郎の前掲書によると、加賀藩は忠敬一行を幕府の隠密《おんみつ》として疑い、各郡の奉行宛ての文章に「御隠密がましき」と記すほどに厳重に警戒し、遠巻《とおま》きにして慎重に接するようにと指示している。また、城端在《じょうはなざい》で信由の師である西村太冲が、忠敬の手伝いを藩に願い出ても藩は会見も文通も禁じている。これほどに忠敬との接触が難しいのに、村役人の地位では十村《とむら》役（他藩の大庄屋にあたる村役人）よりも低い信由が忠敬に会えたのが不思議だ…。また、忠敬も日記に信由のことは一言も触れていない。後日、この会見を信由は著書『測遠《そくえん》用器之巻《ようきのまき》』で書いているので、藩も認めた上のことなのだろうが、そうするとますます腑《ふ》に落ちない。藩の内情に疎《うと》く、地位も低いので藩の内情漏《も》れの心配もなく、また、藩の新田開発などに忠敬の新技術が必要なので、信由に会見を許したのだろうか…。憶測は様々にできるが判然としない。

小説では作家の鳴海風《なるみふう》が信由のことを短編「八尾の廻《まわ》り盆」(『和算の侍』所収)で、祖父の指導で村方の仕事に励む一方、算学に直向《ひたむ》きに打ち込む純粋な青年として描いている。信由の一端が窺《うかが》われて面白い。なお、信由とその子孫、四代に渡る和算・天文暦学・測量術・絵図作製に関する資料は、「高樹文庫」として射水市新湊博物館に収蔵され、常設展示されている。

【富山市】

・シベリア独行横断～富山市岩瀬

国木田独歩の「欺《あざむ》かざるの記」を読み返していたら、富山ゆかりの人物がいたのを見落としていたことに気がついた。嵯峨寿安《さがじゅあん》である。そこで富山市の寿安ゆかりの場所を訪れた。

富山駅から北へ、市内電車の東岩瀬駅近くに岩瀬小学校が見えてくる。その敷地内に嵯峨寿安の顕彰碑《けんしょうひ》が立っている。岩瀬は、江戸期、北前船が寄港し、神通川の舟運や浜街道も通る交通・交易の要衝地《ようしょうち》で、浜街道沿いには廻船問屋《かいせんどんや》が軒を並べていた。寿安の実家は、この加賀藩領東岩瀬（西岩瀬は富山藩領）で「大村屋」として伝馬屋《てんまや》（馬で公用の人や荷物の継ぎ送りをする商い）を代々営み、父の健寿《けんじゅ》は金沢に出て眼医者を開業し、その地で寿安は天保11年（１８４０）に生まれた。

寿安は、金沢の藩校で学んだ後、17歳で江戸の村田蔵六《ぞうろく》（大村益次郎《ますじろう》）の私塾・鳩居堂《きゅうきょどう》に入り、2代目塾頭《じゅくとう》になる。塾には長州の久坂玄瑞《くさかげんずい》や日本初の女性産科医・楠本イネ（シーボルトの娘）も学んでいる。金沢に帰郷後、慶応2年（１８６６）に函館で司祭ニコライからロシア語を学び、ニコライからの寿安のロシア留学の加賀藩主への推薦状で、明治4年（１８７１）、藩命で寿安は函館から船でウラジオストックに渡り、8カ月以上かけてシベリアを横断し、ペテルブルクに到達した。明治6年（１８７３）、岩倉遣欧使節団がペテルブルクを訪れた際には、木戸孝允《こういん》や伊藤博文などに面談している。明治7年（１８７４）に帰国し、北海道開拓使で働いたり、東京外語学校教官を勤めたりした。明治15年（１８８２）に東岩瀬に帰り、医者を開業するが、5年後に再び上京し、内閣官報局に勤めたが、世に入れられることなく、明治31年（１８９８）に広島で客死する。享年58だった。

嵯峨寿安の顕彰碑

独歩は「欺かざるの記」で内閣官報局に勤めていた頃の寿安を「彼は大村益次郎の塾にありて塾頭たりし英物なりし、彼は明治二三年の際、政府より魯《ろ》国留学を命ぜられぬ。彼は自ら撰びてシベリアを横ぎり魯都《ろと》に達せし人。(中略)〜若《も》し正当に今日まで進みしならば確かに全権公使位《ぐらい》にならんとは人の評する所。而《しか》して今の彼は如何《いかん》、何省の雇《やとい》として漸《ようや》く食ふなり。」と述べ、更に寿安を「発狂、飲酒、加ふるに産を治むる能《あた》わず。朋友、親族全《まった》く見捨てる也《なり》。」とアルコール中毒の禁治産者《きんちさんしゃ》の如くに描いている。鳩居堂の塾頭もし、シベリア独行横断の偉業をなした寿安が何故に酒浸《さけびた》りの惨《みじ》めな晩年を送っていたのだろうか…。

明治政府の殖産興業《しょくさんこうぎょう》・富国強兵の方針からはロシアに学び取るものがなく、また、樺太《からふと》・千島交換条約などでロシアとの緊張関係も解消し、寿安の体験が国家に必要がなかったのかもしれない。犬島肇氏は「嵯峨寿安試論」(『「嵯峨寿安、そしてウラジオストックへ』所収)で、寿安のロシアへの関心は父祖の地が日本海側の岩瀬で、その地での北前船のロシア漂流者らの話から影響を受け、そのロシアへの強い関心により現実政治の体制と進行過程から疎《そ》外《がい》され、疎外の身を世に入れられぬアウトサイダーと自覚し、徒労《とろう》の生存として酒浸りの生活に陥ったのではないかと述べている。

専門分野の能力は優れているが、それを近代国家建設に役立てる政治的展望に欠けていたのかもしれない。だが、岩瀬の浜に立ち、海の彼方《かなた》を見ていると、この大海を渡りたいとの寿安の気持ちがよくわかる。

・漂流民の貢献～富山市岩瀬

嵯峨寿安《さがじゅあん》ゆかりの富山市の東岩瀬を訪れ、寿安の頌徳碑《しょうとくひ》の前で佇《たたず》んでいると、彼が耳にしたであろう此《こ》の地の「ロシア漂流民」のことが思い浮かんだ。天保9年（1838）4月に西岩瀬港を出帆《しゅっぱん》した北前船《きたまえせん》「長者丸」の乗組員の米田屋次郎吉と鍛冶《かじ》屋多（太）三郎のことだ。特に次郎吉の漂流談は幕府や加賀藩により書き留められ、重要な史料になっている。

市内電車の東岩瀬駅から南西へ正源寺に沿って5分ほど進むと幸町公民館がある。その近くに治郎吉の住まいがあり、現在でも治郎吉が患った眼を洗ったとされる「浦方の井戸」が残っている。

北前船は、大阪から下関を経て北海道に至る「西廻《にしまわ》り」航路の買積み（航行する船主が商品を買い、それを売買する）の北国廻船《かいせん》のことで、富山では「弁財船《べんざいせん》」、「バイ船」とも呼ばれた。この北前船は越中売薬にとっては重要なもので、蝦夷《えぞ》地で買い込んだ昆布を表向きは江戸に運ぶとして薩摩まで運び、薩摩藩の仲介で琉球《りゅうきゅう》経由で清国に売り、清国からは麝《じゃ》香《こう》、牛黄《ごおう》、竜脳《りゅうのう》などの唐物薬種《からものやくしゅ》を買い込んできていた。当時、富山古寺町の能登屋所有の長者丸もこの目的で蝦夷地に向かい、昆布を太平洋側を通って薩摩に運ぶ途中、11月上旬に三陸沖で暴風に遭って遭難した。太平洋を約5ヶ月間漂流し、翌年4月に米国捕鯨船に救助され、ハワイ島で約1年を過ごした。漂流中に乗組員10名のうち3名が死亡した。その後、カムチャツカ・オホーツク・アラスカのシトカへ送られ、天保14年（１８４３）にロシア船によって6人が択捉島《えとろふ》に帰還できた。

帰国後は、一時帰郷はあったものの、漂流期間より長い5年6カ月も江戸で幕府の取り調べを受け、その時の次郎吉の口述を記録したのが『蕃談《ばんだん》』で、放免《ほうめん》帰郷後、ロシアから持ち帰った柱時計を加賀藩主に献上した際に、前田斉泰《なりやす》の命《めい》で4人の漂流談をまとめたのが『時《と》規《けい》物語』である。いずれも次郎吉の情報量は際立《きわだ》っていて、無学で片仮名しか書けないが、和算に優れ、記憶力は抜群で好奇心旺盛《おうせい》、見たものを正確に描き、図解できる能力までもあった。

この長者丸を題材に井伏鱒二《いぶせますじ》は「漂民宇三郎」を書いた。『蕃談』『時規物語』『漂民聞《きき》書《がき》』を参考に『異国物語』での宇三郎を中心にして描いたが、『異国物語』は最近の研究で井伏の創作であるのが判明したので「漂民宇三郎」の漂流体験は虚構性が強い。それに比べ、津田文平の『漂民次郎吉』は漂流関連の史料を十分に読みこなし、次郎吉の人間性と共に次郎

北前船廻船問屋「森家」に展示の北前船の大型模型

吉の目を通して、漂流先の地形、動植物、人々の暮らし方、建造物、防衛体制や見聞した各種工場の様子なども詳しく描いてあり、米国捕鯨船の捕鯨目的は鯨肉でなく、機械の潤滑油や照明のための鯨油であったとか、ハワイ国王カメハメハ3世との謁見《えっけん》などと興味が募る箇所も多い。

同じ漂流民でも土佐のジョン万次郎や播磨《はりま》のジョセフ・ヒコは名を歴史に留《とど》めているが、長寿丸の乗組員は歴史の片隅に埋《う》もれている。維新という歴史の転換期まで年月があり、活躍の場がなかったからであろう。帰郷後、多（太）三郎は貧しいまま東岩瀬で没したが、次郎吉の消息は不明である。

・磯部堤の怪火〜富山市安野野

伝説や昔話には怖いものが多いが、それらは稀有《けう》でおぞましい実際の事件に尾鰭《おひれ》を付けて語り継がれてきたものが多い。富山にもそのような伝説や昔話が多くある。

長雨が止んだ夕方近く、富山市磯部《いそべ》を訪れた。護国神社裏手、松川の磯部堤《つつみ》に立つ「一本榎《えのき》」には奇怪な話が伝わっている。風雨の夜、一本榎周辺には女の生首《なまくび》を宿す鬼火（ぶらり火）が多数飛び交《か》い、また、夜半《やはん》、この榎の下を「早百合、早百合」と呼びながら7回（あるいは3回）まわると、早百合の亡霊が現れて祟《たた》るという。

早百合とは佐々成政《さっさなりまさ》の愛妾《あいしょう》・早百合姫のことで、成政が極寒の立山越えをして三河の徳川家康を訪れていた間に家臣と不義密通《ふぎみっつう》をしたとの疑いをかけられ、一族悉《ことごと》く一本榎の下でなぶり殺しにされ、その時の恨みから現れるのだという。

この「早百合姫ぶらり火伝説」は、「黒百合伝説」（黒百合に関わって成政が自害したという伝説）と共に江戸中期の読本《よみほん》『絵本太閤記』から広まったらしい。同様の話が富山藩士が著した『肯搆泉達録《こうこうせんたつろく》』や『越中古実記』にも載っている。この話は姦通《かんつう》伝説の代表格として講談で語られ、歌舞伎「富山城雪解清水《とやまじょうゆきげのきよみず》」明23年（１８９０）や映画「神通川の怪火」大正元年（１９１２）、宝塚歌劇「黒百合」昭和16年（１９４１）などで上映・上演された。

だが、この伝説は矛盾が多い。現在、一本榎は磯部堤にあるが、磯部・護国神社一帯は江戸初期から富山藩の広大な磯部庭園の一部で、成政当時の居城とは直接に関わりがない。また、榎の下《もと》で殺されたとしているが、『絵本太閤記』では城近くの神通川沿いの〔柳の下〕になっている。早百合姫は、五福《ごふく》の豪農・奥野与衛門《よえもん》の娘で、その一族悉く殺されたはずなのに、現在も五福の長光寺には奥野家歴代の墓があり、子孫もいる。

磯部の一本榎と案内板

この伝説を、富山藩前田家が前領主の成政を貶《おとし》めるために創作したと言う人もいるが、虚《きょ》構《こう》ではなく、早百合姫に関わるこの種の事件が実際にあって、それを語り継ぐうちに現在のような話になったのではないだろうか…。磯部が伝説の地になったのは、当時の富山町(現・富山市)で磯部辺りが、神通川を挟《はさ》んで早百合姫が生まれた五福とは最も近い所であり、また、榎が関わっているのは、榎特有の民俗学的な意味合いからではないだろうか。柳田國男の「神樹篇・争いの樹《き》と榎樹」によると、「昔の人は樹に依《よ》って神を迎える場合に多くは榎を選び、又老《おい》たる榎を仰いで乃《すなわ》ち神を思った」(『定本柳田國男集』第11巻)と述べている。当時の人々は霊が寄り憑《つ》く樹として早百合姫の怨霊が一本榎に宿っていると信じたのではないだろうか…。

だが、誰よりも熱心にこの一本榎の伝説に思い入れした著名な作家がいる。泉鏡花である。鏡花は明治22年6月頃から数カ月間、富山町に滞在している。十五・六歳の頃だろう。富山滞在は、春陽堂版『鏡花全集』の「年譜」、「自筆年譜」、小寺菊子の随筆「屋敷田甫《たんぼ》」などで確認できる。この時の取材で鏡花は、後年、一本榎の伝説に関わって3作品を書いている。「蛇くひ」(明治31年)、「黒百合」(明治32年)そして「鎧」(大正14年)である。

・榎の下の異様な集団～富山市磯部

雨上がりの夕方、ぶらりと磯部堤《いそべつつみ》の一本榎《いっぽんえのき》を訪れ、夕闇の中で榎の下に佇《たたず》み、泉鏡花の作品に思いを馳せた。

鏡花は明治22年に富山町（当時）を訪れた。初めての長い一人旅だった。旅の目的や富山での滞在場所は判明していない。だが、富山はよほど印象的だったらしく「富山もの」と呼ばれるものを判明できる限りで12作品ほど書いている。その中の3作品は一本榎が関わっている。鏡花が富山を訪れた頃、一本榎のある周辺は「御屋敷田圃《おやしきたんぼ》」と呼ばれる神通川の廃川《はいせん》地で、魑魅魍魎《ちみもうりょう》が跋扈《ばっこ》するような草茫々《ぼうぼう》の荒れ地だった。この地を背景に鏡花は明治31年に「蛇《へび》くひ」を書いた。その内容は次のようなものである。

神通川から吹く風で一本榎がざわめくと、榎の下に異様な集団が姿を現す。彼らは「応《おう》」と呼ばれ、日頃は荒れ地で蛙《かえる》・蜥蜴《とかげ》などを食べての悪食《あくじき》三昧《ざんまい》だが、時には富山町に出かけて物を乞《こ》う。だが、それを拒《こば》むと、店先や戸口で持参した蛇を食らってはそれを吐き散らす。その被害は数知れず、そのことで町は怖れ戦《おのの》き、やがて奇妙な童謡が流行《はやり》だし、彼らの頭目《とうもく》の出現が囁《ささや》かれる…。奇妙な話である。

一本榎の周辺

当初の題名は「両頭蛇《りょうとうだ》」で、未完であるが、句読点の打ち方や、描かれた交通機関や「君が代」の儀式採用時期などから、書かれたのが明治25年（1892）にまで遡《さかのぼ》ることができて、現存する鏡花の作品の中で最も早い時期のものである。だが、「蛇くひ」の発表は、当時、師の尾崎紅葉から止められていた。また、興味深いことに、「蛇くひ」の作品の中で「応」は好んで「蛇飯《めし》」（生蛇《なま》を米と一緒に炊き上げたもの）を食べるが、夏目漱石の明治39年の『吾輩は猫である』では、迷亭《めいてい》君の悪食談《だん》に同様の「蛇飯」が出てくる。その迷亭君の悪食談の前の部分に鏡花の作品に触れている。それに漱石は鏡花を一時期、かなり意識していたことがあるので、漱石は「蛇くひ」から「蛇飯」を書き加えた可能性がある。

『絵本太閤記』によると、秀吉の越中攻めの時、神通川を挟《はさ》んで秀吉勢と対峙《たいじ》した佐々成政勢に向かって五福方向から現れた数百の鬼が「オウ、オウ」と叫び、刀を振り回して襲いかかり、成政は逃げ出したとあり、その鬼たちを早百合姫一族の怨霊《おんりょう》としている。鏡花は、神通川の風で榎がざわめくと出現する異様な集団（「応」）をこの鬼たちの化身《けしん》とし、伝奇的な戦国時代を明治の世に蘇《よみがえ》らせて、早百合姫の怨念《おんねん》で成政の富山町を祟《たた》るつもりだったのだろうか…。この「応」の正体には諸説があり、「蛇くひ」は短編ながら富山の口碑《こうひ》・伝説・稗史《はいし》・民俗・噂などが絡みあって複雑な構成を持っている。

また大正14年の「鎧《よろい》」の前半にも一本榎が出てくる。10代の鏡花らしき人物が富山の友人を訪ねる。その友人は多くの女に好かれたあげく、女たちの生魂《いきだま》が体内に入り込んで苛《さいな》むので、思い立って一本榎の下に出かけ、神通川を通る神の力で生魂を祓《はら》い清めてもらおうとするのだが、その神は友人を…。これも奇妙な話である。更に「黒百合」では一本榎を富山城大手門近くに移動させ、富山町を崩壊させてしまう。

余りにも一本榎の下に佇んでいたので体が闇に塗《ぬ》り潰《つぶ》されそうである。それにしても人の怨念ほど、おぞましく怖いものはない。

・異彩を放つ橋～富山市舟橋

高志の国文学館（富山市舟橋南町）から松川沿いに流れを少し下ると橋が見えてくる。舟橋である。橋は2艘《そう》の渡し船を鎖で繋《つな》いだ特徴的なデザインが採り入れられている。

その橋の中ほどに12、13歳ほどの女の子が欄干《らんかん》から身を乗り出して川の流れを見つめている。その光景から小寺菊子の自伝的小説「河原の對面《たいめん》」の一場面が思い浮かんだ。債務者とのトラブルで収監《しゅうかん》された高利貸《こうりが》しの父を持つ少女が、橋上から、河原で砂を運ぶ苦役《くえき》に従う囚徒《しゅうと》の中に父を見出し、切ない想《おも》いで見詰めている場面だ。富山市旅籠《はたご》町出身の小寺は舟橋付近を舞台にこの小説を描いた。だが、目前の橋は川幅約20㍍ほどの松川に架かる短い橋で川面《かわも》までは近く、河原などはない。主人公の少女はどの橋から川を見下ろしていたのだろう…。

元々、松川は神通川本流の一部で、現在、右岸の橋の袂《たもと》に常夜燈《じょうやとう》、橋から20㍍ほど北の森林水産会館前にも常夜燈がある。この二つの常夜燈の間を江戸時代に神通川が流れて、異彩《いさい》を放つ橋が架かっていた。両岸の間に64艘の渡し船を浮かべて鉄の鎖で繋ぎ、碇《いかり》で固定した〔船橋〕で、洪水や非常時には切り離しが可能だった。だが、明治15年（１８８２）に船橋は撤去《てっきょ》され、代わりに木橋の「神通橋」が架けられ、その木橋も神通川流路改修工事の廃川地埋立てで明治36年（１９０３）に撤去された。埋め立て完了後の昭和10年（１９３５）に旧神通川右岸の一部が松川として残り、再び架橋されて平成元年（１９８９）に改修されたのが現在の舟橋である。小寺の生まれた年は諸説あるが明治12年だとすると、「河原の對面」の少女は神通橋から神通川を見ていたのだろう。

　舟橋袂の常夜燈の南面には「両宮《りょうぐう》伊勢太神宮」、森林水産会館前の常夜燈の南面には「金《こん》毘羅《ぴら》大権現」、北面には共に「寛政十一歳初春」と刻まれてある。廣瀬誠は『神通川と呉羽丘陵』で、伊勢神宮系の神社は現在でも県下に７００社もあって他県に比べてずば抜けて多い上に、この刻銘《こくめい》からも当時の越中での伊勢信仰の盛んな様子が分かると述べている。富山市埋蔵文化センターＨＰ「富山城研究」コーナーにも、富山城下の藩からの拝領地に伊勢《いせ》御《お》

松川沿いの常夜燈と舟橋

師《し》が旅屋を構えて伊勢参宮の便宜や伊勢講の世話などを活発に行っていたとあり、往事《おうじ》の越中人の伊勢信仰の篤《あつ》さがよく窺《うかが》える。また、金毘羅大権現は水難守護神なので、洪水を繰り返す神通川への畏怖《いふ》と治水への祈りも伝わってくる。

当時、橋の袂の茶店のスシも名物で、戯作者《げさくしゃ》の十返舎一九《じっぺんしゃいっく》の紀行文的小説『金草鞋《かねのわらじ》』十八編では、船橋袂の茶店のスシが美味くて客が頬《ほお》っ辺《ぺた》を落とすので辺り一面に頬っ辺が散乱していたとして「名物の鮎《あゆ》のすしとて皆人のおしかけてくる茶屋の賑《にぎ》はひ」と詠んで悪ふざけている。現在は鱒寿司《ますずし》が富山名物だが、元々は鮎寿司で、享保2年（1717）に富山藩士吉村新八が創製し、それを藩から徳川吉宗《よしむね》に献上し、以後、富山藩から幕府への年々の献上物になったという。明治になって鮎が鱒に代わり、好みも世につれて変わるのだろう。

船橋の景観も橘南谿《たちばななんけい》の『東遊記』、頼三樹三郎《らいみきさぶろう》の漢詩、歌川広重《うたがわひろしげ》の『六十余州名所図会』など、多くの紀行文や詩歌句文、浮世絵で紹介され、全国的に有名だったようだ。それにしても、220年余り前に建てられた常夜燈は、戦災をくぐり抜け、長い年月の間、富山の街の中心で何を観《み》続けてきたのだろうか…。

・盆踊りでの騒動～富山市梅沢

護国神社（富山市磯部町一丁目）からの帰りに総曲輪《そうがわ》へ向かう途中、旅籠《はたご》町を通りかかった。この辺りは富山市を舞台にした泉鏡花の『黒百合』（明治32年）で、眼を患った準主人公・若山拓《ひらく》が悪童《あくどう》たちから悪戯《いたずら》を受けた場所だった。悪戯を受けた後、若山の耳に聞こえてきたのが、「さあい、さんさ、よんさの、よいやさ」の囃子詞《はやしことば》で、その囃子詞から「さいさい踊唄《おどりうた》（さいさい節）」を思い出して、その唄ゆかりの円隆寺《えんりゅうじ》を訪れた。

円隆寺は富山市中央部の梅沢町３丁目、イタチ川の近くにあり、毎年祇園会《ぎおんえ》の７月14、15日の夜に古くから「さいさい踊り」が行われている。近在の子（主に女子）らが境内に集い、円陣を作って手拍子《てびょうし》面白く、囃子詞に合わせて月の光の中で踊る、全国でも珍しい女子だけの盆踊りとして富山市指定の無形民俗文化財になっている。また、円隆寺は富山藩主前田家の祈願所だったことからか、その囃子詞の「サーイサンサイヨンサノヨヨナーイ」は「もう佐々（成政）の世ではない」の意に解するとも言う者もいるが、定かではない。

文芸評論家・笠原伸夫の指摘では「さいさい踊唄」の元歌は越中五箇山《ごかやま》に伝わる「神楽《かぐら》踊こきりこ唄」のことで、富山初代藩主・前田利次《としつぐ》が入国した寛永16年（１６３９）頃から富山城下で盆《ぼん》踊唄として盛んに唄われていたという。だが、盆踊りは富山藩で長らく禁止されたことがある。

円隆寺の近くに真興寺《しんこうじ》がある。江戸期には現在地の北、約２００メートルの富山市立中央小学校付近にあった。その寺で承應２年（１６５３）７月、盆踊りのさなかに事件が起きた。『越中資料第２巻』でその経緯をみると、加賀藩家老・本多政長が鷹狩《たかがり》で富山に宿泊した折り、本多家の中間《ちゅうげん》（小者）たちが戯《たわむ》れて踊場《おどりば》を乱し、それを富山藩士・片岡平右衛門が諭したが、聞き入れず、片岡が威嚇《いかく》のために抜刀すると、中間たちが逆に片岡を取り押さえ、刀を奪って逃走した。他藩の家臣の従僕《じゅうぼく》が当地の藩士に乱暴を働くのは前代《ぜんだい》未聞《みもん》で、本多政長が加賀八家《はっか》・本多家第2代当主で禄高《ろくだか》5万石、正室は加賀2代藩主・利常《としつね》の娘で幕府に強いパイプを持つ家柄なので、従僕たちは主人の威《い》を借りて狼藉《ろうぜき》におよんだのだろう。

翌日、このことを聞いた富山藩主・前田利次（利常の次男）は烈火のごとくに怒り、片岡には切腹、彼と同行した藩士や上役も処罰し、加賀藩に厳しく抗議した。加賀藩では本多政長が該当の中間5人を死罪にして謝罪したが、利次は許さず、父の利常や弟の利治《としはる》（大聖寺藩主）も仲介に入ったが、怒りが鎮まらず、本多政長は家老・藤井雅楽《うた》を切腹させて改めて深く謝罪した。それにより利次は納得し、一件は落着した。利次にすれば、越中に分藩して間もないといえ、藩法の制定、新田開発、富山城下の整備などが順調に進んでいる折り、加賀の本藩に侮《あなど》られたくはなく、骨のあるところを見せたかったのかもしれない。この事件後、富山藩は藩内での盆踊りや相撲などの禁令を布告し、それ

現在の真興寺

は江戸期の中頃にまで及んだ。ただし、子どもの盆踊りは許されたという。

この事件は『慶安奇聞』（県立図書館蔵）に集録され、小説として八尾正治が『越中残酷史談』所収の短編で描いている。さいさい踊りの夜、この事件を思い浮かべて踊りを見るとひとしお感慨深いだろう。

・源氏鶏太の生家跡〜富山市泉

富山市出身の直木賞作家、源氏鶏太《けいた》について講演を頼まれたので久しぶりに富山市中心部を流れるイタチ川沿いの源氏の生家跡を訪ねた。

源氏は、随筆などで大衆小説家の運命として「死んでしまえばそれまでで、その後は自分の作品は読まれないだろう」と嘆いていたが、彼の予想どおり、現在、僅かの作品のリバイバルはあるが、彼の作品の大方は忘れられている。だが、高杉方宏《まさひろ》の『資料・源氏鶏太』によると、源氏には小説５１６編（長編１００・短編４１６）、コント47編、随筆６５４編の作品があり、その内の80本余りが映画化されているという。膨大な作品数で、源氏はまさに当時は超売れっ子の作家だった。

桜橋電車通りから中央通り商店街を通り抜け、雪見通りに入り、砂町の交差点を右折すると、イタチ川に架かる泉橋に辿《たど》り着く。川の左岸の橋袂《たもと》に名水で評判の石倉延命地蔵尊があり、橋を渡った右岸の橋袂に源氏鶏太の文学碑が立っている。碑には、空襲後の焼け野原に立つ一本の電柱から実家跡を確かめ得たとの源氏の「一本の電柱」の随想が銅版に刻み込まれて、自然石に填《は》め込まれてある。

その碑から下流方向右斜めのガレージに面した小路辺りが源氏の生家跡である。この地（泉町）で源氏（本名・田中富雄）は明治45年（1912）に生まれ、富山商業学校を卒業する18歳までを過ごした。卒業後、大阪の住友合資社（住友本社）に勤め、勤務の傍ら創作に励み、昭和26年（1951）に「英語屋さん」などで直木賞を受賞した。サラリーマンの悲喜交々《こもごも》を勧善懲悪《かんぜんちょうあく》のニュアンスを含ませてユーモラスに描き、流行作家として一世《いっせい》を風靡《ふうび》した。最盛期には1カ月に連載を週刊誌に4本、新聞に1本、月刊誌に3本を持ち、他に短編1、2編を書いていた。その源氏に晩年、作風に微妙な変化があらわれた。

生家跡から引き返し、対岸の石倉町のイタチ川沿いを散策すると、この辺りが源氏の「みだらな儀式」の舞台であるのを思い出した。友人の病気見舞いに帰郷した60歳の男が初恋の女に出会い、その女の営む居酒屋でその女とそっ

源氏鶏太の文学碑

くりの娘と奇異な一夜を過ごす。翌日、見舞った友人から、その女たちは既《すで》に死んでいるらしいと聞き、怯《おび》えるという話なのだが、源氏はこのような奇妙な幽冥《ゆうめい》（幽霊）小説を晩年に多く書いた。

この種の最初の小説は昭和45年の「幽霊になった男」で、出世競争に負けた男が、退職後、社内の競争相手の重役の部屋で自殺し、その後、奇怪な事が起こるという話で、翌年の「自分の葬式を見に来た幽霊」で初めて気の弱い幽霊が小説に現れてくる。この後、この類《たぐい》の小説が増えて晩年には主となる。これらは怨《うら》みを晴らす方法を持たぬ弱者の唯一の報復を描いたものだと源氏は言うが、この類の76編ほどを読むと、サラリーマンの死後での嘆きや怨み、上司への報復、幽霊との情事や生前に関係を結んだ異性への執心《しゅうしん》、悪霊や先祖からの因縁《いんねん》話などで、新奇な小説のように見えるが、従来見られた快男児《かいだんじ》が鉄槌《てっつい》を下す悪の対象や、サラリーマンの欲望を満たす対象が妖怪変化《ようかいへんげ》に代わっただけで本質的には以前と変わらないようだ。言わば勧善懲悪やサラリーマンの欲望を裏側から見てのブラックユーモア仕立《した》てになっている。とはいえ、夕なずむ人気《ひとけ》のないイタチ川沿いを幽冥小説を思い浮かべながら歩いていると、別世界へ迷い込むようでゾクゾクとしてくる。

・優雅な川の流れ〜富山市白銀

泉橋袂《たもと》の源氏鶏太《けいた》の文学碑（富山市泉町2丁目）からイタチ川沿いの桜並木の道を下流へと歩く。春ともなれば両岸の桜が咲き乱れ、風で舞い散る桜が川面《かわも》を染めて見る者を和ませる所だ。

やがて雪見橋が見えてくる。旧北陸道に架かっていた重要な橋で、江戸時代の慶安年間（1648〜52）、富山初代藩主・前田利次《としつぐ》が架け、以後、富山藩費で維持されてきた。また、南画家の池大雅《いけのたいが》が富山滞在中、この橋からの雪の立山連峰の景観に感嘆したので、雪見橋の名が付いたという。

橋の袂に立つと、富山市出身の作家・野村尚吾《のむらしょうご》の短編「鼬《いたち》川」を思い出す。雪見橋近くの生家が没落し、逃げ出すように上京して細々《ほそぼそ》と暮らす老女が、帰郷できない悶々《もんもん》とした日々の中で病に倒れる。その朦朧《もうろう》とした意識の中で生家近くのイタチ川の川音を聞いたように思いながら息を引き取る話である。

雪見橋から川音に耳を傾けながら流れを追うと月見橋が見えてくる。その月見橋までのイタチ川左岸が豊川町で宮本輝が幼い頃に住んだことがあり、その時のことを「螢川」で描き、芥川賞を受賞した。廣瀬誠の『神通川と呉羽

雪見橋界隈

丘陵』によると、月見橋は、「大橋」「表の橋」と呼ばれる雪見橋に対して「裏の橋」と呼ばれる。これは、富山藩主が祈願所の浄禅寺境内天満宮（現・於保多《おおた》神社）を参詣《さんけい》する折り、必ず雪見橋（表の橋）を渡り、帰途に月見橋（裏の橋）を渡るのを慣例としていたからだという。ちなみに富山初代藩主・利次は菅原道真《すがわらみちざね》の末裔《まつえい》を称して道真を氏神として崇拝したので、代々の富山藩主も天神信仰に篤く、それが庶民の間にも広まって富山には現在でも天神信仰の風習が根強く残っている。

この月見橋の西、立町《たてまち》（現・白銀町）で源氏鶏太と同年の明治45年（1912）に野村尚吾が生まれた。神通中学校（現・富山中部高校）3年を経て東京の成城中学4年に編入し、早稲田大学を卒業。大学在学中から『早稲田文学』の編集に携わり、後に毎日新聞の出版編集部に勤めて創作にも励んだ。「旅情の華《はな》」「遠き岬」「花やあらむ」で芥川賞候補3回、「乱世詩人伝」「戦雲の座」で直木賞候補2回、その「戦雲の座」で小説新潮賞、「伝記谷崎潤一郎」で毎日出版文化賞を受賞し、谷崎潤一郎が最も信頼した編集者だった。同時代の源氏は流行作家として世に持て囃《はや》されたが、野村は寡作《かさく》な上、生真面目《きまじめ》で、事物を抑えた表現で冷静に淡々と描くので、地味《じみ》に受け取られがちだが、深みのある作品を多く描いた。野村の芥川・直木賞候補作を同時期の受賞作と読み比べても何ら遜色《そんしょく》はなく、確かな力量を持つ正統派の作家と言える。

イタチ川は、月見橋から次の花見橋を経て松川に合流するが、この一帯を舞台にして野村は「旅情の華」を書いている。明治の中頃から大正の中頃にかけて、イタチ川沿いで三代に渡って売薬行商に携わった家族の姿を初代を軸にして描いている。当時の売薬配置業の仕組みや、それに従事する人々とその家族を手堅《てがた》く実直で、粘《ねば》り強くて勤勉、その上、信仰心に篤《あつ》く、遊芸の稽古事《けいこごと》にも熱心な富山人気質《とやまじんきしつ》を描いている。明治から大正へと激しく推移する富山市の変遷を市井《いちい》の人々の目を通して的確に捉《とら》えた秀作と言える。

イタチ川は、近年、「螢川」とも呼ばれ、川筋にはゆかりの文学作品も多い。桜咲く頃、それらの作品を思い浮かべながら歩くのも一興だろう。

・苛烈な廃仏政策~富山市梅沢

家で古いアルバムを捲《めく》っていると、自分の園児の頃の写真に目が留まった。やたらと寺の多い隣町の寺院内の幼稚園に通っていた。懐かしくなり、幼稚園のある梅沢町（富山市）を訪れた。

富山市内電車の広貫堂電停から立山連峰を望んで東に5分ほど歩くと、通りの両側に寺が連なっている。この界隈《かいわい》が梅沢町で、元々は寺町と呼ばれていた。江戸時代初期に富山藩が約60の寺院をこの地に集め、富山城下の南面の防備を担《にな》わせた。戦災を経た現在でもこの地には30ほどの寺院がある。静かで落ち着いた寺院町だが、明治初年に富山藩領を震撼《しんかん》させる大事件が生じ、この町が俄《にわか》に騒然となった。その発端は、富山藩が明治３年（１８７０）閏《うるう》10月に突如《とつじょ》、公布した合寺令《ごうじれい》だった。明治政府の神仏分離・廃仏毀釈《はいぶつきしゃく》の仏教排斥運動の一環とはいえ、富山藩の合寺令は苛烈《かれつ》なものだった。

　合寺令は藩領の全ての寺院を一派につき１寺に併合するもので、実際には曹洞宗と臨済宗を合併させて禅宗にして扱うなどの一宗１寺院に併合することで、公布数日前から寺院への参詣者《さんけいしゃ》規制や、士卒の寺院境内への埋葬禁止などがあった。『富山県の歴史散歩』（富山県近代史研究会歴史散歩部会編）や『富山県の百年（県民百年史16）』（梅原隆章ほか著）によると、藩は要所に武装兵を配置して、強引に領内の全約４００カ寺の僧侶と家族を寺町の各宗指定の６カ寺に集めた。禅宗は光厳寺、浄土宗は来迎寺、真言宗は真興寺、日蓮宗は大法寺、天台宗は円隆寺、浄土真宗は持専寺で、特に持専寺は悲惨な状況だった。領内の浄土真宗２５０カ寺の１２００人余りの僧侶と家族は持専寺の２４０畳ほどに詰め込まれた。畳１枚に５人の割合である。加えて寺の鐘楼《しょうろう》には40人余りの浦上キリシタンが収容されていた。朝夕の寺々の勤行《ごんぎょう》での読経の声が怨念《おんねん》の合掌のように町中に響いたという。

梅沢町界隈

富山藩の弾圧は更に加熱し、廃寺になった寺院は破壊、または転用し、仏像・仏具などは潰鋳《いつぶ》して武器弾薬とした。城下の寺院に由来する町名も、寺町は梅沢町、海岸寺町は八人町、寺内町は餌指《えさし》町、古寺町は常盤町、御坊町は桃井町、長清寺町は相生町などと改名され、仏教色を払拭《ふっしょく》した。

この合寺令を推進したのが藩大参事・林太仲《たちゅう》だった。林は幕末に家老・山田嘉膳《かぜん》の糾弾書《きゅうだんしょ》を加賀藩に提出した6人組の一人で、その内の島田勝摩《かつま》が山田嘉膳を暗殺するに及び、一党は一時逼塞《ひっそく》したが、維新に至って藩政の主導権を握り、明治3年に30歳の若き林がその筆頭に立った。木々康子の田村俊子賞受賞作「蒼龍《そうりゅう》の系譜《けいふ》」の後半では、白の死装束《しにしょうぞく》に身を包み、不眠の目を血走《ちばし》らせ、不退転《ふたいてん》の決意で藩政改革を断行する林太仲の気負い立った驕《おご》りの姿や、性急、過酷な改革への怨嗟《えんさ》の声をあげて怖れ戦《おのの》く僧侶と庶民の姿が生々《なまなま》しく描かれている。

明治4年5月に明治政府は合寺令を「不都合」として緩めるよう求めたが、富山藩は解除に応じず、7月に廃藩置県《はいはんちけん》を迎える。藩内の全ての寺に合寺の解除が及ぶのは明治11年（1878）になる。富山藩の合寺令は廃仏政策と言うよりも、藩内での強大な仏教勢力を抑えて旧弊《きゅうへい》を一新《いっしん》し、新たに富国強兵を目指《めざ》そうとする藩制改革の面が強いように思われる。

通りを歩くと、寺院内の幼稚園から園児の賑《にぎ》やかな声が聞こえてくる。平和で穏やかな街筋だが、この町筋に怨苦《おんく》の声が満ち溢《あふ》れていた時もあったのかと思うと背筋が寒くなってくる。

・受難のキリシタン〜富山市梅沢・山王

富山藩の合寺令《ごうじれい》を思い浮かべながら梅沢町（富山市）を訪れ、町内《まちうち》を歩いていると、蓮華《れんげ》寺《じ》の前に来ていた。現在の蓮華寺は戦災で焼けた後に再建されたものだが、合寺令の当時、この寺と隣接の持専寺《じせんじ》（常楽寺通院・現在は駐車場）に藩内の浄土真宗２５０カ寺の僧侶とその家族、それに長崎・浦上から流配されたキリシタン信徒たちが雑居していた。

浦上キリシタンとは、慶應３年（１８６７）から始まるキリシタン弾圧での「浦上四番崩れ（長崎・浦上でのキリシタンの４回目の摘発《てきはつ》）」で捕縛《ほばく》された信徒の内、明治３年（１８７１）２月に大聖寺藩や金沢藩を経て富山藩に移送されてきた42人のことである。三俣俊二《みつまたしゅんじ》の『金沢・大聖寺・富山に流された浦上キリシタン』によると、信徒たちは、合田《ごうだ》の湯（富山市大沢野）・経力《きょうりき》の湯（富山市経力）に収容され、新川・婦負郡の浄土真宗の寺々で改宗を説得された後、藩内29カ寺にそれぞれ幽閉《ゆうへい》された。

その後、明治３年閏《うるう》10月の富山藩の合寺令によって信徒たちは、藩内の浄土真宗の僧侶・家族らと共に預かり先となった梅沢町の持専寺（常楽寺通院）に集められた。持専寺の居住空間は２４０畳。そこに僧侶とその家族１２００人余りが雑居したので、信徒たちの居場所はなく、広さ４畳半の鐘楼《しょうろう》に押し込められ、後に隣接の旧蓮華寺の急造した小屋に移された。それまでに、藩とその命《めい》を受けた僧侶の執拗《しつよう》な説得で37人が仏教に改宗したものの、小屋での待遇は酷《ひど》く、夜具、鍋、釜《かま》などの生活必需品は殆《ほとん》ど支給されていなかった。旧蓮華寺の小屋に移る際には、未改宗の5人は藩の牢屋に送られた。首に鉄輪を填《は》められた5人は、その後、4畳敷の揚牢《あげろう》に移され、引き続き、改宗を説得されたが拒み通し、後に1人が病死している。

　このような状況に好転の兆しが見えてきたのは明治4年（1872）3月。キリシタンへの残虐な処遇《しょぐう》を伝え聞いた英国代理公使アダムスは、新潟駐在英国領事ジェームス・トゥループを富山に派遣してキリシタンの実情を視察させ、これに外務少丞・水野良之も同行した。その結果、キリシタンの取り扱いが過酷であるのが判明し、5月に富山藩は政府から譴責《けんせき》を受けた。その後、未改宗の4人と旧蓮華寺の小屋にいた者たちは山王町の家老・鈴木邸に移され、日々、隣接の日枝《ひえ》神社の神主から神道の講義を聴かされた。だが、この間、改宗した者の心に変化が生じていた。彼らは合寺令で弾圧された寺院や僧侶の様子をつぶさに見てきていた。改宗を迫った僧侶たちは一寺院に追いやら

「流配の地」に立つカトリック
富山教会

れて惨《みじ》めな生活をし、無用とされた寺院は次々に取り壊されていた。その様子から仏教への懐疑《かいぎ》が募り、キリシタンに戻りたいと切実に願うようになり、正式に願いを出して許された。明治６年（１８７３）２月に政府がキリスト教禁制の高札を撤去《てっきょ》し、信徒たちは「立ち返り信徒」として帰郷を果たすことになる。３年４カ月に及ぶ富山での苦難の日々だった。

信徒たちが収容されていた鈴木邸は、神言会《しんげんかい》（カトリック修道会の一つ）のヘルマン神父が大正３年（１９１４）に購入し、聖堂に改修された。後にフランシスコ会に委託されて昭和38年（１９６３）に聖堂が再建された。現在のカトリック富山教会（富山市山王町）である。

聖堂の前には平成23年（２０１１）建立の「浦上キリシタン流配の地」の石碑がある。この短い碑文の中に、信仰を貫いた人たちの涙と血が染み込んでいる。

・師弟の強い絆〜富山市梅沢

書棚を整理していると懐かしい本を見付けた。ベストセラーになり、幾度も映画・舞台・テレビドラマ化され、そのつど好評を博した有吉佐和子の『華岡青州《はなおかせいしゅう》の妻』だ。その青州の墓があるという海岸寺《かいがんじ》（富山市梅沢町３丁目）を訪れた。

富山市内電車・広貫堂前駅から広貫堂正門前を通り、道なりに数分で海岸寺に着く。横の幼稚園から御堂の後ろに廻《まわ》ると左右一対の石灯籠《どうろう》が前にある円筒形の墓がある。墓石には

「青州華岡先生墓」と刻まれてある。だが、清州は紀伊国（和歌山県）生まれなのにどうして墓が富山にあるのだろうか…。

華岡青州は、江戸時代の外科医で、中国医書を参考に改良を重ね、曼陀羅華《まんだらげ》（チョウセンアサガオ）と烏頭《うず》（トリカブト）が主剤《しゅざい》の麻酔薬「通仙散《つうせんさん》」を開発し、それを用いて文化元年（１８０４）に世界初の全身麻酔による乳癌《にゅうがん》手術に成功した。欧米で初の全身麻酔による手術が行われる約40年前のことだ。

麻酔薬の開発は苦難の連続で、その状況に青州をめぐっての嫁・姑《しゅうとめ》の確執《かくしつ》を絡ませて描いたのが有吉佐和子の「華岡青州の妻」だ。小説では麻酔薬の開発に苦渋《くじゅう》する青州に嫁と姑が張り合って麻酔薬の被験者に名乗り出て、その結果、姑は死に、嫁は失明するが、麻酔薬は開発されて手術は成功する。だが、実際には青州の母や妻が試薬の被験者だったとの資料はなく、手術を受けた老女も翌年には亡くなっているという。

海岸寺の青州の墓石の両側には西野家の戒名《かいみょう》が刻まれ、傍らには西野家の墓もあり、青州の墓は西野家の墓と合祀《ごうし》されている。この青州の墓については『富山史壇』（越中史壇会）の中川喜久江

海岸寺の華岡青州分骨墓

「富山にあった華岡青州墓」（41号）、石川旭丸「華岡青州と富山県」（46号）が詳しいが、石川旭丸によると、文化3年（1820）に富山の西野大珉《だいみん》（了珉《りょうみん》）が春林軒《しゅんりんけん》（華岡塾）に入門し、青州の死ぬまでの15年間入塾し、その後、青州の分骨を持ち帰って墓を建てたという。大珉は春林軒（華岡塾）の塾頭《じゅくとう》を務め、弘化4年（1847）の青州の十三回忌に大珉と同一人物と思われる西野元甫《げんぼ》が和歌山の華岡家墓地に二基の石灯籠を献納している。門人の献納は元甫だけで大珉は青州からよほど信頼されていたのだろう。

海岸寺での墓の建立は、青州の死後一周忌以内とか、十三回忌の折りにとかと言われているが、青州の分骨墓は全国で海岸寺以外にはない。なお、春林軒（華岡塾）の門人帳には越中人20数人が名を連ねていて、西野家は後に富山藩医になるが、他の門人も青州の志を継いで富山で医療に励み、その子孫に至るまで医療に多く携わっているという。

墓群の中でひっそりと佇《たたず》む青州の墓の前に立つと、師弟愛の深さとともに改めて青州の偉業が偲《しの》ばれる。

・富山に落ちた模擬原爆〜富山市下新西

絵本館に馴染《なじ》みの客が一冊の児童書を持ってきて、これを読めという。『パンプキン！模《も》擬《ぎ》原爆《げんばく》の夏』（文・令丈《れいじょう》ヒロ子／絵・宮尾和孝）だ。大阪市に住む小学5年生の少女の許《もと》に東京から、夏休みに模擬原爆を研究にしている同年の従兄弟が訪れる。その子から、米国が原爆投下の練習のために「パンプキン」と呼ばれる模擬原爆を日本に投下した話を聞き、戦争について考えるという話である。読み終えて帰宅途中、富岩運河・下新橋辺り（富山市下新西町）を訪れた。

　橋から運河左岸の遊歩道を上流に向かって歩く。右には道路越しに富山製紙の工場がある。模擬原爆が昭和20年（1945）7月、この辺りに落下した。パンプキンと呼ばれるカボチャに似た爆弾は米軍が長崎に投下した原子爆弾「ファットマン」と同重量、同形状だが、核弾頭は搭載《とうさい》せず、当時の米軍では最大量のTNT火薬を詰めた、長さ3・25メートル、直径1・52メートル、総重量1万ポンド（約4・5トン）の巨弾だった。

　菊池良輝著『日本に投下された49個の模擬原爆』や工藤洋三・奥住喜重著『写真が語る原爆投下　ヒロシマ・ナガサキをもたらした側の全記録』によると、模擬原爆は、実際に原爆を投下する爆撃機乗員の訓練と、投下する際の爆撃機の機能データを事前に採取するためのものだった。「春日井の戦争を記録する会」の金子力氏の調査などによ

富岩運河・下新橋付近

ると、国内約30の市町村に49個が投下され、死者400人以上、負傷者1200人以上の犠牲者が出た。富山市には20年7月20、26日に計4発の模擬原爆が投下され、63人が死亡し、80人以上が負傷した。

模擬原爆は、原爆投下候補地決定後にその周辺の都市の軍需・民間の大規模工場・鉄道操車場などを目標にして7月20日から8月14日まで投下された。吉田守男著『日本の古都はなぜ空襲を免れたか』によれば、原爆投下地は当初17都市が研究対象だったが、後に広島・京都・横浜・小倉に絞られ、更に検討を重ねられて最終の7月25日の投下命令書には広島・小倉・長崎・新潟の4都市とされた。4都市と京都市では模擬原爆を含めた空爆が禁じられ、新潟市の周辺都市として富山市に模擬原爆が投下されたという。ただ新潟は8月になって候補地から外されている。

富山市での投下目標は、不二越の東岩瀬工場（現東富山製鋼所）、昭和電工（旧日満アルミニウム）と日本曹達の各工場だった。『語り継ぐ富山大空襲第2集』（富山大空襲を語り継ぐ会編）によると、20日に富山市上空に3機の爆撃機が飛来し、目標の3工場に模擬原爆を投下したが、3発とも外れた。不二越への投下が中田町（現・中田公民館西）へ、日満アルミニウムへの投下が森（現・岩瀬スポーツ公園北）へ、日本曹達への投下が下新西町（富岩運河下新橋付近の左岸）に着弾した。この失敗を受けて再度26日に6機の爆撃機が飛来したが、天候が悪く、1発のみの投下だったが外《はず》れて豊田本町の住宅地に着弾した。この6機の中にエノラ・ゲイ（8月6日の広島原爆投下機）とボックスカー（9日の長崎原爆投下機）もいた。この爆撃失敗が8月1・2日の富山大空襲へと続いていく。

富岩運河は水を満々と湛《たた》えて静かに暮れようとしている。ふと、本の中の少女の言葉が思い浮かんだ。「練習で人を殺すてひどくない?」。戦争はどうしてこうも人の命を軽々しく弄《もてあそ》ぶのだろうか……。

・灰燼に帰す街〜富山城址公園前

大島絵本館へ『パンプキン』の本を持ってきた馴染《なじ》みの客が、今度はこれを読めと『のぶちゃんの戦争体験・富山空襲』（文・瀬川恵／絵・石黒しろう）を持ってきた。富山市在住の女の子が空襲で火の中を逃げ惑い、翌朝、焼け野原の自宅跡で家族と再会する絵本だ。その本に触発され、帰宅途中に富山城に寄った。

城址公園前の十字路に立つと、交差点越しに富山商工会議所のビルが見える。そのビルの付近が昭和20年（1945）8月1日から2日にかけての富山空襲の爆撃中心地（投下目標）だった。米軍の報告書では、この空襲での富山市の破壊率は99・5％。中山伊佐男著『ルメイ・最後の空襲』（桂書房）によると、これは米軍が設定した市街地域1・88平方マイル（約487（ヘクタール））内の破壊率であり、富山市街地全ての99・5％ではない。だが、戦災にあった全国57の中小都市の破壊率平均51・5%と比べると飛び抜けた数値で、死者も約3000人と推定され、広島、長崎への原子爆弾投下を除けば、地方都市の空襲では日本最大級の破壊率と言える。

爆撃の狙いはよく「不二越」だったと言われるが、米軍報告書に記された目標は市街中心部で、必ずしも「不二越」などの郊外にあった工場群ではない。当初、米軍は国内180中小都市を空爆目標にしたが、20年7月に137都市に絞り、富山市はその36番目だった。20年1月に対日爆撃部隊の司令官にカーチス・ルメイ少将が着任し、彼の提唱で、爆撃目的をこれまでの軍需工場群から市街地の人口密集地帯に切り替えていた。爆撃対象を大都市から中小地方都市に移していく過程で、8月1日から2日にかけて793機のB29が長岡・富山・水戸・八王子の4都市と川崎のコンビナートを空襲した。

富山空襲爆心地付近

富山には182機のB29が飛来し、2日の0時半頃から111分間に、M17集束焼夷弾《しょういだん》4525個、M47油脂焼夷弾7828個などが投下された。M17は小焼夷弾（約2キロ）を110本束ねたもので、これだけでも約50万本が地表近くで炸裂し、炎の雨が市内に降り注いだことになる。街は火の海だったに違いない。この時の情景を八尾町に疎開していた歌人・吉井勇は日記（「續北陸日記」）に「地獄変相図を見如《ごと》し」（北日本新聞平成30年8月1日付記事）と記した。作家・畷文兵《なわてぶんぺい》は長編小説「風の中の微塵《みじん》」で富山空襲を作品の山場として、空襲の紅蓮《ぐれん》の炎の中で自らのこれまでの生き方の総決算を図ろうとする男の姿を雄渾《ゆうこん》に描いている。

だが、なぜこのような大規模空爆が行われたのだろうか…。この夜に投下された爆弾・機雷は６６３２トンで前年６月６日のＤデー（ノルマンディー上陸作戦開始日）での６４００トンより遙《はる》かに多く、１回の空襲としては世界史上最大だったと、米国の新聞が翌２日に報じている。実は８月１日は、米国陸軍航空部隊の創立記念日だった。ルメイはその日を祝うため、空爆に最大兵力を投入せよと命じたのだった。また記事は、この日をもって司令官から参謀長に昇格したルメイ本人への「餞別《せんべつ》」にもなったと記している。祝賀記念爆撃で多くの人命が奪われたとするとやりきれない。

更にその空襲から19年後の昭和39年にルメイは来日し、「日本の航空自衛隊の育成に協力した」として勲一等旭日大綬章を受勲した。手渡したのは航空自衛隊の幕僚長だった。日本は心底、米国に負けたのだ。空襲で犠牲になった人たちがこのことを知ったらどう思うただろうか…。

・羅漢様は遊女の客～富山市五艘

大学で講義を終えた後、思い立って呉羽山の長慶寺（富山市五艘《ごそう》）を訪れた。講義で、平安の昔から越中と言えば、民衆の間で思い浮かべたのは、万葉集や売薬ではなく、立山の地獄だったろうと話してきた。死んだら越中立山の地獄に墜《お》ちると信じる人たちが当時の日本には多くいた。この立山地獄の伝承は、平安末期の代表的な説話集『今昔物語《こんじゃくものがたり》』や『本朝法《ほんちょうほっ》華験記《けげんき》』にも数話載っている。長慶寺はこの立山地獄に関わりがある。

駐車場で車を降り、長慶寺へ向かうと、左手は木々が生い茂る呉羽山の急斜面で、右手は開けて富山市街が一望できる。彼方《かなた》に立山連峰が神々《こうごう》しく聳《そび》えている。長慶寺は立山の地獄谷と向かい合い、地獄に墜ちた亡者を救う地蔵菩薩《じぞうぼさつ》を本尊として建てられた。その丈六《じょうろく》（約3㍍半）の延命地蔵は「桜谷大仏」と呼ばれ親しまれたが、明治初めの廃仏毀釈《はいぶつきしゃく》で破壊されてしまった。また、左手の急斜面には累々《るいるい》と数百体の石仏が立ち並び、今なお立山を望んでいる。五百羅漢《ごひゃくらかん》である。

この石仏群は、寛政10年（１７９８）に富山町の回船問屋・黒牧屋善次郎が発願し、南は薩摩、北は函館・松前までの人々に呼びかけて寄進を募り、善次郎の子や孫までの3代50有余年を費やして完成したもので、５３５体があるという。また、石仏は黒牧屋が佐渡ケ島の石工に刻ませ、北前船で運んだとも言われている。

本堂横の急な石段を上り、一体ごとに傍らに石灯籠《いしどうろう》の建つ羅漢像を覗《のぞ》き込むと、摩滅《まめつ》している顔も多いが、それぞれ表情が異なっている。だが、羅漢（仏弟子）にも拘《かか》わらず、俗っぽい庶民顔のものが多い。羅漢像は、越後から佐渡に渡った元遊女、良観尼の描いた画像をモデルにして彫られたという。長慶寺に伝わる画帳に残された数々の画像は、彼女が老いて尼になった後、若い頃に接した客を思い出して描いたものらしい。羅漢は遊女の客だった。おそらく佐渡の港町の水夫や漁師なのだろう。それにしても良観尼は何と多くの男たちと…。

ふと井原西鶴《いはらさいかく》の『好色一代女』が思い浮かんだ。主人公の女は色を売って数々の男たちと接して年老い、寺を詣《もう》でた折りに五百羅漢を見て、それらの顔から次々に昔関係した男たちの顔を思い出し、無常を感じて尼となる話だが、よくよく遊女と五百羅漢は縁があるらしい。水上勉もこの長慶寺の五百羅漢像を舞台に掌編「呉羽の羅漢山」（『鬼のやま水―現代民話集』所収）を書いている。能登・珠洲《すず》の貧家の娘が家出して富山に出るが、騙《だま》されて廓《くるわ》に売られる。

立ち並ぶ五百羅漢像

病身の上、借金がかさみ、朋輩《ほうばい》と見物した呉羽の五百羅漢が一人の遊女の相客の数だと知り、余りの多さに絶望して羅漢像の傍らの木で首を吊《つ》る。その様子を「死体の裾が乱れて、羅漢さんを股ではさむようにしていた～」と遊女への哀れみを誘うように描いている。

長慶寺の地蔵菩薩は彼方《かなた》の立山地獄の亡者《もうじゃ》たちばかりでなく、傍らに群がる色欲地獄に墜ちた者たちにも救いの手を差し伸べているようだ。

・越中売薬薩摩組の活躍～富山市安養坊

軽い気持ちで読み出した本なのに興味が募って熱心に調べ出すことがある。鳴海章《なるみしょう》の『密命売薬商』もその一冊で、越中売薬人の薩摩組に興味が湧いて富山市民俗民芸村の富山市売薬資料館（同市安養坊）を訪れた。

越中の売薬人は、行商先を基準に22組（慶應年間は21組）の仲間組をつくり、懸場帳《かけばちょう》（顧客のデータベース）を基に先用後利《せんようこうり》（先に商品を使わせて後に使用分の代金を受け取る）の販売システムで全国を廻った。富山藩も明和2年（1765）に薬種改座を設置して薬の製造を管理し、文化13年（1816）に反魂丹役所《はんごんたん》を設置して薬売り全般を統括した。このように藩挙げての保護と営業独占の特権を得て越中売薬は活躍したが、その中で薩摩を担《にな》った売薬人を薩摩組という。だが、薩摩は「生きて帰れぬ薩摩飛脚《ひきゃく》」と言われるほど排他的な国《くに》柄《がら》だった。

小説「密命売薬商」では、立山忍（忍者）の末裔《まつえい》の売薬人が富山藩からの内命で、蝦夷《えぞ》の利尻《りしり》昆布を北前船で買い占めて薩摩藩に貢《みつ》ぎ、売薬販路の再開と薩摩藩を介して中国から直接に薬種を購入しようとする。それを探索する幕府隠密集団と、富山藩の企《たくら》みを阻止しようと送り込まれた加賀藩の刺客《しきゃく》とが三つ巴《どもえ》の戦いを繰り返し、薩摩領内での大波乱…。昆布と抜荷《ぬけに》（密貿易）が焦点となっている。『海の懸け橋　昆布ロードと越中』（北日本新聞社編集局）と村田郁美「薩摩組の働きから見る富山売薬行商人の性格」（京都学園大学『人間文化学部学生論文集』第13号所収）によると、当時の中国は風土病が蔓延《まんえん》してヨードを含む昆布は漢方薬の原料として高値で売買され、その利を求めて薩摩藩は文化元年（１８０４）頃から新潟の廻船《かいせん》問屋を介して買い込んだ大量の昆布等を琉球を通して中国で売り捌《さば》いていた。だが、天保6年（１８３５）、天保11年（１８４０）に抜荷が発覚し、天保14年（１８４３）に新潟湊が幕府直轄《ちょっかつ》領になって薩摩藩の目論見《もくろみ》は潰《つい》えた。そこで目を付けたのが越中の薩摩組の献上品の昆布だった。

売薬資料館の密田家土蔵

薩摩組は『富山売薬史史料集・上巻・薩摩藩』では、江戸期にどの組よりも多く7回の差留《さしとめ》（領内での営業禁止）を受けている。その度に差留解除を求めて薩摩藩へ献金・昆布・鉛等を納めており、薩摩藩が昆布の直接買い撤退後の嘉永2年（1849）頃からは薩摩組が昆布廻船を請け負って薩摩藩へ毎年1万斤《きん》の昆布を献上した。その見返りに差留解除と昆布の市場価格での売却、中国の良質の薬種を安く購入でき、越中に持ち帰ることができた。その薩摩組の中心が能登屋（密田《みつだ》家）で、関連ある密田家文書が売薬資料館に多数保管されている。文書の中には文久2年（1862）の島津久光の上京の際の藩主の警護や寺田屋事件、鳥羽伏見の戦いなどでの薩摩藩の隠密御用《おんみつごよう》にも薩摩組が関わっていたようで、昆布廻船の請負《うけおい》といい、差留解除の為に薩摩組の涙ぐましい努力の跡が窺《うかが》える。

・大石内蔵助の叔父〜富山市五福

『怪談紀行』（高岡新報編、桂書房刊）を紐解《ひもと》くと「呉羽山の怪異」に目が留まった。七面堂の辺りから怪しい光物が飛来したという。興味をそそられ、呉羽山の七面堂を訪れた。旧国道8号の呉羽の切り通しに沿った城山側の坂道を少し上り、左にまがった竹やぶの中にひっそりと七面堂は建っている。

七面堂は、万治年間（1658〜1661）に富山藩士・奥村具知《ともちか》（蔵人《くろうど》）が藩祖・前田利次《としつぐ》からこの地を拝領して建てた。最盛期には、宝塔が高く聳《そび》え、山上に大灯籠《とうろう》が夜通し点《とも》され、参詣人《さんけいにん》が引きも切らなかったという。ただし、現在の堂は昭和に入って再建され、元々は更に上手《かみて》の稲荷神社の鳥居前辺りにあったと言われている。

その奥村具知は、赤穂浪士討ち入り事件の大石良雄（内蔵助《くらのすけ》）と深い関わりがある。内蔵助の父・良昭《よしあき》は家督《かとく》を相続する前に夭折《ようせつ》したので、孫である内蔵助が祖父の良鉄《よしたか》の養嗣子《ようしし》となり、家督を相続した。良鉄の弟・具知は内蔵助の大叔父だが、系図として両者は叔父・甥《おい》の関係になる。このように大石家と奥村家は討ち入り事件以前、そして以後も親しく付き合っている。

具知は赤穂藩（兵庫県赤穂市など）の大石家から加賀藩家老・奥村家の養子になり、後に富山藩に出仕した。当初の200石から、実家の大石家と同額の1500石の家老職まで勤め上げた。また、具知の息子の光重、直貞はそれぞれ富山藩家老の不破家、富田家へ養子に入り、後に両者とも藩主に近い女性と結婚している。また、二人の娘は蟹《かに》江《え》家へ、赤穂の姪の満《まん》（内蔵助からみると義姉、血縁では叔母）は養女にして磯野家へと、いずれも重臣の家に嫁が

呉羽山の七面堂

せている。

内蔵助と血縁が深い者が多いせいか、富山藩は赤穂浪士には好意的で、満が嫁いだ富山の磯野家（林義牧《はやしぎぼく》遠州流《えんしゅうりゅう》茶道の継承家）では、毎年12月14日の討ち入りの日の頃に、今なお300余年にわたって「義士忌茶会」を続けている。また、討ち入りの後、内蔵助の親族が処分されたが、従兄弟《いとこ》の光重、直貞もその対象だったが、両者は富山藩主・前田正甫《まさとし》から遠慮《えんりょ》（謹慎）のみに留め置かれた。正甫も赤穂浪士には好感を抱いていたらしい。

内蔵助に関して興味ある話が伝わっている。加賀藩士・青地礼幹《あおちのりもと》の随筆「可観《かかん》小説」に「大石内蔵助も越中富山の人にて、富山侯の臣奥村蔵人次男也《なり》。浅野家へ幼少の時より養子に遣《つか》わし、大石を称す」とあり、これを受けて石川県の郷土史家・笠原慎治氏は「石川郷土史学会々誌第33号」（2000年）などで、内蔵助は奥村蔵人の子で四男具頼《ともより》と双子だったと述べているが、事実かどうかは判明していない。「可観小説」は、青地が師である儒学者・室鳩巣《むろきゅうそう》（初め加賀藩に仕え、後に幕府の儒官。大の赤穂義士贔屓《ひいき》）から聞いたことを書き留めているので、少なくとも加賀・富山藩士の間では、内蔵助は越中生まれとの噂が真《まこと》しやかに囁《ささや》かれていたに違いない。

蛇足《だそく》だが、内蔵助の妻の理玖《りく》は、富山城主だった佐々成政《さっさなりまさ》の次女と従兄弟・清蔵との子の子孫で内蔵助の息子・主税《ちから》は佐々成政の血を受け継いでいる。血脈を辿《たど》ると、それだけで一つの物語が生まれてくる。七面堂に関しては武内淑子編著「呉羽山の七面堂」（2007）が詳しい。七面堂からは怪光物よりも、内蔵助にまつわる逸話が飛来してきたようで心が躍《おど》る。

・幻の激戦の地〜富山市西新庄

県外の客を「薬種商の館金岡邸」（富山市新庄町1丁目）に案内した後、県道361号（旧北国街道）で富山駅へ向かう途中、富山市西新庄付近で、戦国時代に上杉勢と越中・加賀の一向一揆の連合勢とが激しく戦ったのを思い出した。それとともに先日読んだ赤神諒《あかがみりょう》の『仁王の本願』を思い出した。

『仁王の本願』の主人公・杉浦玄任《すぎうらげんにん》はこの戦いの越中・加賀一向一揆の連合勢を率いた坊《ぼう》官《かん》（在俗の僧）で、この時の戦いが「尻垂坂《しりたれざか》の戦い（富山城の戦い）」と言われているが、史料が乏しく、その詳細は分かっていない。

竹間芳明《たけまほうみん》の『戦国時代と一向一揆』、萩原大輔《はぎわらだいすけ》の『謙信襲来』によると、上杉謙信は越中に11度も侵攻しているが、その6度目の元亀2年（1571）の侵攻で県中部まで勢力を広げた。それにより加賀への侵攻を危惧《きぐ》した本願寺の顕如《けんにょ》は、謙信の動きを牽制《けんせい》して上洛《じょうらく》する必要があった武田信玄と提携《ていけい》し、翌3年（1572）に本願寺・金沢御堂《みどう》の坊官・杉浦玄任を総大将として、加賀北2郡（河北・石川郡）の一揆勢を越中に派兵した。これに神保《じんぼ》・椎《しい》名《な》の越中の武士勢と勝興寺顕栄《しょうこうじけんえい》、瑞泉寺顕秀《ずいせんじけんしゅう》が率いる越中一揆勢も加わった。だが、大軍勢となったとはいえ、越中の諸勢力はバラバラで加賀一揆勢が反上杉勢の主力をなしていた。

元亀3年（1572）5月に一揆勢は河上・五位庄《ごいのしょう》（高岡市福岡町）に集結し、上杉方の日宮城《ひのみやじょう》（射水市）を攻めた。その救援に新庄《しんじょう》城（富山市、現・新庄小学校運動場）から駆けつけた上杉勢を一揆勢は五福山《ごふくやま》〈呉羽山〉や神通川渡場《わたしば》で破り、日宮城を落として富山城を占拠《せんきょ》した。この報告を受けた謙信は越後を1万の軍勢を率いて出陣し、8月には新庄城に本拠を構え、富山城に拠《よ》る一揆勢と対峙《たいじ》して激しい戦闘を続けた。

更に県道361号を進むと、右に正願寺が見えてきて、その門前に薄《すすき》地蔵のお堂がある。現在、西新庄一帯は平地だが、往時は新庄城と正願寺の間に「びや川」が流れ、正願寺の前辺りから田中町にかけての地域が川の堤《つつみ》への上り口で、その坂は「尻垂坂」と呼ばれていた。『戦国合戦大事典第3巻』〈戦国合戦史研究会編〉によると、両軍が激突した折りは雨が幾日も降り続き、戦死者の流血で川が真っ赤に染まり、一揆勢の多くの戦死者の首を埋めた首塚の石塔が現在の薄地蔵で、謙信が戦死者を弔《とむら》って経堂を建てたので「経堂」の地名が生まれたと伝えている。だが、平成19年（2007）の富山考

正願寺前の薄地蔵

古学会会員・古川知明氏の薄地蔵の調査で石塔が戦い当時のものでないことが判明した。伝承も曖昧《あいまい》で尻垂坂の戦いの詳細は今なお判然としない。むしろ、『仁王の本願』での「尻垂坂の章」を読む方が、その状況が鮮明に浮かんでくる。

仁王と異名《いみょう》のある僧将・杉浦玄任と武神と称される上杉謙信が富山城と新庄城で睨《にら》み合い、相手の出方を窺《うかが》っている。玄任自慢の鉄砲隊は連日の雨で役に立たず、そんな折り、功に逸《はや》った越中勢が謙信の策にはまり、出動し、それに巻き込まれた加賀一揆勢も総崩《そうくず》れとなって大敗する。血の海と化した沼や河原に累々《るいるい》と死骸《しがい》が連なり、血塗《ちまみ》れの仁王さながらに玄任が獅子奮迅《ししふんじん》の活躍をする。だが、この戦いで一揆の連合勢は大敗し、富山城から撤退《てったい》する。だが、加賀の朝日山で玄任の鉄砲隊の活躍で今度は上杉勢は大敗する。じつに痛快な小説である。

県道沿いは家々が立ち並び、穏やかだが、この地を「進者往生極楽《すすむはおうじょうごくらく》、退者無間地獄《ひくはむげんじごく》」と旌旗《せいき》をなびかせて死地へ突進した一向宗徒の姿が思い浮かび、改めて信心の在り方を考えさせられる。

・駕籠中での割腹~富山市本郷

日頃、気に留めぬ身近な所に歴史の痕跡《こんせき》を見出すと、驚きと共に自らも歴史の流れの一コマの中にいるのを実感する。

散策の途中、ふと目に留めた農家の門構えが気に掛かり、再びその家を訪れた。富山市郊外・本郷の住宅街の、その家の門構えは農家の長屋門（細長い長屋の中央に扉を設けた門）のようだが、よく見ると、時代劇で見かける格式ある武家の長屋門だった。傍らの案内板を見て驚いた。富山城近くから移築された富田兵部《とみたひょうぶ》の屋敷門だった。

富山藩には幕末三大事件と呼ばれる「お家騒動」がある。藩札《はんさつ》発行での利権争いから家老・蟹江監物《かにえけんもつ》を筆頭に22名の家臣が処分された天保5年（1834）の「蟹江監物一件」、家老・山田嘉膳《やまだかぜん》が城内で守旧派の藩士によって殺害された元治元年（1864）の「山田嘉膳殺害一件」、それに「富田兵部一件」である。

安政4年（1857）4月、富山への帰国を命じられた江戸詰《づめ》家老・富田兵部は帰国の途中、富山城下目前の稲荷町の筋違橋《すじかいばし》付近において駕籠《かご》の中で白装束にて割腹《かっぷく》した。この事件当時の富山藩は、莫大《ばくだい》な負債を抱えて藩財政が逼迫《ひっぱく》し、加えて5千軒以上が焼失する大火が安政2年（1855）に生じ、大混乱に陥っていた。この藩財政を立ち直すために、藩内の江戸派（12代藩主・前田利声《としかた》、富田兵部ら）は家中からの知行借り上げ（借金の担保の供出）を推進するが、富山派（利声の父で10代藩主だった利保《としやす》、国許《くにもと》の藩士ら）はそれを阻《はば》み、激しく対立した。その間、富田兵部は隠密裏《おんみつり》に幕府老中・阿部正弘《まさひろ》に近づき、阿部の娘と利声との婚約と、天領の飛騨高山5万石を富山藩の預領《あずかりりょう》にすることを画策していた。宗家である加賀藩からの実質的な独立と藩財政の回復を企てたのである。だが、この企ては、利保から加賀藩主・前田斉泰《なりやす》に告げられ、怒った加賀藩は富山藩政に介入し、富田の江戸詰家老職を罷免《ひめん》し、利声を隠居に追い込んだ。それに加え、富田兵部が預領の飛騨の代官を自ら望んだとか、利保の側室、毎木《まいき》との密通があったとかと、真《まこと》しやかな噂も流れた。

郷土史家・八尾正治《やつおまさはる》は「兵部の駕籠腹」（『越中残酷史談』所収）で、この騒動の元凶は毎木で彼女の権勢欲から生じ、富田兵部は藩の発展を図っただけだとし、地元在住の作家・佐多玲《さたれい》はこの事件を題材にして、「是非に及ばず」（『名こそ武士《もののふ》』所収）で、富田は若き藩主と共に藩政改革を推進したものの、讒訴《ざんそ》により非《ひ》業《ごう》の最期を遂げたとしている。また、作家・梶よう子は「迷子石《まいごいし》」で、富山藩江戸詰の見習い医師が偶然に立ち聞いた話から江戸派の悪計を知り、その企《たくら》みを国許に知らせようと苦心する姿を、幼馴染《おさななじみ》と敵対する苦悩と、仄《ほの》かな恋心などを交えて描いている。その江戸派の首魁《しゅかい》が富田兵部で、若い藩主を操《あやつ》って、その父の側室と通じて藩政を牛耳《ぎゅうじ》る堂々たる敵役《かたきやく》として描いている。歴史はその人の捉《とら》え方次第で様々に色付けされる。

富田兵部屋敷の長屋門

富田兵部はこの屋敷門をどのような想いで潜っていたのだろうか。野心も大望もあったろうが、それらは霧散《むさん》し、今は門だけが歴史の流れに身を晒《さら》している。

・一休さんゆかりの寺～富山市蜷川

地誌を読んでいると、時々驚く話に出くわす。それが近在のことになると、俄然《がぜん》、興味が湧いてくる。健診で県健康増進センター（富山市蜷川《にながわ》）へ行った時、その周辺が中世に蜷川庄を領した蜷川氏の居城・蜷川館の一角にあたることを思い出し、帰宅して調べると面白い話に出くわした。その話に惹《ひ》かれ、再び蜷川館があった辺りを訪れた。

富山市の市街地から国道41号を大沢野方面に向かい、北陸自動車道の高架下を通り、蜷川交差点で右折して進むと、県健康増進センター、その近くに曹洞宗最勝寺がある。蜷川館跡はこの辺りだという。蜷川館の築城は不明だが、室町時代に新川《にいかわ》郡蜷川庄《しょう》を領した蜷川氏が居城し、戦国期の永正2年（1505）に月岡野の戦いで蜷川治部少輔が討死し、翌年に守山城の神保氏に攻められて落城したと伝わっている。また、最勝寺のホームページによると、鎌倉時代の建久8年（1197）に蜷川親綱《ちかつな》が、父・親直《ちかなお》の菩提《ぼだい》の為に黒崎の地に建立したが、後に戦火にあい、江戸時代の元禄年間（1688～1704）に蜷川館跡に再建されたという。蜷川氏の菩提寺は一休（宗純《そうじゅん》）禅師と関わりの深い古刹《こさつ》である。

蜷川氏の代々の当主は新右衛門《しんえもん》と名乗っていたという。「蜷川新右衛門」と聞くと、人気アニメ「一休さん」に登場する足利義満に仕えた寺社奉行で、剣の達人の蜷川新右衛（ヱ）門が思い浮かぶ。だが、このアニメのモデルは、後小松帝の落胤《らくいん》と言われる一休と関わりあったことから蜷川新右衛門親当《ちかまさ》のことだろう。ただし、親当は三代将軍足利義満ではなく六代の足利義教《よしのり》に仕えた政所代《まんどころだい》（幕府の財政・領地の訴訟を掌《つかさど》る政所の長官代理）で、出家後は智蘊《ちうん》と名乗り、「連歌中興の祖」の一人とされる連歌《れんが》師《し》で、その子・親元《ちかもと》の「親元日記」から一休との親交が知られている。

だが、親当は幼い頃の一休とは交流がないようだ。作家の水上勉《みずかみつとむ》も『一休』で智蘊のことを「一休和尚行実譜」「龍宝山大徳寺誌」などをもとに取り上げ、二人の問答道歌などで親交の深さを述べている。出自《しゅつじ》は諸説あるが、「一休和尚行実譜」には「新右衛門、越中太田の庄の領主なり。」と記され、智蘊の墓所は京都の真如堂《しんにょどう》にあるが、最勝寺にも位牌《いはい》、墓碑がある。ただし、墓碑の文字は磨滅《まめつ》して判別しにくい。

また、越中蜷川氏に関わって伊勢新九郎（北条早雲）の

最勝寺

話がある。出自には諸説あって、中には面白い話もある。堀麦水『加能越三州奇談』(巻之五「北條舊地」)や富山藩の藩儒・野崎雅明《まさあき》の『肯搆泉達録《こうこうせんたつろく》』(巻之五「陶彦作并《ならび》伊勢新九郎興起乃事」)には新九郎を越中出身としている。「肯搆泉達録」では、伊勢新九郎は蜷川新右衛門に師事した布市に住む鞍《くら》作りで、夢のお告げで亡母の遺品のお守りを開くと竜鱗《りょうりん》三枚が出てきた。そのことを新右衛門に告げると、竜鱗三枚は鎌倉の執権北条時頼が越中に来た折りに紛失した物で、持つと武門の誉《ほま》れを得ると述べ、新九郎に北条と改姓し、関東へ赴《おもむ》くことを勧めた。新九郎は勧めに応じ、関東の太田道灌《どうかん》に仕え、後に小田原城を攻め落として早雲と号したという。現在伝わっている北条早雲像とはかなり異なっている。どうしてこのような話が生まれたのだろう…。蜷川氏が政所執事《しつじ》の伊勢氏に仕え、伊勢氏と深い関係があったからだろうか…。だが、北条早雲の越中出身の話は越中の民にとって郷土の誉れとして戦国のロマンを募らせたであろう。

境内には一休が寺を訪れた際に祀ったという「火消し地蔵」がある。その安らかなお顔で長い年月、何をご覧になってきたのだろう。

・都を占拠した越中人～富山市布市

富山市南郊の布市を訪れている。辺りを見渡すと変わり映《ば》えのない長閑《のど》かな田園地帯だが、室町時代前期には越中守護・桃井直常《もものいただつね》の布市城があった。直常は、観応《かんおう》の擾乱《じょうらん》（足利尊氏《たかうじ》・直義《ただよし》兄弟の諍《いさか》い）の際に直義方につき、正平６年／観応２年（１３５１）に、越中勢を率いて京に攻め上り、洛中を占拠した。直義の死後の正平10年／文和４年（１３５５）にも越中勢を率いて京都を一時占拠した。

　桃井直常は松倉城（魚津市）と津毛《つげ》城（富山市東福沢）を軍事的本拠としていたが、２城とも戦場となる能越国境に遠く、情報も収集し難いので、軍勢の前進拠点、そして経済、諜報《ちょうほう》活動の拠点として平時は布市城（富山市布市）を居城としていたようだ。城趾《じょうし》は、地元では富山地方鉄道の布市駅近くの富山南高校寄りの五平田圃《ごへいたんぼ》辺りとか、後に布市藩の陣屋があった辺りとか言われているが、判明しない。そこで直常ゆかりの寺を訪れた。

　布市駅から県道43号を南に５分ほど進むと道路脇に「興国禅寺」の案内板があり、それに従って進むと左手に興国寺がある。この寺の前にある水田、通称「殿方屋敷」に布市藩の陣屋や布市城があったと言われている。寺の門前には地蔵があり、周囲を椿の生け垣で囲まれた趣のある寺である。興国年間に直常が建立したと伝えられ、寺伝によ

興国寺

ると直常が寺領5百石を寄進したとも言われている。寺には立派な直常の位牌《いはい》があり、本堂東側に直常の墓とされる宝篋印塔《ほうきょういんとう》がある。また、代々寺を保護した加賀・富山藩主の位牌もある。富山藩主からは藩主菩提《ぼだい》寺の大法寺（富山市梅沢町）、光厳寺（富山市五番町）に次ぐ待遇を受けていたという。

この寺には興味ある話が伝わっている。織田信長に敗れて戦死したとされる美濃《みの》の斎藤龍《たつ》興《おき》（斎藤道三の孫）が永禄12年（1569）に布市に逃れ来て、興国寺に隠れたという。名を九右ェ門《きゅうえもん》と改めて帰農したが、その後、浅井長政から貰った鎧鞍《よろいくら》と阿弥陀如来の木像を持参して興国寺の住職になって、寛永9年（1632）に寂したという。また、帰農した折りに仏・経の力を信じて開墾に励んだので近くの村の名が「経力《きょうりき》」となったとの話も伝わっている。

興国寺のある布市から藤塚、上栄《かみさかえ》、石田などの一帯を昔は月岡野と言った。森田柿園《しえん》の『越中志徴《しちょう》』には「月岡野に大なる首塚あり。土人はこれを庚申塚《こうしんづか》、行人塚など呼ぶと云《い》へり」とある。今は田畑となっているが、昔は石田、藤塚辺りには多くの首塚があったようだ。これらは戦国末期の上杉、織田両軍の戦いでの戦死者の塚だろう。

上杉謙信が天正6年（1578）に急死し、その後、跡目争《あとめあらそ》いが生じたのを織田信長は好機と捉《とら》え、上杉優勢の越中を攻めた。『信長公記』などによれば、斎藤利治《としはる》（斎藤道三の末子）が率いる織田軍が飛騨から越中に攻め入り、津毛城を落とし、北進して今泉城《いまいずみ》（富山市今泉）を攻めたものの、守りが堅くて撤退すると、それを上杉軍が追撃した。だが、利治は月岡野の複雑な地形を利用して弓鉄砲で反撃し、首級《しゅきゅう》３６０を挙げ、３千人以上を捕捉《ほそく》して大勝利を得たという。月岡野の戦いである。

月岡野を歩くと、遥《はる》か南北朝の時代から、戦国、江戸と様々な時代の出来事が思い浮かんでくる。歴史というメガネを掛けて見ると、一つの土地は何と色々な顔を持っていることだろうか……。

・越中布市藩の顛末～富山市布市

赤穂浪士の主君・浅野長矩《ながのり》〈内匠頭《たくみのかみ》〉が切腹した後、長矩の弟・長広《ながひろ》（大学）が富山前田家へ浅野家再興を頼みに訪れたと伝わっている。不思議に思い、長広を調べると、長広の正室は伊勢菰野《こもの》藩主・土方雄豊《ひじかたかつとよ》の娘で、戦国武将・土方雄久《かつひさ》の子孫だった。そこで雄久ゆかりの富山市布市を訪れた。

富山市の南郊、布市は、現在は穏やかな田園地帯だが、室町時代前期には越中守護・桃井《もものい》直常《ただつね》の居城があった。また、この地は、古来、飛騨街道と信濃往来が交差する交通の要所として賑わった。更に一つ、この地には江戸時代前期に布市藩が存在した。藩祖は土方雄久で、藩領は、『富山県史　通史編近世・上』によると、布市を北端とし、岐阜県境の東猪谷《いのたに》までの南北30キロに及ぶ飛騨街道沿いの細長い領地で、石高は1万石であったが、近世の開発前のことなので恐らく1万石に達しておらず、「1万石格」の大名ということであったのであろう。その藩領を帰農していた中地山城（富山市大山）にいた河上富信《かわかみとみのぶ》の子孫の2名を代官として登用し、治めさせたという。だが、『富山郡方雑記』によると、慶長10年（1605）に前田利長が富山城修復のため飛騨からの材木を神通川で運ぶ際に猪谷の土方領の住民へ助勢を指示しているので、実質的には利長の支配下にあったものと思われる。

江戸時代後期の尾張藩士・朝岡正章《あさおかまさあき》の随筆『袂草《たもとくさ》』によると、前田利家の正室・まつの姉の子が土方雄久で、雄久の異父弟が前田家の重臣・太田長知《おおたながとも》である。すると、まつの子の前田利長と土方雄久は従兄弟となる。その真偽のほどは分からないが、前田家と土方家は利家の代から親しい間柄だったようだ。関ヶ原の戦いの折り、雄久が徳川家康の使者として利長を東軍へ勧誘し、その功により家康から布市藩1万石を与えられたという。だが、布市周辺は飛騨、信濃への交通の要所で、家康は、利長が豊臣方へ寝返らないための監視として雄久をこの地に送り込んだ可能性がある。

雄久と利長に関して面白い話が伝わっている（『加賀藩史料第二編』）。鷹《たか》狩り中の利長が

布市付近

布市付近で道の悪さで落馬し、怒った利長が郡奉行を呼びつけると、布市は土方領だと言う。そこで土方領の代官を呼びつけたが不在で、これを伝え聞いた雄久が自ら詫《わ》びに参上して、その折りに所領替えを申し出たところ、利長は能登での1万3千石と交換したという。この話を作家・津本陽は小説「加賀百万石」の作中に取り入れた。利長には要地が手に入るし、雄久は加増になるので両者とも満足できる交換だったのだろう。

布市藩はこうして慶長5年(1600)から慶長13年(1608)の8年間、この地に存在した。藩の陣屋について『蜷川《になかわ》の郷土史』(蜷川校下史編纂委員会編)は、興国寺の北東の水田内と推定しているが、地元では興国寺前の通称「殿方屋敷」、または富山市上栄《かみさかえ》の龍宝寺前の通称「矢竹藪」にあったと伝えている。その後、雄久は能登・石崎での1万3千石に下総・田子(千葉県多古町付近)に5千石が加増され、田子に陣屋を移し、晩年は徳川秀忠のお伽《とぎ》衆になっている。中々に世渡りがうまい。

雄久の長男・雄氏《かつうじ》が伊勢菰野藩の藩祖で、3代藩主・雄豊の孫娘(後に養女)が浅野長広の正室になる。兄・長矩は、江戸城刃傷事件を起こす18年前の天和3年(1683)にも勅使饗応《ちょくしきょうおう》役を務めたが、相役の院使《いんし》饗応役が土方雄豊で、その縁で両家の縁談が成立したらしい。この時には長広は兄・長矩の養子になっている。ちなみに天和3年の饗応でも吉良《きら》義央《よしひさ》(上野介《こうずけのすけ》)が指南役だったが、この時は事なく役目を果たしたようだ。

・富山城内での暗殺～富山市塚原

富山市八尾町内での仕事を終えた後、久婦須《くぶす》川沿いを遡《さかのぼ》り、宮腰の古刹《こさつ》・本法寺を訪れた。法華宗の北陸道布教の中心であっただけに静かな山あいの境内には荘厳《そうごん》な空気が漂っている。参詣《さんけい》を終え、山門から出ようとすると、門脇の苔むした石碑に目が止まった。島田基明と記してある。その名に思い当たり、本法寺から富山市塚原の教順寺へ向かった。

マンションや工場が建ち並ぶ神通川沿いに教順寺がある。この寺の門は富山城大手門南にあった家老・山田嘉膳《かぜん》の屋敷門を移築したものだ。その山田嘉膳を殺害したのが島田基明こと島田勝摩《かつま》だった。富山藩は立藩以来、慢性の財政難に苦しめられてきた。財政再建の為、江戸家老・富田兵部《ひょうぶ》は天領の飛騨高山5万石を藩の預領《あずかりりょう》にしようと画策したが、加賀宗藩に発覚し、富田は割腹、12代富山藩主・利声《としかた》は隠居に追い込まれた。その後、加賀藩から13代藩主として4歳の前田利同《としあつ》が送り込まれ、加賀藩に富山藩は呑《の》み込まれていく。その幼君の許《もと》で辣腕《らつわん》を振るったのが山田嘉膳だった。

山田は元々江戸浅草の町人の子で筑後柳川《ちくごやながわ》藩士の養子になり、後に富山藩の微禄《びろく》の山田家の娘婿《むすめむこ》になった。算盤《そろばん》と企画力に優れ、式台番から作事《さくじ》奉行、そして江戸藩邸焼失の折りに功をあげ、短期間で家老となり、加賀藩と協調して財政再建と西洋式砲術による軍備の充実に尽くした。だが、出る杭は打たれるが如く、新参者の異例の出世は譜代の家臣団の妬《ねた》みを買い、その筆頭が滝川玄蕃《げんば》だった。滝川は入江民部《みんぶ》・林太仲《たちゅう》らの中・下層藩士を取り込み、山田と激しく対立した。島田勝摩もその中の一人だった。

島田を含め、反対派の入江、林ら7名は山田を糾弾《きゅうだん》する連名の建白書を金沢の加賀藩庁に提出したが聞き入れられず、その内6人が蟄居謹慎《ちっきょきんしん》を命じられた。切羽詰《せっぱつ》まった6人は密議を交わして山田の暗殺を企《くわだ》てる。その密議を交わしたのが本法寺（八尾町宮腰）だったという。その中で血気《けっき》に逸《はや》った島田勝摩が単独で、登城中の山田を富山城内三の丸・大手内堀近くで殺害し、その首を城下の加賀藩横目（目付）の役宅へ持参して顛末《てんまつ》を語った。島田は詮《せん》議《ぎ》の場では、同志の名を口外せず、単独殺害を押し通して9カ月後に切腹した。25歳だった。

この事件に関しては、明治期に描かれた『越富《えっぷ》奇談島山物語』（富山市郷土博物館蔵）という絵巻物が残っていて経緯を知ることができる。これらを題材に郷土在住の作家・佐多玲《さたれい》は「名こそ武士《もののふ》」を描いている。島田は山田を佞臣《ねいしん》で母の仇でもあるとして、城内で首を切り取った後、それを刀に刺し貫いて番所の前を悠々《ゆうゆう》と通ったという。

山田嘉膳屋敷から移築された門

若輩《じゃくはい》ながら大胆不敵《だいたんふてき》な武者振《むしゃふ》りで、佐多は、彼の辞世《じせい》の句（死を前にしてこの世に書き残された詩的な短文）の「思いつれこの世は僅《わず》か夢の中後代《こうだい》にのこす名こそ武夫」から小説の題名を採っている。

島田の藩政刷新《さっしん》の一途な情熱は分かるが、許せないのは若者の純粋な情熱を派閥争いで老《ろう》獪《かい》に操る重臣たちだ。島田が山田を殺害したのが元治元年（１８６４）7月1日、この年の7月19日に長州藩が京都で幕府方と戦っている（禁門《きんもん》の変）。維新を目前にして富山藩は何と時代に遅れていることだろう…。

・イタイイタイ病の悲惨～富山市友杉

勤めが休みになると、県中央植物園（富山市婦中町上轡田《かみくつわだ》）によく出かける。樹木の豊かな緑が気持を癒してくれるが、木々の間を歩いているうちに、以前、ここがカドミウムの汚染地だったのを思い出した。県総合運動公園もそうだった。そのことから植物園を出て富山市友杉の県立イタイイタイ病資料館を訪れた。

県立イタイイタイ病資料館は平成24年（２０１２）に国際健康プラザ内に開設された。日本の四大公害病の一つ、イタイイタイ病に関するジオラマや絵本、映像などで分かり易く展示説明がなされている。

イタイイタイ病は神通川上流の神岡鉱山（岐阜県飛騨市）からカドミウムを含む排水が長期にわたって流され、支流の熊野川と井田川に挟《はさ》まれた流域で生活用水や農地を汚染したことから発生した。カドミウムは人体に摂取《せっしゅ》されると腎臓に蓄積して障害を引き起こす。進行すると骨粗鬆症《こつそしょうしょう》を伴う骨軟化症《こつなんかしょう》になり、わずかな刺激にでも骨折して患者は激痛に苛《さいな》まれる。戦前からこの地域だけに発生する原因不明の病とされてきたが、昭和43年（１９６８）３月からイタイイタイ病の被害者団体が7回に渡り、神岡鉱山を経営する三井金属鉱業を相手に訴訟を起こしてきた。昭和43年の5月に国は神岡鉱山のカドミウムが原因の公害病だと認定し、昭和46年6月、公害訴訟として国内初の住民側勝訴の判決が出た。最終的に、１６８６ヘクタールに及ぶ汚染農地を復元・転用する工事も終わり、患者への補償も解決したとして、平成25年（２０１３）12月に被害者団体と三井金属とが全面解決の合意書を交わした。提訴からここに至るまで45年にも及んでいる。

　昭和43年、国が公害病に認定した直後の夏に汚染地域を訪れて、その状況を小説にまとめた作家がいる。新田次郎で、作品は「神通川」である。イタイイタイ病の命

国際健康プラザ
（館内に「イタイイタイ病資料館」がある）

名者・萩野昇医師をモデルにし、終戦直後に復員した医師が発病の原因を発見するまでの苦悩の日々を描いている。新田の『小説に書けなかった自伝』（昭和51年）によると、新田は20日間富山市に滞在し、自ら汚染地域を調査・取材し、それをまとめて一気《いっき》に原稿用紙100枚に書き上げた。「神通川」は紛《まぎ》れもない純粋な富山産の小説である。だが、新田にとってこの作品は「実験小説」だった。53歳で気象庁を退職して2年目、遅咲《おそざ》きの作家・新田にとっては文筆一本でやっていけるか否かの勝負時《しょうぶどき》だった。彼は雑誌社からの勧めもあり、現地で取材したものを現地で作品としてまとめ上げるという創作手法に挑んだ。結果的に、その手法の「神通川」は読者に好評で成功した。引き続き、同じ手法で鹿児島での「桜島」、京都での「笛師」を書いて、それらがいずれも好評で、それ以後、新田は現地での取材に重きを置くようになった。この現地取材重視の姿勢は「劒岳　点の記」の取材まで続く。この創作姿勢を止めたのは取材で劒岳に登った折り、体力の限界を痛感したからだという。64歳だった。新田文学の根幹をなす創作姿勢は、富山の［川（神通川）］から始まり、富山の［山（劒岳）］で終わったといえる。そして、劒岳取材から4年後に心筋梗塞《しんきんこうそく》で急逝《きゅうせい》した。68歳だった。

「神通川」の主人公の熊野医師について新田は、実際の萩野昇医師をモデルにしたのではなく、自らが抱《いだ》く理想的な医師像を描いたと述べている。新田は実在の人物をモデルにして小説を書くが、それは実在の人物ではなくて彼が創り上げた理想的な人間像だ。そのため、誤解が生じることもあるが、小説はあくまでも虚構《きょこう》で、そのことを弁《わきま》えていなければならない。だが、資料館で見るイタイイタイ病の悲惨な状況は事実である。まさに人為《じんい》による地獄図だ。こんなことは二度とあってはならない。

・富山藩最大の一揆〜富山市塩

呉羽の長慶寺の五百羅漢を見た帰りに旧大沢野町（現富山市）の塩野に立ち寄った。長慶寺は天明6年（1786）に塩野にあった寺を移建したものだ。その年から27年後の文化10年（1813）に、この地域の灌漑《かんがい》工事と塩野開発に絡んで富山藩で最大の農民一揆が起こり、富山、八尾町で打ち壊しが続発した。長慶寺の五百羅漢が黒牧屋善次郎ゆかりのものなら、塩野開発と文化10年の一揆に関わりあるのが、当時富山町一番の豪商と言われた米穀商・岡田屋嘉兵衛《かへえ》（三輪日顕《みわにっけん》）である。

国道41号を高山に向かい、富山南警察署を過ぎて直《す》ぐの交差点を右折し、旧八尾町に向かうと、神通川の中州へ続く新婦大橋に行き着く。この一帯は塩野と呼ばれてきた。橋の傍らに式内社・多久比礼志《たくひれし》神社がある。その社伝に、老翁姿の神から塩水の泉を教えられ、製塩に至ったとある。そこから「塩社」「塩の宮」と呼ばれるようになり、塩野の地名が生まれたと言われている。現在は穏やかな田園地帯であるが、江戸時代には何度も開拓が繰り返された荒れ地だった。

文化年間に富山藩は財政建て直しのために塩野の再開発を進めることにし、その費用の捻出《ねんしゅつ》を富山町の岡田屋嘉兵衛、河原町屋宗五郎、八尾町の玉生《たもう》屋久左衛門らの豪商に依頼した。岡田屋は開発費捻出の為に飛騨に送る塩の出荷の増加を献策したり、自家の田畑や穀類2千石、黄金幾千両の私財を投じたりして貢献したが、その一方で、富山藩はこれら豪商に見返りとして新開地を与えるとし、開発の労働力を各村に割り当てた。

　文化10年（1813）は天候不順で稲の実りが悪く、農民は年貢の減免を藩に願い出たが却下され、その上、蝋燭《ろうそく》の原料となる櫨《はぜ》の強制植え付けや新田開発の労役《ろうえき》まで命じられ、不満が一気に爆発した。10月に富山町の岡田屋、河原町屋を襲い、続いて八尾の玉生屋を含めて10数軒を打ち壊した。藩は、直ちに郡奉行を八尾に派遣し、首謀者を捕らえて1カ月余りで一揆を鎮圧した。

多久比礼志神社（塩の宮）

　作家の新田次郎は、この一揆を発端にして槍ケ岳を開山したことで知られる播隆《ばんりゅう》上人を主人公にした「槍ケ岳開山」を描いている。物語は八尾の玉生屋の手代・岩松（後の播隆）が農民の不穏な動きの中で富山の岡田屋を訪れる処から始まる。やがて暴徒化した農民は岡田屋や河原町屋を打ち壊し、勢いに乗じて八尾の玉生屋へと押し掛ける。藩から郡奉行が八尾へ派遣され、その際に引き連れてきた足軽たちと一揆勢が争い、その最中に岩松は誤って最愛の妻を殺してしまう。己の罪を悔やんだ岩松はそこで……と、話は進展するのだが、新田はこの一揆をよく調べてはいるものの、史実通りには描いていない。岩松の姿を際立《きわだ》たせるため、殊更《ことさら》に八尾での騒動を仰々《ぎょうぎょう》しく描いている。小説はあくまでも虚構《きょこう》で、それを弁《わきま》えて読まなければならない。

富山市塩野の神通川右岸の堤防沿い一キロほどに渡り、200本ほどの桜並木がある。「塩の千本桜」として有名で、満開時の美しさは言葉で表せないほどだが、こんな地で人々が争い合ったとは何と悲しいことだろう。

・鬼と縁のある地〜富山市八尾町滅鬼

鬼になった妹を人に戻すために主人公が鬼と戦う「鬼滅《きめつ》の刃《やいば》」が漫画、映画で大ヒットしている。この「鬼滅」の逆読みの「滅鬼《めっき》」(富山市八尾町滅鬼)が、最近、ネット上で話題になって、アニメの聖地巡礼で訪れる人が急増しているという。その滅鬼に隣接する薄島《うすじま》に幼い頃、住んでいたので懐かしさのあまり訪れた。

富山市の市街地から国道41号を大沢野に向かい、上大久保六区西の交差点を右折、新婦大橋を越え、神通川中州を横切って西神通川橋を渡ると、左に「川の駅自然ふれあい学習館」、右に薄島発電所が見え、発電所西方の長閑《のどか》な田園地帯が滅鬼地区である。

滅鬼とは奇妙な地名だが、『越中婦負郡志』には、昔、この地は樹木が生い茂り、昼でも暗き所で、狐狸《こり》・山賊《さんぞく》が棲《す》み、人々に危害を加えていたが、ある年に勇猛《ゆうもう》の士が通り掛かって退治したので「妖鬼滅亡《ようきめつぼう》せし」の意から滅鬼の地名が生まれたとしている。『八尾町史』では、神通川の「ドンドコ」（河川の取水堰《しゅすいせき》や落差工《らくさこう》のゾロメキ（石が転がっている斜面））の「メキ」からだという説も挙げている。

また、隣接の薄島には、平安末期に渡辺綱《わたなべのつな》を祖とする渡辺党が都からこの地に入部し、拠点として越中に勢力を広げたという伝承がある。渡辺綱は、源頼光《よりみつ》に従って酒呑童子《しゅてんどうじ》を退治し、京・一条戻橋《もどりばし》で鬼の片腕を切り落とす説話や能「羅生門《らしょうもん》」などで鬼に関わっての逸話で有名な勇士である。「滅鬼」という地名と渡辺党に関わっての「鬼退治」という伝承…。どうもこの地域は「鬼」と浅からぬ縁があるようだ。

八尾町滅鬼界隈

高橋昌明は『酒呑童子の誕生』で、漢字の「鬼」は、日本では当初「モノ」と呼び、人に負の力を及ぼす霊的存在（怨念《おんねん》を持った霊など）や疫病《えきびょう》を指し、後に異なる文化・慣習を持つ人や反社会的集団なども指すようになったという。異国の住人や漂流した異国人、山賊・海賊《かいぞく》の類《たぐい》である。そして大江山の酒呑童子の原像は疫病神・疱瘡《ほうそう》神だと述べている。また、若尾五雄は『鬼伝説の研究』で鬼伝説のある地が鉱山地で、伝説が金工に関わりあることが多いことから、鬼は金工師（鉱山師・鉱山労働者）だと述べている。鬼の正体には諸説があり、かなり奥深い。ちなみに「鬼」を「オニ」と呼ぶようになったのは平安時代からで、源順《したごう》の『倭名類聚鈔《わみょうるいじゅうしょう》』では、仏教での「隠」（「おん」または「おぬ」と読み、この世ならざるもの）が訛《なま》ったものだという。

　松山充宏は「越中渡辺党の中世」（『日本海文化研究』平成24年）で、摂津《せっつ》で水運や鉱山開発に関与していた渡辺党が、越中の知行国主《ちぎょうこくしゅ》・徳大寺《とくだいじ》家に起用され、長久４年（１０４３）に神通川水運の要衝《ようしょう》の川湊《かわみなと》の薄島に入部し、ここを拠点に新川郡千石（上市町千石）や婦負郡野積保《のづみほ》布谷（富山市八尾町布谷）で次々に勢力を固め、舟運や山間部資源の入手で活躍したという。また、千石には平井保昌《やすまさ》、神通川上流の薄波《うすなみ》には坂田金時《きんとき》の子孫が住んだという伝説がある。これらは渡辺綱と共に酒呑童子を退治した摂津源氏の源頼光ゆかりの者である。摂津源氏は鉱山開発に関与しており、千石・布谷・薄波は鉱物資源に関連する地なので、久保尚文は『細入村史（上巻）』でこれらの伝説は鉱山開発が下敷きになっているという。滅鬼は「鬼滅の刃」とは関係ないが、平安の鬼退治や中世越中の鉱山開発にまで想像が及び、興味深い地だ。

・風の盆での恋～富山市八尾

昔のノートを整理していると、直木賞作家・高橋治を富山に招いた折りに高橋から聞いた話が書き留めてあった。読むにつれ、興が湧き、八尾（富山市八尾）を訪れた。

毎年9月1日から3日まで開催される「おわら風の盆」には1日あたり8万人前後が訪れる。この盛況の火付け役になったのが高橋治の小説「風の盆恋歌」だった。この作品は、当初、『小説新潮』（昭和59年6・7月号）に「崖の上の二人」として発表されたが、さほど話題にならず、翌年、高橋に一任された新潮社の編集者が「風の盆恋歌」に改題して単行本にすると、次第に読者の目に留まるようになった。加えて帝国劇場での公演（主演・佐久間良子、高橋幸治）、テレビドラマ化、石川さゆりの同名の曲のヒットなどで作品の評判が高まり、それにつれ、「おわら風の盆」も一躍、観光客が従来の3万人から20万人前後に増えて全国的に知られる祭りになった。

八尾の諏訪町本通りに入ると、石畳の坂道の両側に格子戸の家並みが連なっている。風の盆での、三味線や胡弓《こきゅう》の哀切《あいせつ》な調べで踊る町衆と観光客の熱気で祭りが最高潮に達する所だが、訪れた時には人影もなく、側溝《そっこう》（エンナカ）の水音と軒の風鈴の音《ね》だけが涼やかに聞こえてくる。その音に耳を傾けていると、高橋治から聞いた話が思い浮かんできた。

高橋が話すには、「風の盆恋歌」の好評は嬉《うれ》しかったが、題名が同じ八尾を舞台にした五木寛之の「風の柩《ひつぎ》」と彼の話題作「恋唄」から借用したようで、五木に会う度に申し訳なく、彼の顔を正視出来なかったという。また、この作品で高橋は、50代まで精いっぱい生きてきた人が、ふと立ち止まり、これまでの生き方でよかったのかと人生を振り返って戸惑う姿を、分かり易く恋愛関係で描こうとしたつもりなのに世間では不倫小説だと囃《はや》し立てられて心外だった。読者には、日常の生々《なまなま》しい感覚・刺激（欲望など）に囚《とら》われることなく、自らのこれまでの人生を客観的に見つめ直して欲しかったのに……と残念そうに話していた。また、作品発表後、久しぶりに「風の盆」開催中の八尾を訪れると、現地の世話人から作品中のトメ（主人公の八尾の家を預かる老女）のモデルは私だと8人が名乗り挙《あ》げているが、どの人をモデルにしているのかと尋ねられて困ったそうだ。高橋によれば、トメは金沢での学生時代の下宿のおばさんのイメージで、他に喫茶店の主人と「おはら保存会」の会長だけが実在の人のイメージから描いたという。「実在の人をモデルにして私は小説を書

八尾町諏訪町本通り

かない。それなのに、作中人物のモデルを取り沙汰《ざた》される時がある。そんな時は面倒なので その人物を作品中で死んでもらうことにする…」と。

更に続けて憂《うれ》い顔で次のようにも語った。「私の許《もと》に自分の奇異《きい》な人生を小説にしてくれと頼みに来る人は多いが、殆《ほとん》どは小説にならない。その人は奇異と思い込んでいるが、実際に奇異だとしても、その奇異が他者に通じるとは限らない。他者に通じる奇異が小説になるのだ…」と。自分の人生を主観的に捉《とら》えるのではなく客観視し、それを更に一般化することで小説になるというのだろう。小説創作の的《まと》を射た言葉だ。だから「事実は小説よりも奇なり」となるのだろう。

諏訪町の坂道を上っていると頻りに「風の盆恋歌」の曲が頭を過《よ》ぎる。城山から吹き下ろす風の音と石畳を踏み締める靴音がやたらと哀愁をかき立てる。

・越中の畠山重忠～富山市楡原

富山市から国道41線を岐阜県の飛騨方面に向かう途中、同市楡原《にれはら》付近でいつも不思議に思うことがある。国道が大きく右折する楡原交差点の右手前に畠山重忠《はたけやましげただ》の大きな石碑があり、そのまま国道を進むと重忠トンネルが見えてくる。楡原と畠山重忠の関わりに興味が募り、楡原を訪れた。

重忠トンネル手前を右に曲がり、坂道をしばらく上った所で左折し、真っ直ぐ進むと石塚の上に古びた幾つもの五輪塔《ごりんとう》が並ぶ墓所がある。案内板には畠山重忠の「墓所」とあり、この高台付近は「舘《たち》」と呼ばれ、墓の背後に戦国末期の能登守護・畠山義則《よしのり》の居城があったという。『細入村史』によると、畠山義則とは畠山義綱《よしつな》のことのようだ。

安部龍太郎の直木賞受賞作「等伯」は主人公の絵仏師・信春（長谷川等伯）が七尾から楡原城の亡父の主君・畠山義綱を訪れることから物語が展開するが、この辺りのことだ。

東四柳《ひがしよつやなぎ》史明《ふみあき》の『畠山義綱考』では、義綱は能登畠山9代当主だったが、永禄9年（1566）に重臣の謀反と一向一揆勢により、能登を追われて越中、近江に逃亡し、上杉謙信や越中の神保《じんぼ》長職《ながもと》、近江の六角《ろっかく》義弼《よしすけ》の支援のもとで能登奪還《だっかん》を図ったというが、安部は義綱の越中の逃亡先を楡原として描いている。

重忠の墓所の近くに彼が鎌倉の鶴岡八幡宮から分祀《ぶんし》したという楡原八幡宮や、南の城ケ山の山麓には重忠の菩提寺《ぼだいじ》の法華宗上行寺《じょうぎょうじ》がある。上行寺のホームページによると、重忠の子・六郎が父の菩提を弔《とむら》うために楡原に真言宗法雲寺を建立したとい

畠山重忠の「墓所」

われ、その後、寺は改宗改名して上行寺となったという。また、毎年7月には地域の人が墓所に集まって「重忠公祭」が開かれ、上行寺の住職が導師として供養している。

畠山重忠と言えば、『平家物語』『源平盛衰《せいすい》記』などで、三条河原での巴御前《ともえごぜん》との一騎打ち、馬を背負っての「鵯越《ひよどりごえ》の逆落《さかお》とし」、鶴岡八幡宮での静《しずか》御前の歌舞の伴奏などと武勇と教養の高さで知られ、「坂東《ばんどう》武士の鑑」と称された鎌倉幕府の有力御家人だが、北条時政・義時に謀《はか》られて武蔵国二股川で討たれた悲劇の武将でもある。重忠に関わる伝説や墓・史跡は全国に多数あるが、楡原にも重忠に関して二つの話が伝わっている。

『細入村史』などによると、一つは、重忠が病の源頼朝から妙薬の「犀《さい》（水を司《つかさど》り火災から守る霊獣《れいじゅう》）の角《つの》」を取って来るように命じられ、神通川から生きた犀の角から削り取ったものを持ち帰ったが、死んだ犀のものと疑われて楡原で謹慎《きんしん》の後、その地で殺されたという話。もう一つは、頼朝が寵愛《ちょうあい》した丹後の局《つぼね》が身重《みおも》になり、それを正妻・政子が怨《うら》み、殺そうとするのを重忠が逃がしたので政子らに憎まれ、楡原に隠れ住んで、その地で死んだという話である。重忠が楡原を訪れたという文献は見当たらないのに、どうして楡原と重忠は結びついたのだろうか…。

楡原の重忠伝説は、畠山義綱の居城に関連づけ、義綱による畠山氏の祖先祭祀《さいし》からと思われがちだが、義綱は永禄12年（１５６９）に上行寺の大檀那《だんな》になってはいるが、重忠の供養《くよう》はその前の法雲寺の頃から行われているようで、時代が遙かに遡《さかのぼ》る。越中国守護は康暦2

年（１３８０）の畠山基国《もとくに》からその子孫の世襲《せしゅう》で、守護代が主君の畠山氏ゆかりの者を供養したことからか、法雲寺の宗派の関係で、中世に伝説などを用いて唱導《しょうどう》・説教を行った高野《こうや》聖《ひじり》などによって重忠のこととして定着したものなのか、定かではない。いずれにしても、歴史は何が事実で虚構なのか、はかりがたいものだ。

・飛越国境の関所〜富山市猪谷

富山市楡原《にれはら》の鎌倉幕府の有力御家人・畠山重忠《はたけやましげただ》の墓と伝えられる所を見てから国道41号に出ると、先頃、直木賞を受賞した西條奈加《さいじょうなか》の「せき越えぬ」の一節がふと頭に浮かんだ。東海道の箱根関所の話だが、そのことから飛騨街道の関所に興味がわき、近くの西猪谷《にしいのたに》関所跡（富山市猪谷）を訪れた。

神通川沿いに国道41号を飛騨方面に進む。峡谷はしだいに狭まり、眼下には深緑色の急流が岩を噛《か》むように流れている。猪谷駅交差点を過ぎ、３００㍍《メートル》ほど行くと、右側に西猪谷関所跡の石碑が立っている。番所役宅の一部を僅かに残すだけで往事《おうじ》を偲《しの》ぶものはない。この地に天正14年（１５８６）頃から、明治４年（１８７１）までの約２８０年間、西猪谷関所が置かれていた。

飛騨と越中の国境は複雑で、飛騨からの宮川と高原川が国境で合流して神通川となる。飛騨では両川筋に街道があり、越中では神通川両岸に2本の街道が通っていた。飛騨は天領（幕府直轄地）だが、越中の神通川東岸の渓谷部は加賀藩領、西岸は富山藩領だった。

ＪＲ高山線の猪谷駅まで戻り、近くの富山市猪谷関所館（富山市猪谷）を訪れた。館内には、円空が彫った神仏像、神通峡大パノラマ、関所復元模型、片掛《かたがけ》庵谷《いおりたに》銀山や渓谷の断崖を渡った「籠渡《かごのわた》し」の遺物、それに「関所手形」などの古文書が多数展示され、興味がかき立てられる。関所館の展示解説によると、富山湾のブリを高山方面へ大量に運んだので「ブリ街道」とも呼ばれる飛騨街道には三つのルートがあった。神通川右岸沿いに茂住《もずみ》、船津（神岡）から高山に至る東街道、神通川左岸沿いに楡原、蟹寺《かにでら》を経て宮川沿いに古川から高山に至る西街道、蟹寺で宮川を籠渡しで渡り、高原川左岸沿いに船津で東街道に合流する中街道である。加えて、八尾から大長谷川沿いに西街道に合流する脇道（二ッ屋街道）もあった。

街道にはそれぞれ番所が置かれ、越中では東街道に東猪谷関所（加賀藩）、西街道に西猪谷関所（富山藩）、脇道に切詰関所（富山藩）があった。高瀬保《たかせたもつ》の『鰤《ぶり》の道・飛騨街道』に

西猪谷関所跡

よると、当初、交易は東街道が中心で、富山藩成立後は西街道、その後、新たに開かれた中街道に移っていったという。また、関所番の関所文書や留書《とめがき》、日記などから、通行者の居住地は、江戸、大坂、伯耆《ほうき》など全国14カ国を超え、行先も、伊勢、紀伊、甲斐など13カ国に及び、飛騨街道は北陸と飛騨を結ぶばかりでなく、東海地方や東海道によって江戸や京都、大坂に通じる交易の大動脈だったことがわかる。

富山藩は西猪谷関所番として橋本、吉村の両家を充《あ》て、両家は明治の初めまで関所番を務めた。谷間《たにあい》の本通りに関所御門を構え、東は神通川の断崖、西の山の斜面に番所役人の役宅を建て、本通りの両側を石垣で囲って、川側に14間（約25メートル）、山側に28間（約50メートル）の矢《や》来垣《らいかき》（柵）を設け、鉄砲2挺《ちょう》、鑓《やり》2筋、手鎖《てぐさり》2挺などを常時備えていたという。関所の役目は、国境警備と人の出入りの監視、特に入国よりも出国を、男より女の方に留意し、荷物を調べて口役銀《くちやくぎん》（通過税）をとることだった。

橋本家が残した多数の古文書などによると、大原騒動（飛騨の大規模な百姓一揆）や幕末のロシア船の富山・四方《よかた》沖来航、水戸の天狗党の乱などの世情騒然とした折りには多数の藩士が交替で関所に詰めたという。このような山深い辺境の地にも時代の波は着実に押し寄せていて興味深い。

・キリシタン「きく」の悲劇〜富山市婦中長沢

本棚を整理していると、片隅に一冊の本が埃《ほこり》にまみれていた。遠藤周作の『女の一生　一部　キクの場合』だった。キリシタン弾圧での「浦上四番崩れ《うらがみよんばんくず》（長崎・浦上でのキリシタンの4回目の摘発《てきはつ》）」を扱った本だ。頁をめくるうちに読み耽《ふけ》り、読み終えてから、「キク」の名と浦上四番崩れに関わりある、富山市婦中町長沢の「きくの塚」を訪れた。

浦上四番崩れとは、長崎・浦上のキリシタンの4回目の摘発ということで、幕末の慶應3年（1867）7月に、仏教式の葬儀を拒んだ浦上の隠れキリシタン68人が長崎奉行所に摘発されたことに端《たん》を発した弾圧である。幕府崩壊後も明治政府はキリスト教の信仰を禁じ、明治3年（1870）までに捕縛・投獄した浦上村全員にあたる約3400人の信徒を北陸や中国、四国の各藩に流配《るはい》した。その内の約600人が拷問・飢えなどで死亡したという。富山藩にも大聖寺藩、金沢藩を経て42人の信徒が移送されてきた。その中に「重次郎・きく」の夫婦もいた。

国道359号の長沢西交差点を南に折れて最初の交差点を右折し、すぐ三差路を右に進むと、道端に「きくの塚」と記した案内板があり、そこから山道を少し上ると、十字架を刻んだ扉が付いた祠《ほこら》があり、中に地蔵菩薩とマリア像が安置されてある。

キクは富山に来た時は32歳（数え年）で身重《みおも》だった。4歳の娘と共に西光寺（長沢）に幽《ゆう》閉《へい》されていたが、出産の際、難産で母子共に亡くなった。これを地元民が哀れに思い、長沢山の鏡坂の畔に地蔵菩薩《ぼさつ》を祀《まつ》って供養《くよう》した。昭和54年（1979）にこの祠を改築する折り、カトリック富山教会が地蔵菩薩の傍らにマリア像を安置した。

また、楽入寺（婦中町上吉川）に幽閉されていた夫・重次郎は、きくの身重の容体を案じ、見舞いたい一心からか転宗して面会を許されたが、そのきくも亡くなった。重次郎は供養のために地蔵堂に足繁《しげ》く通ったといわれ、地蔵堂までの山道を地元では「重次郎坂（重坂）」とも呼んでいる。信徒の頭格《かしら》だった重次郎の転宗で、富山に来た信徒たちは5人を残して相次いで転宗したが、後にキリスト教に戻っている。

三俣俊二《みつまたしゅんじ》著『金沢・大聖寺・富山に流された浦上キリシタン』（聖母の騎士社）や『あかしする信仰―東海北陸のキリシタン史跡巡礼』（名古屋教区殉教者顕彰委員会編）によると、信徒たちは、合田の湯（富山市大沢野町合田）・経力の湯（富山市経力）に集められた後、新川・婦負郡の浄土真宗の数カ寺で転宗を説得され、藩

きくの塚

内29カ寺にそれぞれ幽閉された。15歳から50歳までの信徒は鉄の首輪をはめられ、境内からの外出は禁止、朝は粥《かゆ》、昼は味噌汁、夜は香の物、7日に1度の塩魚という粗末な食事で、入浴は30日に一度と極めて過酷で、明治4年には明治政府から、信徒の扱いが不当との譴責《けんせき》まで富山藩は受けている。

明治6年（1872）2月の太政官布告で江戸期以来のキリスト教の禁教は解かれ、重次郎ら富山にいた信徒たちは浦上に帰郷する。3年4カ月の富山での配流の間にきくとその新生児を含む6人が死亡し、4人の子が誕生したので帰郷は41人になっていた。故郷で待っていたのは荒れ放題の家屋と田畑で、昭和20年8月9日、この地に原爆が投下される。浦上の民への試練は何と過酷なものなのだろう……。

【船橋村】

・明治初年の大一揆～船橋村竹内

永安寺（高岡市戸出）の境内で砺波（戸出）騒動に思いを馳《は》せながら佇《たたず》んでいる時にある寺のことを思い出していた。以前、富山地方鉄道の越中舟橋駅を訪れた折り、駅員が、駅横の寺が明治初年の大一揆に関わる寺だと言っていた。そのことが気にかかり、翌日、その寺、無量寺《むりょうじ》（舟橋村竹内《たけのうち》）を訪れた。

越中舟橋駅を出て直ぐ西側に無量寺がある。この寺に明治2年（1869）、数千人の農民が集まり、大挙《たいきょ》して新川郡東北部へと討って出た。その時の一揆勢は2万5千人ほどに膨《ふく》れ上がっていたと言われている。農民は菅笠《すげがさ》と「ばんどり」(蓑《みの》の一種で、藁《わら》で編んだ仕事着)を着ていたので「ばんどり騒動」と呼ばれ、会津の〔世直し〕、信州の〔贋造《がんぞう》二分金騒動〕と並んで明治初年の三大一揆とされている。

明治2年は大凶作で、当時の新川郡(加賀藩領)の村々は十村《とむら》(10カ村前後を束《たば》ねる村役人)や藩の役所に年貢減免《げんめん》と救済を嘆願したが聞き入れられず、それに十村たちの日頃の横暴や不正も加わり、農民の不満が爆発した。

10月12日に東加積《かづみ》組(現・滑川市、十村制度の下《もと》で10~数十カ村で「組」を構成していた)で多数の農民が集まったのを始めに新川郡の各地で集会があり、23日の清水堂下川原での大集会を経て翌24日に無量寺に結集し、十村宅の打ち壊《こわ》しが始まった。この間に一揆の総大将を塚越村《つかごしむら》(立山町)の宮崎忠次郎とし、29日(旧暦では10月末日)に無量寺から進撃を始めて、11月2日には泊(朝日町)に達した。その勢は2万から3万人と言われ、一部は暴徒化したが、3日に加賀藩の鉄砲隊に鎮圧されて数十名の死傷者を出した。忠次郎は青木村(入善町)で

無量寺

捕えられ、2年後に金沢で斬首された。この間、打ち壊し、焼き打ちにあった十村やその手《て》代《だい》の屋敷数は59軒に及び、一時、藩政は麻痺《まひ》した。

この騒動については、井上江花《こうか》が『塚越ばんどり騒動』（明治37年新聞連載、昭和8年〈1933〉刊行）で、玉川信明《のぶあき》が『越中ばんどり騒動』（昭和60年）で書いている。江花の著作は、彼自身の浪漫《ろまん》的・熱情的気質が全編に漂い、忠次郎を英雄視した文学的香りが強いが、玉川の著作は、彼自身が一揆の足跡を辿《たど》り、取材を重ねて忠次郎の思惑や藩の農政、一揆の特性などを究明している。

玉川によると、この騒動の根本原因は、十村制度《せいど》による加賀藩の民政の暗さ、商工業を軽視した農本主義、徳川家との幾度もの姻戚《いんせき》による過度の幕府依存、詰まる処は、民政は十村という百姓代官に任せきりで時代の流れも読めぬ頑迷《がんめい》な保守主義、百万石に胡座《あぐら》をかいた加賀武士の怠慢《たいまん》・無能さが生み出したものだとなかなかに手厳《てきび》しい。また、忠次郎がこの騒動で目論《もくろ》んだのは「十村公選《こうせん》」（十村などの村役人の公選）と「越訴《おっそ》」（代表者による直訴《じきそ》）だったと言う。「十村公選」は忠次郎が若い頃に諸国を11年間放浪した折り、北海道で知り得た榎本武揚《えのもとたけあき》の函館共和国の考えに影響を受けているとか、泊まで進撃したのは吉島村《きちじま》（魚津市吉島）の十村の総元締めの屋敷を打ち壊した後に金沢藩庁に自ら直訴しようと思ったためだろうとも言われていて興味が募る。

無量寺の参道に佇み、この参道から数万の農民が法螺《ほら》や太鼓を打ち鳴らし、勇ましく進発していったのかと思うと、感無量《かんむりょう》である。

【滑川市】

・詩の力・高島高～滑川市加島

滑川で講演を終え、線路沿いの道を富山方向に向かい、車を走らせていると、左に富山地方鉄道の西滑川の駅が見えてくる。詩人・高島高が「遠い山脈に綿毛のような雲が二つ三つ浮き／まるっきり掌《て》でつかめそうな風景が／水橋口駅（現・西滑川駅）の構内に／上り三時三十二分発の／富山電鉄電車を待っている（中略）／誰もいないこのちっぽけな停車場の／この二十分の待車は大変すっきりして／ルナンを読むのに丁度よい」（「小駅待車」）とよんだ駅だ。この駅から高島は文学を志して上京し、父の病で帰郷を余儀なくされたが、中央詩壇への復帰を願って幾度も佇《たたず》んだ駅だ。

駅に車を停め、右の田中小学校のグランド横の道をしばらく歩くと、古い洋館造りの家に辿り着く。高島高の実家の医院跡だ。田中小学校は、細田守監督が「おおかみこどもの雨と雪」を富山で撮る際に、当時、県下で最後の木造校舎ということで「雨」「雪」が通った小学校のモデルとなったが、現在は修築されている。

医院跡の洋館の前に佇んでいると高島の詩と初めて出会った時のことを思い出す。最初は新聞記事からだった。昭和54年8月の東京新聞に「復員の歌・やっと故国で戸籍」との記事が載った。太平洋戦争に敗れ、タイの捕虜収容所で帰国を願う日本兵達の間でよく口ずさまれた歌があったという。「白象の国椰子《やし》の国／南十字の星の下／幾年へたる旅枕／南の国よいざさらば」という「復員の歌」だ。この歌を懐かしみ、復員兵の一人が昭和54年にレコード化するにあたり、作詞者を捜したところ、ようやく判明したとの記事だった。作詞は滑川市の開業医・高島高だが、本人は既に昭和30年に亡くなっているという。

この記事を読み、いささか感動した。一篇の詩が、苦しい抑留《よくりゅう》生活で帰還を願う日本兵の心を癒し、帰国後もその人達の心に息づいていた。これが文学の力だと思い、作詞者の高島に畏敬を抱いたのが最初だった。その後、私自身も高島の詩によって救われた。60歳近くで罹病《りびょう》し、死を覚悟したことがあった。日々、沈痛な想いに苛《さいな》まれていた時、高島の詩に触れた。「火の中では火になりきり／水の中では水になりきる／喜びの中では喜びになりきり／悲しみの中では悲しみになりきる／その究極は無であり／無から再びあらためて力がほとばしり出す／一度死んでから／本当に生き出すんだから／あわててはいけない／早まってはいけない／何も世におそるることなど一つもないのだ／その本質さえ究明すれば／死さえも／

高島高の医院跡

瞬間にかがやく永遠／光は無限にかくされている」（「人間」）。一読後に身が軽くなり、死を怖れるよりも心静かに死を受容できるような気持ちになった。幸い病は癒え、それ以来、高島の幾編かの詩が私の心の奥底で息づいた。

高島高（高嶋高）は明治43年に滑川市で生まれた。家は代々の医家で家伝の火傷の特効薬が好評で、高島も火傷の治療が上手いことで定評があった。小学、中学（現・魚津高校）では医師になるべき環境で勉学、運動（野球、柔道）に励んだが、彼が15歳の時に母が急病死する。この時の衝撃が大きく、悲しみを癒すのに詩に触れ、それ以来、詩に没入していく。

中学卒業後、日本大学文学科へ進んで詩作に励むが、父からの要請で、改めて昭和医学専門学校（現・昭和大学医学部）に入学する。だが、医学を学ぶ傍ら詩作に励み、在学中に、萩原朔太郎、北川冬彦、千家元麿、佐藤惣之助が審査員の【詩のコンクール】で彼の詩が一等当選になる。このコンクールは中央詩壇への登竜門で、この縁で高島は北川冬彦主宰の『麺麭《ぱん》』の同人になり、同誌に詩を次々に発表する。その後、内科医として東京や横浜の病院での激務の傍らも詩作を続け、28歳の時に処女詩集『北方の詩』を刊行し、詩人としての名を中央詩壇で確固たるものにする。高島は若くして詩人としての華々しい栄誉を掴んだことになる。

だが、父が病に倒れ、急遽《きゅうきょ》、故郷の医院を継ぐことになる。中央詩壇での華々しい成果を捨てて草深い田舎の医師になるのは高島にとって無念だったろう。その無念さに加わえ、程なく軍医として召集され、フィリッピン、シンガポール、ビルマと転戦し、タイで終戦を迎えて捕虜となる。多くの兵士の死や負傷を診てきたこの詩人の繊細な心は両刃の剣のごとく深く傷付き、昭和21年に復員、帰郷した。郷里にて心身の疲れを癒した後、再び医師として誠実に患者に対応しながら詩作への情熱を蘇らせ、次々と詩誌を編集発行し、2年半の間に12冊も刊行した。しかし、個人誌のような編集刊行なので経済的負担が募るとともに、開業医の傍らでの個人編集の疲労が重なり、昭和30年4月に病床につく。詩誌の編集発行は過酷だったろうが、そんな苦しみよりは詩への情熱が遙かに勝っていたのだろう。病床について1カ月後に死去する。享年44。若すぎる死だった。東京での若い時の活動が華々しかっただけに田舎で詩を愛する一介の開業医として過ごすことに得心がいかなかったに違いない。実直ゆえに代々の医家を継いで医師になり、その医業をなおざりにできない責任感と、医師を捨ててでも直ぐに上京し、詩に専念したい気持ちの狭間《はざま》で高島は日々悶々《もんもん》としていたのだろう。

そのような自分を彼は自ら励ますように力強く訴える。「怯懦《きょうだ》するをやめよ／君自身を信ぜよ／君の中にある君は／もはやのっぴきならぬ君だ／それは／君であるというよりはどうにも出来ぬ君なのだ／君は／君の中の君をさぐれ／たとえそれがあらゆる人々の非難を受ける君であっても／そいつこそはほんものなのだ／君のほんものを生かせ／暴論や無智に気をかけるな／そのものが真にほんものなら／いつかはきっと人々の方から頭を下げてくるのだ」（「内部」）と。

晴れ渡った青空に雪の立山・剱の稜線が煌《きら》めき、山襞《やまひだ》の雪模様が白く輝いている。医院跡に佇んでいると、体の奥深い処からフツフツと力が湧いてくる。高島からまた生きる勇気を授かったようだ。

【魚津市】

・悲運の落城〜魚津市本町

歴史は、人の営みを嘲笑《あざわら》うかのように時として妙な悪戯《いたずら》をする。それが多くの人の悲惨な死を招く時、人は天を恨み、悲運をかこって嗚咽《おえつ》する。

ぶらりと魚津の街を訪れた。電鉄魚津駅から海側へ向かい、最初の大きな四つ辻を右折すると長教寺がある。加賀藩の町奉行所跡で、万治3年（1660）から明治維新まで2百年余り、魚津町の行政を司《つかさど》った。同じ四つ辻を左折すると県の魚津総合庁舎がある。この周辺が、江戸時代に加賀藩東辺の軍事権と、射水・砺波・新川3郡の「越中盗賊改役《とうぞくあらためやく》」の警察権を行使した魚津郡代（郡奉行所）跡である。それに加え、明治4年（1874）から1年足らずだが、富山県の前身・新川県の県庁が置かれた場所でもある。今は閑散《かんさん》としているが、藩政期を含め、嘗《かつ》ての新川県の中心地だった。

その総合庁舎の道路を隔てた向かいにある大町小学校（平成30年度に廃校）の跡地と、隣接の魚津簡易裁判所を含めた辺りが、「悲劇の籠城戦《ろうじょうせん》」と語り継がれている魚津城があった所である。天正10年（1582）、柴田勝家、佐々成政、前田利家らの織田勢数万の大軍が、中条景泰《なかじょうかげやす》ら上杉勢3千8百余りが立て籠《こ》もる魚津城を包囲した。城では直ちに本国に援軍を求め、それに応じて上杉景勝《かげかつ》は越後から魚津城近くの天神山城に出撃して布陣《ふじん》した。だが、織田の大軍に身動きが取れず、更《さら》に別手の織田軍が越後に侵入したとの報《しら》せで本国に撤退《てったい》した。魚津城では80日余りの籠城の末、援軍の望みも食糧も絶え、城兵及びその家族悉《ことごと》くが自害した。だが、落城前日、織田信長が本能寺で殺害され、その報が落城の翌日に魚津の織田勢に届き、織田勢は直ちに撤退した。城は再び上杉勢に奪還《だっかん》された。1日違いで自害した城兵らの死は何だったのだろうか。歴史の残酷さがひしひしと感じられる。

この籠城戦を火坂雅志《ひさかまさし》が小説『天地人』（第13回中山義秀文学賞）の「死中に生あり」で描き、平成22年度（2009）の同名のNHK大河ドラマの第18話「義の戦士たち」で放映されて涙を誘った。上杉勢が本国へ撤退する間際《まぎわ》、織田勢の包囲をかい潜って直江兼続《なおえかねつぐ》が魚津城を訪れ、城将たちに降伏を勧める。だが、城将はこれを拒み、次のように言う。「敵に

小学校跡地にある「魚津城址」の石碑

屈して生き恥をさらすより、死して士道をつらぬく戦いもある。主命にそむくようだが、なにとぞ、われらの勝手をゆるしてもらいたい」（小説『天地人』から）。激戦のすえ、13人の城将は城兵と共に自刃《じじん》する。

上杉家の史料「景勝公御年譜」（『上杉家御年譜』）は、城将たちが耳に穴をあけ、自らの名を書きつけた板札を結《ゆ》いつけて切腹し、その後を追って女性や子らも自害し果てたとの逸話を伝えている。これら上杉の武将の供養塔は、魚津城跡から10分ほどの鴨川沿いの華王寺《かおうじ》に立っている。また、魚津城跡には天正元年（1573）頃に上杉謙信が詠んだとされる歌を刻んだ歌碑と「魚津城趾《じょうし》」の石碑が立っている。

古今東西、勇猛果敢《ゆうもうかかん》に戦って死ぬ武人たちはそれなりに自らに酔い、死を迎えるのだろうが、巻き添えになった人たちは痛ましい。多くの人たちの血で塗《まみ》れたこの地は完全にその血が乾き切っているのだろうか。校庭跡の木立に吹く風は瀟々《しょうしょう》として暗涙《あんるい》に咽《むせ》いでいるような音を立てている。

【黒部市】

・大雪の日の訪問者〜黒部市三日市

テレビで再放送の「水戸黄門」を見ていると、黄門よりも昔、お忍びで諸国を巡回し、民情を視察して悪を懲《こ》らしめたと伝わる人がいたのを思い出した。鎌倉幕府5代執権《しっけん》・北条時《とき》頼《より》である。それとともに時頼にちなんだ謡曲「鉢木《はちのき》」が思い浮かび、関わりのある黒部市三日市へと向かった。

富山地方鉄道の東三日市駅前の黒部市民会館の敷地内に「佐野源左衛門《げんざえもん》尉《のじょう》常世《つねよ》之遺跡」の石碑が立っている。この地が謡曲「鉢木」の桜井庄《さくらいのしょう》だと言われている。謡曲「鉢木」とは、大雪の日、上野国《こうずけのくに》（現・群馬県）佐野近くを旅していた僧が、通りがかりの家に一夜の宿を頼むと、家主は承諾し、寒さ凌《しの》ぎに秘蔵の盆栽《ぼんさい》の桜・松・梅を伐《き》り、火にくべて暖をふるまう。家主は一族に所領を横領《おうりょう》されて零落《れいらく》した佐野源左衛門常世で、常世は僧に「落ちぶれても、いざ鎌倉という時には馳《は》せ参じる」と語る。後日、幕府から鎌倉へ参集の触れが出ると、常世は痩《や》せ馬にむち打ち、駆けつける。すると、雪の夜の僧は北条時頼で常世の忠誠心を褒《ほ》め、本領《ほんりょう》の返還と火にくべた盆栽の木に因《ちな》んで加賀国梅田、越中国桜井、上野国松井田《まついだ》の三カ庄を常世に与えたという。

「佐野源左衛門尉常世之遺跡」の石碑

この謡曲を史実に基づくものだと思っている人も多いが、佐野源左衛門常世自体が定かでなく、不可解な点が多い。先ず時頼が実際に諸国を巡回したかが問題で、巡回肯定派は

『増鏡《ますかがみ》』『太平記』にある記述を、否定派は鎌倉幕府の史書『吾妻鏡《あづまかがみ》』や鎌倉・南北朝の古記録にその記述がないのを根拠にしている。現在は否定派が優勢だが、大島廣志《ひろし》の「北条時頼回国伝説《かいこくでんせつ》」（『民話〜伝承の現実』所収）では、時頼訪問伝承のある地を東北から九州までの四十カ所を挙げ、その中に富山県では現在の南砺市高瀬、高岡市福岡町西明寺、富山市婦中町鵜坂《うさか》、富山市山田鎌倉がある。だが、時頼は本当に諸国を巡回したのだろうか…。また、時頼が盆栽の木に因んで常世にバラバラに離れた地を与えたのも奇妙だ。

　謡曲「鉢木」は作者未詳《みしょう》で、その創作には諸説があり、金井清光は「最明寺入道時頼の回国伝説」（『時衆文芸と一遍法話』所収）で、場面設定として藤原定家の「駒《こま》とめて袖うち払うかげもなし佐野のわたりの雪の夕暮」（『新古今集』）に拠《よ》り、それに当時流行した盆栽を絡ませ、蘇民将来《そみんしょうらい》の故事（異郷からの来訪者を歓待して災厄《さいやく》を免れる話）を含ませたものとして諸説をまとめている。加えて時頼の御家人《ごけにん》（将軍直属の家臣）保護政策の推進と北条得宗領《とくそうりょう》（執権の直轄《ちょっかつ》領）の拡大などの政治的背景も影響しているという。

　中世の説話・伝説はその話を持ち歩いて語った者が物語の主人公であることが多く、謡曲「鉢木」での旅の僧がそれに当たる。この僧は「桜・松・梅」に因んだ土地ゆかりの寺院、「梅」ならば加賀国梅田の光摂寺《こうしょうじ》、「松」ならば上野国松井田《まついだ》・板鼻《いたはな》の聞名寺《もんみょうじ》、いずれも時衆の有力拠点で、「桜」の越中国桜井には当時、布施《ふせ》山田に時衆の金光寺、石田に同じく放生津《ほうじょうづ》報土寺の末寺があり、これら時衆に関わった者たちだったと考えられる。

角川源義《げんよし》も『時衆文学研究』で謡曲「鉢木」の原拠《げんきょ》の時頼伝説は板鼻の時衆が管理していたと示唆《しさ》している。また、久保尚文《なおふみ》は「『鉢木』伝承と勧進聖《かんじんひじり》」(『越中における中世信仰史の展開』所収)で桜井では鎌倉大仏造立の勧進僧《そう》とそれに連なる浄土宗徒などの活躍も加えている。いずれにしろ諸国回遊の時衆や勧進の聖の姿を、僧に身をやつして回国した時頼の姿に仮託《かたく》したのだろう。それが時頼回国伝説を生み、その一つが謡曲「鉢木」とも考えられる。

・詩人と台場～黒部市生地

ラジオから「大きな古時計」の歌が流れてきた。その歌詞の〈チクタク〉の時計の音から、田中冬二の詩「青い夜道」の時計の音が思い浮かんできて冬二ゆかりの生地《いくじ》(黒部市)を訪れた。

あいの風とやま鉄道・生地駅から海辺に向かって進み、松林で左折して海岸沿いを道なりに進む。「いっぱいの星だ/くらい夜道は/星雲の中へでも入りそうだ/～町で修繕《なほ》した時計を/風呂敷包に背負つた少年がゆく/ぼむ　ぼむ　ぼうむ　ぼむ……～」。途中、頻《しき》りに「ぼむ　ぼむ　ぼうむ　ぼむ」と「青い夜道」の詩が頭に浮かんでくる。

やがて「生地温泉たなかや」に着く。ここは冬二ゆかりの宿で、館内には冬二の資料館がある。「たなかや」を冬二の実家だと思っている人も多いが、和田利夫《としお》の『郷愁《きょうしゅう》の詩人　田中冬二』によると、冬二の父方の祖父は、この宿から出て生地で雑貨商を営んだ分家で、その長男が冬二の父である。母方の祖母は安田善次郎（安田財閥）の妹で、また、祖父の姉が善次郎に嫁いでいるので母方の祖父は善次郎の従兄弟、そして義兄弟であり、冬二の母は善次郎の姪《めい》になる。善次郎は冬二の父の才能を見込んで安田銀行に入れ、姪との縁を結ばせたようだ。

冬二は父の赴任先の福島県福島市で生まれた。将来を嘱望《しょくぼう》されていた父は冬二の6歳の時に急逝《きゅうせい》し、東京の母方の祖父に一旦《いったん》は引き取られ、後に母と暮らすが、母も12歳の時に亡くなり、叔父・安田善助に養育された。立教中学卒業後、18歳で安田系の第三銀行（東京、後の安田銀行）に入り、富士銀行で定年退職を迎えた。実績評価を重んじる職場では縁故関係からの出世はさほど望めなかったが、生涯に詩集20、句集5、散文詩・随筆4集を残した。さり気ない平明な言葉だが、よく撰《えら》んであり、清新で郷愁を募らせるものが多かった。父の生家のある生地を自らの故郷とし、生地を訪れる際には必ず「たなかや」に泊まった。生活人として堅実に生き、詩への情熱も生涯失わず、真摯《しんし》、

県指定史跡の生地台場

謙虚に生きた詩人だった。

「たなかや」から海岸沿いにしばらく歩くと、やや大きな土塁《どるい》が目に付く。幕末に加賀藩が築いた生地台場である。文政8年（1825）に幕府は近海に出没する外国船への「異国船打払令《うちはらいれい》」を発令するが、板垣英治の「加賀藩の火薬」（『日本海域研究』第44号所収）によると、加賀藩はこの発令に呼応し、嘉永3年（1850）に加賀の本吉・大野、能登の黒島・輪島・宇出津《うしつ》、越中の伏木の6カ所に砲台を築造し、翌年に鈴見《すずみ》鋳造所を建設、そこでの大砲・鉄砲・弾薬などの製造で、加賀の寺中《じちゅう》・宮腰・畝田《うねだ》、能登の今浜・福浦・狼煙《のろし》・正院《しょういん》・曽良《そら》、越中の氷見・放生津《ほうじょうづ》・生地に砲台を築造し、都合17カ所の台場を配置した。

生地台場の規模は貴台部が長さ約63㍍、高さ2・5㍍、幅8㍍の円弧状で、忽砲《こっほう》2・臼砲《きゅう》4・野戦砲1門が配備された（現在2門が復元）。主力とした臼砲は、砲身が臼《うす》に似て口径が大きく、短距離砲撃用だった。このような砲で外国船を打ち払おうとしたのは滑稽を超えて悲しくなる。幸い一度も戦闘がなく、加賀藩の台場で唯一現存しているので、県指定文化財になっている。

詩人と台場とは奇妙な取り合わせだが、温泉に浸《つ》かって冬二の詩を味わい、散歩がてらに台場を見物するのも一興だろう。

・檀一雄ゆかりの寺～黒部市宇奈月町浦山

中学の頃、テレビドラマ「夕日と拳銃」が楽しみだった。落日の旧満州（中国東北部）の原野を颯爽《さっそう》と日本人馬賊《ばぞく》の頭目《とうもく》が疾走《しっそう》していた。原作は檀一雄《だんかずお》、女優・檀ふみの父親だ。その檀一雄と関わり深い寺を訪れた。

富山地方鉄道の浦山駅（黒部市）から宇奈月温泉方向へ徒歩で数分の道沿いに善巧寺《ぜんぎょうじ》がある。寺の第20世雪山俊之《ゆきやまとしゆき》と檀は旧制福岡高校（現・九州大）で同級の文学仲間で、その縁から檀は幾度もこの寺を訪れ、その折りに作品を書いている。

静かな境内には第11世僧鎔《そうよう》の碑が立っている。江戸時代に門弟3千人を擁《よう》した学塾「空華《くうげ》盧《ろ》」を開いた名僧である。善巧寺は学僧の系譜で、雪山俊之の父・19世の俊夫《としお》は東京帝国大学独文科卒業後、旧制第四高等学校・旧制第六高等学校の教授を経て、ドイツのライプチッヒ大学に留学。京都帝国大学で教え、日本人初のフンボルト賞（ドイツの学術賞）を受賞した。俊之も京都帝国大学哲学科卒業後、立命館大学教授、後に富山女子短大教授、富山大学講師、県教育委員長も務め、東京帝国大学経済学部へ進んだ檀と同人誌で共に活動した文芸評論家でもある。

檀は、盟友・太宰治が自殺した翌年の昭和24年（1949）頃に善巧寺に2カ月ほど滞在し、その折りに初期の秀作「佐久の夕映《ゆうば》え」を書いた。作家仲間と松本へ講演に出かけ、疎開《そかい》中の文学の師・佐藤春夫に出会って佐藤から受けた温情について描いている。この作品を佐藤は「神品」と絶賛したが、作品で佐藤は軽妙洒脱《けいみょうしゃだつ》で風雅《ふうが》な老大家として描かれているので、その描かれ方に満足の体《てい》の佐藤の評価のようにも勘繰《かんぐ》れる。

野原一雄の『人間壇一雄』によると、この作品は雑誌の原稿に穴があいた東京の編集者が、穴埋めに善巧寺に滞在中の壇を訪ねて頼み込み、4、5日の檀の口述を筆記して完成させたものだという。また、滞在中の11月に隣村・朝日町で僧侶が尼僧を殺して自殺する事件が起き、この事件を取材した「尼僧殺し」も書いたが、猟奇的《りょうきてき》な題材のわりに印象が薄い小品になっている。だが、この期間に書いた「熊山の女妖」が翌年の昭和25年（1950）上半期直木賞候補になり、同年の下半期の直木賞を「長恨歌」などで受賞した。善巧寺での執筆期間が後に脚光《きゃっこう》を浴びる足掛かりになったといえる。

昭和35年（1960）に善巧寺を訪問した際には、得意の料理の腕を振るって料理講習会を開き、時には晩年の力作「火宅《かたく》の人」の女主人公のモデルとなった女性を伴って訪れたと

善巧寺の僧鎔の碑

もいう。この作品の映画化では檀の母親役が檀ふみだったが、娘のふみはどんな想いで演じていたのだろうか…。

境内に佇《たたず》んでいると「最後の無頼派《ぶらいは》」作家・文士といわれた檀の様々な逸話が思い浮かんできて感慨《かんがい》もひとしおである。

・ゴッホと蛇婿入～黒部市宇奈月町下立

ゴッホの画集を開いていると、「星月夜」の絵に目が止まった。その絵から宮本輝の小説「田園発　港行き自転車」が思い浮かんだ。宮本はこの絵を愛本橋《あいもと》（黒部市宇奈月）に重ねて物語の発端《ほったん》とし、「縁《えん》」で繋《つな》がる人間模様をこの作品で描いた。その愛本橋を訪れた。

北陸自動車道黒部ＩＣから宇奈月温泉へと向い、黒部市宇奈月町下立《おりたて》を過ぎると、黒部峡谷の入口に赤いアーチの愛本橋が架かっている。学生の頃、この橋を民俗学の調査でよく訪れた。ゴッホの「星月夜」は、月や星、夜の雲、巨大な糸杉が渦を巻いてカンバスに激しく叩《たた》き付けるように描かれている。その絵の印象と赤くて愛らしい橋の風情は美的にはマッチするだろうが、この橋には奇妙な蛇《へび》の伝説も伝わっている。

愛本橋袂《たもと》の茶屋の娘は川沿いで若侍《わかざむらい》と知り合う。それ以来、毎夜、若侍は娘の許《もと》に通ってくる。やがて若侍は娘の親から結婚の許しを得て娘は嫁ぐ。その後、里帰りした娘が子を生むと蛇の子だった。親は娘が黒部川の大蛇（水神）に嫁いだことを悟り、それを知られた娘はそれ以後、実家には二度と戻らなかったという。この伝説は異類婚姻譚《いるいこんいんたん》（人間が動物や精霊《せいれい》などの異類と婚姻する話）の「蛇婿入《へびむこいり》」の昔話を基にしている。江守五夫《えもりいつお》は「人類学からみた《蛇婿入》の昔話」（『昔話―研究と資料』17号）で、昔話の蛇婿入は日本古代の「夜這《よば》い」「妻訪《つまど》い（夫が妻の許に通う）」からの婿入婚《むこいりこん》（婚姻生活の場を妻方におく）の習俗が背景にあるという。日本の婚姻形態は婿入婚から嫁《よめ》入婚へ発展したとか、また、両者併立《へいりつ》して存在していたとかと、諸説がある。

蛇足《だそく》だが、「うなづき友学館」の掲示資料によると、黒部川左岸の愛本橋近くに愛本姫社《ひめしゃ》がある。その御神体は江戸時代末期の浮世絵師・渓斎英泉《けいさいえいせん》が愛本橋を訪れた際、蛇伝説の茶店の娘を哀れんで描いた「雲龍打掛《うんりゅううちかけ》の花魁《おいらん》」の版画だという。その英泉が描いた絵がパリの雑誌の表紙を飾り、それに感銘を受けたゴッホが模写したのが世界的に有名な「ジャポネズリー：おいらん」である。愛本は「星月夜」といい、ゴッホに縁がある。

愛本橋は『日本無双《むそう》の名橋　秘峡黒部の愛本橋』（宇奈月町教育委員会・同町歴史民俗資

黒部川にかかる愛本橋

料館）によると、寛文2年（1662）に加賀5代藩主前田綱紀《つなのり》の命《めい》で造られた。黒部川扇状地は「黒部四十八ヶ瀬」と呼ばれるほどに数条の派川に別れていて、夏の渡河は水量が多くて困難なので、北陸路を二筋に分け、上流の山麓《さんろく》部に迂回《うかい》する道も開発された。夏の増水期に利用される上流の道が夏街道（上街道）、冬の減水期に利用される下流の道が冬街道（下街道）と呼ばれ、上街道の山麓部に架けられたのが愛本橋だ。橋の構造は橋杭《ぐい》がなくて両岸から橋材をせり出し、その上に橋桁《げた》を載《の》せて組み立てた。かつては橋長約63メートル、幅約3メートルで「日本一」とみられる「刎橋《はねばし》」で、岩国の錦帯橋《きんたいきょう》、甲斐の猿橋《さるはし》と共に「日本三奇橋」と呼ばれていた。訪れた文人・墨客《ぼっきゃく》も多く、『方言修行金草鞋《むだしゅぎょうきんのわらじ》』（十返舎一九《じっぺんしゃいっく》）、『日本行脚《あんぎゃ》文集』（大淀三千風《おおよどみちかぜ》）、『北越紀行』（加舎白雄《かやしらお》）などに愛本橋の記述があり、頼三樹三郎《らいみきさぶろう》も漢詩に詠んでいる。だが、構造上、20～30年で掛け替えが必要で、現在は12代目に当たる。近くの黒部市歴史民俗資料館で当時の「刎橋」を2分の1の縮尺で一部復元したものを見ることができる。

【朝日町】

・夢二の刃傷沙汰～朝日町横尾

ラジオから懐かしい曲が流れてきた。「待てど暮らせど来ぬ人を／宵待草《よいまちぐさ》のやるせなさ／今宵《こよい》は月も出ぬそうな……」。大正浪漫《ろまん》を代表する画家・詩人の竹久夢二が作詞した「宵待草」だ。この歌から、夢二と他万喜《たまき》との諍《いさか》いのことが思い出され、関わりある朝日町の海岸を訪れた。

夢二が泊（現・朝日町）を訪れたのは大正4年（1915）1月15日、彼の母校・早稲田実業学校の学友で朝日町泊在住の松田新右衛門《しんえもん》の招きによる。前年に出来た小川温泉（元湯ではなくて朝日町横尾にあった新館）にそのまま滞在し、作品を制作し、画会を開いた。その折りに夢二ファン周知の他万喜への刃傷沙汰《にんじょうざた》が起きた。他万喜は夢二の戸籍上の唯一の妻となった女性で、夢二が描く女人像のモデルでもあった。夢二の死後、雑誌『書窓』に載った晩年の他万喜の手記「夢二の想出」（昭和16年〜18年まで〈1941〜43〉6回連載）によれば事件は次のようなものだった。

夢二が他万喜に開かせた店「港屋」を手伝っていた画学生の東郷青児《とうごうせいじ》（後に画家）と他万喜との不倫を疑った夢二は、1月17日に、東京から他万喜（当時は夢二と離婚していたが、その後も彼と同居と別居を繰り返していた）を小川温泉に呼び寄せ、ある夜、彼女と口論のすえ、近くの海岸で彼女を責め、髪を掴《つか》んで引き回したうえ、匕首《あいくち》（短刀）を突きつけて顔を傷つけた。その後落ち着いた二人は旅館に戻ったが、再び逆上《ぎゃくじょう》した夢二は、彼女の腕に骨まで達するほどに匕首を突き刺した。

だが、この事件には不可解な点が多く、事件そのものはなかったとか、大袈裟《おおげさ》過ぎるとかと否定的に捉《とら》える夢二研究者も多くいる。しかし、この事件がよく知られているのにはそれなりの理由がある。一つは前出の他万喜の手記「夢二の想出」、更に一つは夢二の手紙と彼の歌集の歌からである。

夢二は2月に他万喜に宛てた手紙に「キズ口はうみをもちはせぬかと案じている…」（「夢二書簡1」長田幹雄編）と書いている。また12月刊行の歌集『小夜曲《せれなあど》』に「きみ刺さば／われもいかでか死なざらむ／死にゆくものに何の債《おいめ》ぞ」「越の海や／ここはふたりが死所《しにどころ》／仇《かたき》なれとも手をとりてなく」（「竹久夢二文学館第7巻　歌集」萬田務監修）など、この時のことを詠んだと思われる11首が収められている。これらのことから泊で夢二と他万喜との間には何らかの諍いがあったのは確かだろう。ただし、当時の地元紙は夢二の画会の盛況ぶりを報じているが、この醜聞的《しゅうぶんてき》な事件については一切《いっさい》触れていない。それに後年、夢二の研究者たちが旅館や関係者に調査したが、彼らは事件については全く知らなかったと答えている。東郷青児も後年の著書で他万喜との不倫関係を否定している。

他万喜の生涯を描いた林えり子の小説「愛せしこの身なれど」（昭和58年）も、この件については深く触れていない。林は、夢二が他万喜を泊に呼び寄せたのは、絵を描ける他

宮崎海岸

万喜を絵画制作での助手にしようとし、他万喜の手記は事件を脚色して大袈裟に描いたものだと思っているようだ。この見方に今日の夢二の研究者の多くは傾いている。ともあれ、この後、夢二と他万喜は絶縁する。

朝日町の名所となっている宮崎海岸に佇《たたず》むと、目前の海の色が刻一刻と変わる。男女の情愛も同じようなものなのだろう。まして犬も食わぬ夫婦喧嘩《げんか》に他人が目くじらを立てることもないだろう。

・宮崎党と北陸宮〜朝日町元屋敷

倶利伽羅峠《くりからとうげ》で火牛像を見ていると、宮崎太郎のことが思い浮かんできた。『平家物語（長門本）』では彼がこの峠での平氏攻略の作戦を立てたとしている。そのことから彼の本拠地・朝日町の宮崎城跡を訪れた。

富山市内から朝日町へ向かう。国道8線の横尾トンネル手前の横尾西交差点を右へ、笹川トンネルと北陸自動車道の高架下を抜けて直ぐに左折し、急坂の山道を登りつめると、城山公園の駐車場に着く。そこから土橋を渡ると宮崎城跡である。本丸外郭には城跡碑などが立ち、石垣の上に本丸がある。そこからの眺望は絶景で、青い海と空、湾曲《わんきょく》した海岸線と彼方《かなた》の能登半島、海辺の町々の佇《たたず》まいなどが一望できて息をのむほどに素晴らしい。その本丸の北西に二の丸、下段に三の丸があり、北の方に宮崎太郎長康《ながやす》の供養塔と北陸宮御墳墓《ほくろくのみやごふんぼ》がある。だが、御墳墓は宮内庁治定陵墓《じじょうりょうぼ》ではなく、北陸宮もこの地で亡くなってはいない。

北陸宮の伝記自体は不確かで諸説が入り乱れている。通説では、北陸宮は平家追討の令旨を出した以仁王《もちひとおう》の第一王子で、父が平氏との合戦で敗死後、出家して越前に逃げ、その後、信濃で挙兵した木曾義仲の庇護《ひご》を受けて越中宮崎の宮崎太郎長康の許《もと》で還俗《げんぞく》、元服《げんぷく》し、当地の宮御所で過ごしたとされる。宮を宮崎に迎えて約1年後の寿永《じゅえい》2年（1183）に義仲が京都を占拠《せんきょ》し、約2カ月遅れて宮も入京する。義仲は宮を皇位継承候補に推挙するが成就《じょうじゅ》せず、不和になった後白河法王を襲撃するが（法性寺合戦）、その前に法王の許に居た北陸宮は逐電《ちくでん》する。その後、消息不明《しょうそくふめい》となるが、2年後に源頼朝の計らいで上洛《じょうらく》する。この間、宮崎の宮御所で過ごしたとも伝えられる。上洛後に「源」姓を賜ることを願ったが許されず、老後は嵯峨《さが》に住み、その地で66歳で亡くなったとされる。木曾《きその》宮《みや》・還俗宮・野依宮《のより》とも言われる。ただし、宮の出自《しゅつじ》や義仲との関係、皇位継承候補に関しては異説があり、今後の課題になっている。

宮崎城跡にある北陸宮御墳墓

だが、北陸宮と宮崎太郎長康との関わりが深かったことは確かで、その縁で朝日町が昭和45年（1970）に宮崎城跡に北陸宮御墳墓を築造した。元朝日町長の中川雍一《よういち》氏の『海から来た泊町』によると、墳墓には京都・知恩院奥の安井宮墓地の土と大覚寺管長の揮毫《きごう》の陶板を納めた甕《かめ》が埋葬されている。安井宮墓地の土を納めたのは安井宮が実子のいない北陸宮の弟で継嗣《けいし》なので、その所縁《ゆかり》から墓地の土を納めたという。

また、同書によると、義仲滅亡後、宮崎太郎長康は宮崎党の一部を宮崎に残し、信濃国へ立ち去り、そこで新たに宮崎家を再興したという。『南信伊那史料』に彼の名もあるが、直系は17代で断絶し、分家が相続して現在も長野県阿智村に子孫が在住しているという。

昭和48年（1973）に朝日町は北陸宮の「親衛隊長」たる長康を讃《たた》えるために彼の子孫を招き、宮崎太郎長康公供養塔を御墳墓の傍らに建てた。富山湾を見晴らせる景勝の地に約800年ぶりに両者は寄り添うことになった。

ちなみに信濃の宮崎氏は後に武田家に仕え、武田家滅亡後は徳川家の旗本となり、その時の宮崎泰景の娘が徳川家康の側室・お仙の方（泰栄院《たいえいいん》）として名を残している。歴史は感慨深い。

・タラ汁と山椒大夫～朝日町宮崎

寒くなるとタラ汁が食べたくなり、朝日町の「タラ汁街道」に出かける。新潟との県境近くの宮崎の浜を併走《へいそう》する国道8号沿いにはタラ汁の旨《うま》い店が多くある。

タラ汁を啜《すす》りながら窓外の海を見ると、晴れた空の下を小舟が2艘《そう》、沖へ向かっている。この海を安寿《あんじゅ》と厨子王《ずしおう》も小舟で渡って行ったのかと思うと、箸《はし》が止まった。森鷗外《おうがい》の「山椒《さんしょう》大夫《だゆう》」は新潟との県境のこの辺りの海から物語が展開する。

平安時代末期、筑紫《ちくし》へ左遷《させん》された父を訪ねて安寿（14歳）・厨子王（12歳）と母親が越後の今津へ向かう途中、人買いに騙《だま》され、別々の舟で母は佐渡へ、子らは丹後の山椒大夫に売られる。2人は汐汲《しおく》みや柴刈《しばか》りの重労働を強《し》いられ、逃げようと思っては悪夢にうなされる。次の年の春、2人は共に柴刈りに出て、安寿は厨子王に守り本尊の地蔵を渡して逃がし、「入水《じゅすい》自殺」をする。厨子王は国分寺に逃れ、住職に助けられて京の清水寺へ行き、守り本尊のご加護《かご》で関白藤原師実《もろざね》に出会って救われる。後に厨子王は丹《たん》後《ご》の国守になり、人の売買を禁じ、母を捜しに佐渡に渡り、2人の子を愛《いとお》しんで歌のような調子でつぶやく盲目の老女が母だと分かり、2人は抱き合って喜ぶ。哀《かな》しいが最後に幸せが訪れて感動の

雪に煙る親不知の海岸

涙を誘う物語だが、元々の「安寿と厨子王」の物語とはかなり趣が異なる。
「山椒大夫」は、中世末から盛んになった説経節（仏教の説経を音楽的に節をつけて語るもの）の代表作「さんせう太夫」を原話にして、森鷗外が大正4年（1915）に執筆したものである。「さんせう太夫」（新潮日本古典集成『説経集』所収）では、2人の逃げる相談が立ち聞きされ、山椒大夫から焼き金《がね》で額に烙印《らくいん》を押され、飲まず食わずで湯槽《ゆふね》に閉じ込められ、安寿は厨子王を逃した後、湯責め水責め、錐《きり》や焼けた炭での拷問でなぶり殺される。また、丹後の国守になった厨子王は、山椒大夫の息子に父の首を竹鋸《たけのこぎり》で106回かけて切り落とさせ、息子も同様の刑に処し、越後の人買いは簀《す》巻《ま》きにして水底に沈めた。凄《すさ》まじいほどの虐待と報復である。

　これは「さんせう太夫」が丹後の金焼《かなやき》地蔵の本地《ほんじ》（本来の姿）を示す話で、人の極悪非道《ごくあくひどう》な所業《しょぎょう》との対比で地蔵の霊験《れいけん》を際立《きわだ》たせるためだろうが、この残虐場面は鷗外の「山椒大夫」では省《はぶ》かれている。鷗外は「歴史其儘《そのまま》と歴史離れ」で「山椒大夫」は「伝説其物《そのもの》をも、余り精《くわ》しく探らずに、夢のやうな物語を夢のやうに思ひ浮べて」書いたと述べている。既存の伝説で伝説の味わいを保ちながら自らのテーマで改めて書き直したかったのだろう。様々な論考はあるが、安寿の自己犠牲・献身《けんしん》の美徳を引き立てるのに残虐場面は不必要だったのではないだろうか…。ちなみに柳田國男《くにお》は「山荘太夫考《さんしょうたゆうこう》」でこの物語は散所《さんしょ》・算所《さんしょ》（賤民《せんみん》居住地）の太夫（芸能人の称）が語り歩いたので、その語り手が題名や人物名になったものだと述べている。散所・算所の太夫とは卜占《ぼくせん》や遊芸などの雑芸人である。安寿と厨子王はこの越中宮崎在の三郎の舟で能登、越前、若狭を経て丹後で売られ、厨子王は丹後から京都へと逃れる。この道筋は北陸から海路での丹後経由の京、大坂への流通経路で、それが人の売買ルートと重なるようで、旨いタラの身に少し苦《にが》みを覚えてきた。

・越後・越中国境の関所～朝日町境

越中と飛騨の国境の西猪谷《にしいのたに》関所跡（富山市）を見た後、越後との国境の関所が見たくなり、境関所跡（朝日町境）を訪れた。

国道8号を上越方面へと進む。城山トンネルを抜けて越中宮崎駅を通り過ぎ、同町境の交差点を左折し、県道374号で境の街並みに入る。街並みの右側には小高い山々が連なり、左側は海が間近に迫っている。しばらく進み、右に入ると、「シャクナゲ寺」として知られる護国寺があり、近くにグラウンドがある。街並みに沿って少し歩くと、復元した関所の大門が見えてくる。元々の大門は、この地から80メートル《メートル》ほど東に、街道を跨《また》いで江戸表からの東の入口として建てられていた。大門の傍らには「関の館」が建つ。この辺りの小学校跡一帯が境関所跡で、「関の館」内には境関所の歴史資料室がある。

『境関所史』（境関所史編纂《へんさん》委員会・朝日町）によると、加賀藩は越中の朝日町の境、富山市の水須《みずす》・奥山・東《ひがし》猪谷、南砺市の大勘場《だいかんば》・西赤尾の6カ所に番所を設け、境と東猪谷を関所とし、他を口留《くちどめ》番所とした。口留番所には百姓番人を配置し、領内の物資の流出阻止を主任務とし、関所には藩士を配置して治安維持の国境警備を主任務とした。

境関所は、グラウンドと「関の館」を含む小学校跡に加え、道を挟《はさ》んで向かいの空地及び数軒の民家を含む海辺までと、国道8号を横切り、真向かいの山上の御亭《おちん》と呼ばれる二つの遠見番所までが敷地だった。小学校跡あたりに岡番所、浜辺に浜番所が設けられ、いずれも懸塀《けんべい》や石垣で囲まれ、陸・海路での往来を厳しく監視していた。江戸時代中期には30人ほど、幕末には60人ほどの番士が配置され、鉄砲70梃《ちょう》、弓30張、槍70本・番刀１５０腰などを常備していた。

また、岡番所側には藩主らが宿泊する御旅屋《おたや》や関所奉行宿舎の御貸屋《おかしや》、役宅、奉行は蔵奉行を兼ねたので塩蔵が建ち並び、緊急時には砦《とりで》や城に代わる施設としての備えを有していた。その規模は当時の日本では最大級に近いのものだったという。

「関の館」の歴史資料展示室には、関所の全景絵図や天明年間の絵図によるジオラマ、関

復元された境関所の大門

所の詳細な説明展示がある。その説明展示や『境関所史』によると、境には古来より関所に準ずるものが置かれていたようで、加賀藩も、当初は境に口留番所を設け、その後、慶長19年（1614）に幕府の許可を得て関所を開設し、以後、明治2年（1869）に閉関した。その間の奉行職は42名で、過半数の24名が千石以上の上士、残りも初代を除き、5百石以上の藩士で、加賀藩が境関所をいかに重要視していたのかが窺《うかが》える。

「関の館」の前に長谷川地蔵がある。この地蔵は新しく作られたもので、本来の地蔵は護国寺にある。他国人との縁組禁止の当時、2代奉行・長谷川吉久《よしひさ》は、隣国の情報収集のために藩主・前田利常《としつね》の内諾《ないだく》を得て娘を越後の市振《いちぶり》に嫁がせたが、数年後、次藩主・前田光高《みつたか》がこれを知り、国法を破ったとして吉久と長男・次男を切腹、寺に匿《かくま》われていた幼い三男も斬首した。これを哀れんだ村人が菩提《ぼだい》を弔《とむら》うために地蔵を建てたという。他にも番士間の諍《いさか》いによる斬罪、密航者夫婦の逮捕、ばんどり騒動（新川郡で起った農民一揆）への備えなどと数々の事件が境関所で起こっている。現在は海風爽《さわ》やかで穏やかだが、江戸時代は一触即発《いっしょくそくはつ》の緊迫した状況が続いた地域だったのだろう。

・山姥の里～朝日町境（糸魚川市上路）

朝日町の宮崎城跡から宮崎（朝日町）側に向かって下ると、目前に富山湾が広がり、彼方《かなた》に親不知《おやしらず》への岩壁が連なっている。近くの県境の境川を越えると新潟県糸魚川市の市振《いちぶり》である。ここで松尾芭蕉が詠んだ「一つ家に遊女も寝たり萩と月」の句が浮かび、「遊女」から謡曲「山姥《やまんば》」を思い出し、すぐ近くの山姥ゆかりの上路《あげろ》（糸魚川市）を訪れた。

国道8号の新潟との県境にある境川橋の手前を右折し、境川に沿って道をしばらく遡《さかのぼ》ると、左に橋が見え、その橋を渡り、新潟県に入って曲がりくねった山道を10分ほど進むと、山懐《やまふところ》に抱かれた静かな集落に辿《たど》り着く。「山姥の里」の上路で、山姥神社、山姥の踊り場、山姥洞などや、金時の手玉石・ブランコ藤などの「金太郎伝説」にまつわるものも数多くある。

世阿弥《ぜあみ》の作と言われる謡曲「山姥」は次のようなあらすじである。都に「山姥の山廻《やままわ》り」の曲舞《くせまい》（鼓《つづみ》に合わせて謡《うた》い、扇を使って舞う）で有名な「百万山姥《ひゃくまやまんば》」と呼ばれる遊女（白《しら》拍子《びょうし》・芸人）がいた。ある時、この遊女が信濃の善光寺参詣《さんけい》を思い立ち、旅に出る。途中、越後の上路の山路で日が暮れ、困っていると一人の女が現れ、宿を提供すると言い、山中の女の家へと導く。家に着くと、女は、自分は山姥の霊だと告げ、遊女に山姥の曲舞を所望し、姿を消す。遊女が曲舞を始めると、女が真の山姥の姿で現れ、自分の生き様《ざま》を語り、山廻りの様《さま》を見せ、共に舞いながら、消えていく。

山姥を「姥《うば》」から老女と捉《とら》え、山に住む鬼女めいた老婆と思う人も多い。だが、「姥」は「御前《ごぜ》」「比丘尼《びくに》」と同様に老若を問わない巫女《みこ》の職分からの名で、民俗学的には山姥は山神に仕える巫女のことである。全国の山姥伝説には若い山姥もいて、金太郎伝説と密接に繋《つな》がっていて足柄山《あしがらやま》の金太郎の母親も山姥である。また、遊女も娼婦と捉えがちだが、民俗学的には神に仕え、神の嫁としての巫女が元々の姿で、神事での舞いが専門化して芸能となり、それに巧みな巫女が遊女化したとされる。山姥や遊女は落魄《らくはく》した巫女の姿を留めているので、善光寺参詣を思い立ったり、曲舞を所望したりするのだろう。

また、『令義解《りょうのぎげ》』（８３３年撰集の律令の解説書）では「東海道坂東（足柄坂から東）、東山道山東（薄日《うすひ》〔碓氷〕坂から東）、北陸道神済《かみのわたり》以北」の３地点を重要境界地点としていて、「北陸道神済」は親不知付近の海上や上路を含む境川付近だったらしい。日本武尊《やまとたけるのみこと》は『古事記』で東海道足柄峠、『日本書紀』で東山道碓氷峠の東側を「あずま」と呼び、東国の境界点としたが、この「北陸道神済」の地もそれらと並んで境界の重要な地点で、信仰と深く結び付いていた可能性がある。『日本歴史地名大系』（平凡社）には、信濃へ抜ける上路越への道は日本武尊が開いたという伝承や、また、山腹に山姥洞がある白鳥山の山名は日本武尊の白鳥伝説ゆかりのものだという伝承もあるとのことで、上路の山姥伝説は宗教に関わる女性たちが古代にいた名残りなのかもしれない。

山姥の里の碑

上路から山を下ると市振だが、謡曲に造詣《ぞうけい》の深い芭蕉が、何故か、謡曲「山姥」についてはは触れていない。また、従者の曾良《そら》の日記には遊女の記述がなく、句の遊女は作り事とされているが、案外、句の遊女は芭蕉が謡曲「山姥」の遊女に思いを寄せて創作したのかもしれない…。

【山岳】

・三八豪雪の惨劇〜富山市有峰

秋晴れの空に薬師岳の稜線《りょうせん》が白く際立《きわだ》って見えた。有峰湖の紅葉が目に浮かび、富山市有峰を訪れた。

小見、亀谷から林道（有料）に入り、谷間《たにあい》の道を進むにつれ、両側の山の樹々《きぎ》は彩《いろど》りを深め、有峰湖は鮮やかな赤や黄、橙《だいだい》、緑で織り込まれた絨毯《じゅうたん》のような紅葉に包まれて、ダム湖の彼方《かなた》には冠雪《かんせつ》の薬師岳（標高2926㍍）の頂《いただき》が眩《まばゆ》く輝き、時を忘れるほどに美しい。そのままダム湖を右に見て登山口の折立《おりたて》まで上り、無人のヒュッテ前で佇《たたず》むと、人影はなく、林を吹き抜ける風音以外、静まり返っている。薬師岳は高校に入ってから30歳過ぎまで毎年登った私の青春の山だ。若き日の山登りの日々がまざまざと思い浮かんでくる。

ヒュッテから少し登ると、左に立派な石造十三重之塔の慰霊碑が立っている。昭和38年（1963）の三八《さんぱち》豪雪の冬に薬師岳で遭難した愛知大学山岳部13人の霊を慰める慰霊塔だ。

冬山で13人ものパーティが遭難したのは我が国の近代登山史上例のないことで、その大掛《おおが》かりな捜索活動と連日賑わした当時のマスコミ報道を未《いま》だに鮮明に覚えている。

昭和38年1月14日に愛知大学から富山県警に捜索願が提出され、翌日から大々的な捜索が始まった。22日には遭難が確実となり、懸命な捜索はなされたが、豪雪のさなか、全員絶望とみなされ、27日に捜索が打ち切られた。その後、3月23日に5遺体が、5月までに計11遺体と遺品が発見された。残りの2遺体は遺族と山小屋関係者の粘《ねば》り強い懸命な捜索で10月14日に発見された。1月の捜索開始から286日ぶりのことだった。

この遭難などを契機に昭和40年（1965）に富山県警察山岳警備隊が発足《ほっそく》した。また、新田次郎はこの遭難を題材にして短編「薬師岳遭難」を書いた。吹雪の山小屋に薬師岳の元旦登頂を目指す2組の大学山岳部のパーティがいる。晴れた日、1パーティが登頂抜きの冬山訓練を終えて小屋に戻る途中、小屋から登頂を目指す他のパーティに出会う。それを見た隊員たちは焦《あせ》り、銘々《めいめい》が登頂しようと勝手な行動に走る。その混乱の最中《さなか》、天候が悪化し、猛吹雪となって隊員は次々に倒れていく。他のパーティとの競争意識で

愛知大学山岳部の13人の慰霊塔

チームとしての統制が乱れ、勝手に動き出す集団心理の怖さと、リーダーの指導力不足が大きな悲劇を招いた過程を描いている。

愛知大学山岳部の遭難状況は、昭和38年5月までに発見された学生の1人が所持していた日記から分かってきたが、新田次郎の「薬師岳遭難」は、その日記発見前の昭和38年「サンデー毎日」2月10日号に発表されている。作品末尾に「こんどの薬師岳遭難事故をヒントにした創作で、事実ではありません」と付け加えているが、作品の内容を事実と思い込んで読んだ者も多かったに違いない。遭難した学生の遺族はさぞ辛《つら》かっただろう。

富山地方鉄道の有峰口駅構内（旧小見駅）に遺族の「そうなん死のわが子思いて冬山の姿もとめてきぬ小見駅」「そうなんを知るよしもなく山にはいる子をとむるすべなかりし悲しみ」（牛田てる子）などの歌が掲示してある。遺族の悲しみ、関係者の苦悩を新田は執筆する時、思いやったのだろうか…。

気が付くと、慰霊塔に夕日が射している。陽光は紅葉を赤々と映えさせ、この上なく美しいが、遭難者を偲《しの》ぶと、その鮮やかさが、かえって哀《かな》しみを募らせる。

・山中の交通の要衝～富山市中地山

富山市有峰で紅葉を満喫し、小見《おみ》交差点まで下ると、ふと中地山城が頭に浮かんだ。安川茂雄の小説「黒部奥山軍記」の主人公に関わる重要な山城だ。この山城が近くあったのを思い出し、城跡を訪れた。

交差点を左折し、常願寺川左岸の県道を直進し、中地山発電所手前左の坂道を上ると中地山の集落がある。集落の集会場前の案内板に従い、山道を10分ほど登ると城跡に辿《たど》り着く。北を流れる常願寺川、西の小口川、東の和田川に挟《はさ》まれた台地に築かれた山城である。常願寺川対岸は富山市千垣《ちがき》の集落で、その右手には立山町の芦峅寺《あしくらじ》、雄山神社の杜《もり》が望まれる。現在の城跡からは往事《おうじ》を偲《しの》び難いが、「黒部奥山軍記」から戦国期に想像を巡らすと感慨《かんがい》を覚える。

小説の主人公・浅利信九郎は、信濃・諏訪家の遺臣の子で、山廻《まわ》りの才能を見込まれて佐々成政《さっさなりまさ》に仕える。成政に従って各地を転戦し、成政が越中に進駐した折りに中地山城の城代として、立山信仰の芦峅寺、岩《いわ》峅寺の衆徒の監視・懐柔《かいじゅう》を兼ね、国境警備の任に就く。その間に、本能寺の変や賤《しず》ケ岳《がだけ》の戦いがあり、戦いの日々に信九郎は疑問を抱き、家族との平安を求めて牢人《ろうにん》となって中地山の山麓《さんろく》に住む。だが、豊臣秀吉の越中攻めの折り

中地山城跡への案内板

には成政を極寒の立山を越えて信濃へ導く手助けをしたり、また、成政滅亡後には、前田利家に請《こ》われて奥山守護役（奥山廻り）になったりする。

小説では、天正5年（1577）に成政が飛騨の江馬《えま》氏の支城だった中地山城を改築し、富山城へ移るまでの越中での拠点としていたが、富山城へ移った後は信九郎が城代となって天正11年（1583）に城を去ったとしている。だが、『富山県大山町中世城館調査報告書』（大山町〈現・富山市〉教育委員会）によると、中地山城は天正6年（1578）頃まで江馬氏の支配下で、以後は使われた形跡はないという。

中地山城跡から周囲を見回すと、和田川対岸の山に小見城跡、常願寺川対岸の山に池田城跡、その右手の山には礼拝殿《らいはいでん》城跡、岩峅寺の常願寺川右岸の山に新宮山《しんぐうざん》城跡と、立山で遮《さえぎ》られた狭い谷間《たにあい》に多くの山城が散在している。また、芦峅寺を基点に、中地山・有峰・大多和《おおたわ》峠を経て飛騨に抜ける「うれ往来《おうらい》」、長倉・池田から上市、滑川の新川地域へ抜ける「山越えの道」、ザラ峠、針ノ木峠を経て信濃に抜ける「裏参道（忍びの道）」、岩峅寺を経て富山の平野部に至る「禅定道《ぜんじょうどう》」と、戦国期の芦峅寺付近は、飛騨、信濃、新川経由で越後、富山の平野部へと至る十字路で交通の要衝《ようしょう》だった。

また、これらの道は他国から越中への侵入ルートでもあり、「うれ往来」からは、飛騨を拠点とする江馬氏が進出して越後の上杉氏に属して中知山城を築き、また、越後の上杉氏は新川地域より山越えの道で進攻しようとするが、それを池田城で寺嶋氏が阻《はば》んだ。中地山・

小見城の上杉方の江馬氏と、池田・礼拝殿城の反上杉方（甲斐武田・本願寺方）の寺嶋《てらしま》氏が常願寺川を境にした谷間で対峙《たいじ》して一触即発《いっしょくそくはつ》の緊張状態が続いていた。

安川茂雄が、越中の戦国期を描くのに中知山城を小説の主要舞台にした着眼点は面白い。ただし、この城は戦闘目的ばかりでなく、越中で7万石を領したといわれる江馬氏の越中での政治、経済的な拠点であったらしい。現在は何の変哲《へんてつ》もない谷間だが、戦国期には甲冑《かっちゅう》の武者が山中で息を潜めて睨《にら》み合っていたのかと思うと妙に気持ちが高ぶってくる。

・立山の予言獣「クタベ」〜立山町芦峅寺

新型コロナウイルス感染症で鬱陶《うっとう》しい毎日だが、医療に頼めぬ昔、疫病《えきびょう》流行時にはどうしていたのだろうかと思うと、テレビで見た「アマビエ」が思い浮かんだ。弘化3年〈1846〉に肥後（熊本県）の海上に現れ、当面の豊作と自分の写し絵で疫病を防げると告げた人魚と水鳥の合体したような「予言獣」だ。当時は神仏への祈願と「アマビエ」のような奇怪なものを描いた護符《ごふ》で疫病を防いでいたのだろう。

「予言獣」と言えば牛体人面で疫病流行や災害を予言して死ぬという「件《くだん》」が有名だが、立山にも「予言獣」として「クタベ」と「スカ屁《べ》」がいたという。それにアマビエも富山と関わりがあるようだ。東郷隆の『病と妖怪―予言獣アマビエの正体』によれば、アマビエの添え書きは文化２年（１８０５）の赤痢流行時の加藤曳尾《えび》庵《あん》の『我衣《わがころも》』にある予言獣・神社姫〈肥前に出現の２本の角がある般若《はんにゃ》のような顔で全長約６メートルの魚形の生物〉の添え書にそっくりで、また神社姫は同年に江戸の瓦版《かわらばん》を賑《にぎ》わした越中放生渕《ほうじょうがふち》四方浦《よものうら》（現・新湊市）に出現した悪魚・一名海雷《いちめいかいらい》を模倣したものだという。

石塚豊芥子《ほうかいし》の「街談文々集要《がいだんぶんぶんしゅうよう》」文化２年の章に、２本の角がある般若のような顔で大声で鳴き、全長約10メートルもある悪魚を漁師等が４５０丁の鉄砲で仕留《しと》めた顛末《てんまつ》が載っている。先年、テレビやＳＮＳで評判になったアマビエは本《もと》を正すと富山の怪魚にまで行き着きそうだ。

クタベを調べに立山博物館（立山町芦峅寺《あしくらじ》）へ行ってみる。クタベは、文政10年（１８２７）に立山に出現したとされる牛体人面獣で、遭遇《そうぐう》した山菜採りの男に疫病蔓延《まんえん》の予言と自分の写し絵で防げると告げたという。「件」も同形で同様の予言をするので「件」の訛《なま》ったものがクタベだとか、牛・獅《しし》の体で人面の中国の聖獣・「白澤《はくたく》」だとかという者もいる。白澤は日本では病魔を防ぐ力があると信じられ、昭和の後半にも地方の古い薬屋の看板に描かれていたのを見たことがある。越中は薬売りで有名なの

立山博物館のクタベの模型

で、山菜採りは山の薬草採りで、クタベは病魔除《よ》けの白澤だとの想《おも》いからだろう。スカ屁はこのクタベのパロディー化したもので、オナラ病蔓延の予言と自分の写し絵で防げることを告げた黒い老婆の姿をしている。

だが、クタベやスカ屁の資料は県内外の立山関連の資料には見られなく、大阪・名古屋・江戸などのものに見られるので、「疫病流行を告げる『クタベ』と越中に現れた理由」〈富山県［立山博物館］研究紀要第27号〉を執筆した立山博物館の細木ひとみ学芸員は、「クタベ伝説は立山の現地発祥《はっしょう》ではなく、富山以外の地で立山の薬種と疫病除けとを結び付けてクタベを創り出したのではないか」と述べている。

このような予言獣の流行の裏には、疫病に託《かこつ》けて妖しげな絵の護符を売り歩く者や薬の行商人などの暗躍《あんやく》があるようで、疫病よりも人の儲《もう》け心ほど怖ろしいものはない。

・侵食カルデラの脅威～立山町芦峅寺

立山連峰が早朝の晴れ渡った空に雄々《おお》しく聳《そび》えている。立山カルデラを探訪するのに絶好の日だ。8月初め、千寿ケ原に向かい、富山県立山カルデラ砂防博物館から館主催の立山カルデラ砂防体験学習会の一員としてトロッコ（立山砂防工事専用軌道）に乗り込んだ。

カルデラは、スペイン語の「鍋」という意味に由来し、火山活動で生じた、急な崖で囲まれた凹地《くぼち》のことをさす。だが、立山カルデラは火山に食い込んだ谷の侵食が進み、それが拡大して生じた侵食カルデラである。東西6・5キロ、南北4・5キロ、深さ0・7キロのまさに大きな鍋のような形をしている。また、カルデラ内は、関係者以外は立入禁止なので、この学習会に参加しなければ訪れることができない。

トロッコが動き出した。数年来の願いが叶《かな》い、ようやく立山の「大鍋《おおなべ》の底」へと足を踏み込めた。右に常願寺川を見ながら川沿いに林の中をおもむろに登っていく。川筋の幾つもの砂防施設を見下ろして進むと、川幅が狭《せば》まって急峻《きゅうしゅん》な山々が両岸に迫り、剥《む》き出しの急斜面の山肌にトロッコは、しがみ付き、喘《あえ》ぎながら前進後退のスイッチバックを繰り返して這《は》い登っていく。全線でスイッチバックは38段あり、高度差約200メートルを連続18段で登りきる所もある。レール幅は610ミリ（JR在来線は1067ミリ）と狭く、進行の一方の側は岩肌すれすれ、反対側は崖縁《がけっぷち》でレール下に時たま谷底が透《す》けて見える。工事・資材運搬専用のトロッコでスリル満点である。このトロッコで千寿ケ原から終着の水谷平までの18キロ、標高差640メートルを1時間45分で結んでいる。

水谷平に降り立つとホッとする。狭隘《きょうあい》な平地だが、安政5年（1858）の飛越地震で大鳶《おおとんび》・小鳶《ことんび》山が崩壊《ほうかい》し（鳶崩《くず》れ）、その時にカルデラ内に崩落《ほうらく》した土砂で生じた段丘《だんきゅう》である。トンネルを抜けて奥に進むと、白岩砂防堰堤《えんてい》の全貌《ぜんぼう》が見えてくる。主堰堤の高さが63メートルで7基の副堰堤を持ち、全落差が108メートルの日本一の規模を誇る砂防堰堤である。

更に足を伸ばし、六九谷《ろっきゅうだに》展望台から周囲を見渡すと、周囲は崩落した岩肌の山々で「鍋の底」にいる実感がひしひしと込み上げてくる。多枝原谷《たしわらだに》の鳶崩れ跡には息が詰まり、大自然の破壊力に圧倒される。作家の幸田文《こうだあや》はこの破壊のエネルギーに感動し、「崩れ」を描いたのだろうと改めて痛感した。

昭和51年（１９７６）に72歳の幸田は52キロの体重を工事関係者の背に預け、水谷平からカルデラ内を一巡して「崩れ」を書いた。孫娘で作家の青木奈緒《なお》も祖母の歩いた跡を巡って「動くとき　動くもの」を描いた。この二人の作家の心を捉《とら》えたのは何だったのだろうか。山は崩れて消滅し、人は老いて死ぬが、消滅前の崩れには強烈なエネルギーの発散があった。ならば、死を迎える老いにも…。幸田は崩れを通して老いゆく自らの身にもエネルギーが宿っているのを見出したのかもしれない。多枝原谷には「崩れ」の文学碑が立っている。

立山温泉跡に辿《たど》り着いた。かつて立山温泉経由で信州の大町と富山市を結ぶ「信越新道」があり、温泉には文人墨客《ぼっきゃく》、外国人も訪れて夏場には５００人もの客で賑《にぎ》わったという。だが、現在は、浴場跡以外、当時を偲《しの》ぶものは何

立山温泉跡

もない。栄枯盛衰《えいこせいすい》。しかし、近くの河原からは湯が噴出《ふきだ》している。この寂《さび》れた地も地下にエネルギーを秘めて新たな何かを待っているのかもしれない。

・魔処の黒百合〜上市町大岩

泉鏡花の小説「黒百合」の準主人公・若山拓《ひらく》の登場場面から「さんさい踊唄」を思い出し、富山市梅沢町３丁目の円隆寺を訪れたことがあった。その折り、眼《め》を患っていた若山が治癒《ちゆ》に通っていた作品中の「石瀧」の地が気に掛かりだし、石瀧と指摘されている地を訪れた。

「黒百合」は次のような内容だ。花売り娘のお雪は、恋人・若山の目の治療費欲しさに魔《ま》処《しょ》にある黒百合を求めて禁断《きんだん》の地・石瀧の奥に向かう。その後を、お雪を慕う盗賊《とうぞく》貴族・滝太郎が追い、数々の苦難を乗り越えて２人は黒百合を手に入れる。だが、禁断の地に踏み込んだせいか、大洪水が起こり、富山町（市）はその洪水で壊滅する。早百合姫と黒百合、立山地獄谷伝説を踏まえ、明治22年〈１８８９〉の鏡花の富山滞在時の見聞が作品に反映されている。

作品中で、悪童たちから悪戯《いたずら》された若山にお雪は「お知り合いのお医者様へいらっしゃるのは嘘で、石瀧のこちらのお不動様の巌窟《いわや》の清水へ、お頭を冷やしにおいでになさいますのも存じております」と言う。その石瀧を秋山稔・泉鏡花記念館長は「越中志徴《えっちゅうしちょう》」の「此尊像霊験あらたかにして、殊に眼目をやむ者立願《りつがん》し、信仰の志あらば忽《たちま》ち平癒《へいゆ》する事其数《かず》をしらず。（中略）、利常卿予《よ》が領内に大岩不動あれば、眼科の醫師《いし》を召置《しょうち》に及ばず。」などを取り上げ、大岩山日石寺《にっせきじ》（上市町大岩）だと指摘している。日石寺は現在でも眼病平癒にあらたかで境内には六本滝があり、立山信仰と深く結びついている古刹《こさつ》である。

富山地方鉄道上市駅前から県道46号を剱岳に向かって進み、法音寺交差点を右折し、県道152号を20分ほど進んだ谷間《たにあい》に大岩がある。清流、奇岩の風光明媚《めいび》な地で、日石寺本堂の凝灰岩《ぎょうかいがん》の大岩壁《だいがんぺき》に彫り出した高さ3メートル余の磨崖仏《まがいぶつ》（不動明王像）は国の重要文化財に指定されている。古くから北陸一の不動明王の祈願所として知られ、郷土史家・廣瀬誠によると、大岩不動尊を模刻《もこく》したものが越中に約40体、信州や飛騨に数体、奥秩父にもあり、民衆の信仰が極めて篤《あつ》かったという。また、剱岳の本地仏《ほんぢぶつ》（本来の姿としての仏・菩薩）が不動明王であることから立山信仰と深く結び付き、滑川から南下し、白岩川から大岩に立ち寄り、山越えで池田、芦峅寺《あしくらじ》へ至る立山禅定道《ぜんじょうどう》（登山道）に組み込まれてもいた。

上市町のホームページの「大岩山日石寺～由来～」によると、室町期には21の末社を有し、30の

初詣に訪れた大岩山日石寺

坊社と千有余の僧兵を持ち、立山修験道と深く関わる新川郡内の大社として隆盛を極めた。だが、天正年間の越後の上杉氏の越中侵攻の折りに兵火をこうむり、多くの堂宇《どうう》、寺宝などが焼失し、衰退した。

「黒百合」では、お雪、滝太郎は魔処で夥《おびただ》しい蝶《ちょう》や牛の群れに遭い、鷲《わし》にも襲われるが、これらは『和漢三才図会《わかんさんさいずえ》』『諸国里人談《しょこくりじんだん》』の立山の地獄谷の記述や立山の畜生ケ原《ちくしょうがはら》の伝説、山東京伝《さんとうきょうでん》の読本《よみほん》『善知烏安方忠義伝《うとうやすかたちゅうぎでん》』にあり、黒百合は立山に咲くという黒百合伝説などからも、鏡花は石瀧の奥の魔処を立山（立山地獄）に見立てているようだ。それに大岩山日石寺は、眼病平癒に効験《こうけん》があり、立山禅定道の要地でもあるので〈石瀧は大岩である〉との秋山稔説も肯《うなず》ける。だが、江戸期に加賀藩は立山禅定道を芦峅寺拠点の弥陀ケ原、室堂ルートに限定したので、大岩拠点の別ルートは閉じられ、往時《おうじ》の賑《にぎ》わいが減じた。

だが、渓流の瀬音を聞きながら名物の大岩の素麺《そうめん》を食べていると、全《すべ》てを忘れて至福のひと時を味わえる。

・剱岳初登頂の真偽～立山町芦峅寺

富山市のイタチ川沿いを花見橋まで歩き、この付近で生まれた作家の野村尚吾《しょうご》を偲《しの》んでいると、彼の富山ゆかりの小説「アルプスの見える庭」が思い浮かんだ。立山山麓《さんろく》の芦峅寺《あしくらじ》（立山町）で宿坊を営んだ祖先を持つ都会育ちの清純な若い女性が、山に魅了《みりょう》され、山を介して人生を考えていくという、瑞々《みずみず》しく爽《さわ》やかな印象を与える長編だ。その作品から思い立って芦峅寺を訪れた。

　北陸自動車道立山ＩＣから県道で常願寺川沿いを遡《さかのぼ》る。山が迫り、谷間《たにあい》も狭まって千垣《ちがき》の集落を過ぎ、有峰への芳見橋を右に見て緩やかな坂を上りきると芦峅寺の集落に着く。芦峅寺は立山登拝者の宿坊として栄えた立山信仰の拠点で、そのほぼ中央に雄山神社祈願殿がある。隣接する立山博物館の資料によると、江戸期には神社前の参詣《さんけい》街道沿いに33の宿坊が立ち並んで賑わっていたという。神社境内には県の天然記念物に指定されている樹齢約５００年の立山杉が密生し、奥には西本殿（立山大宮）、東本殿（立山若宮）、別宮（立山開山堂）、摂末社《せつまっしゃ》、祈願殿がある。祈願殿には雄山大神を始め、立山山中36社の神が合祀《ごうし》されている。境内の杉木立の中は清浄で、厳粛《げんしゅく》な雰囲気が漂い、野村の「アルプスの見える庭」での作品印象を思い起こさせる。また、芦峅寺は、佐伯宗作・文蔵・平蔵・富雄、志鷹《しだか》光次郎らの名山岳ガイドを多数輩出している集落でもある。

芦峅寺の雄山神社

名山岳ガイドと言えば、常願寺川対岸の和田生まれの宇治長次郎が思い浮かぶ。長次郎は、新田次郎「劔岳　点の記」の小説や、また映画でも、明治39年（１９０６）の劔岳下見登山から翌年の劔岳測量登山、その折りの山頂での錫杖頭《しゃくじょうとう》と鉄剣の発見者として主役の柴崎芳太郎測量官に次ぐ主要人物になっている。これらの小説、映画から、このことを事実と信じている人が多いようだが、日本の登山史研究家の多くは疑問視している。

劔岳測量登山で芦峅寺は劔岳を禁忌《きんき》の山として協力を渋《しぶ》ったが、明治40年7月13日と28日（後日判明）の2回、測量隊は登頂を成し遂げた。この間の経過と疑問点を五十嶋一晃《かずあき》の「劔岳測量登山の謎」（『もうひとつの劔岳　点の記』所収）と布川欣一《きんいち》の「史実と創作のはざまで」（『山と渓谷』２００９年６月号所収）で整理してみる。

柴崎は、明治40年8月5・6日の「富山日報」、明治44年の『山岳』5月号で登頂の状況を語っている。柴崎の登頂は2回目のみで、1回目の時に測夫《そくふ》（測量助手）・生田信《いくたのぶ》が錫杖頭と鉄剣を発見し、同行した人夫名も挙げている。だが、その中にも公式報告文にも長次郎の名はない。ただし、1回目の時に同行の氏名不詳の男が落伍《らくご》したという。この落伍者《しゃ》を五十嶋、布川の両氏を始め、登山史研究家は、長治郎とし、信仰心から禁忌の山への登頂を慎《つつし》み、また芦峅寺への遠慮もあってか、あえて彼が取った行動だろうと推測している。

柴崎が長次郎の名を伏せた理由は分からないが、2人は一緒に劔岳の頂には立っていないようだ。また、劔岳下見登山の時は、長治郎は黒部源流付近での別の測量をしており、柴崎に随行《ずいこう》していない。小説「劒岳　点の記」はあくまでも新田次郎の創作で、小説の全てが事実ではないとの一線を引いて作品を楽しむべきであろう。

それにしても雄山神社境内の杉林に佇《たたず》むと、神気に触れたようで身が引き締まり、体内に清々《すがすが》しさが満ちてくる。

・高熱地帯の掘削～黒部市宇奈月

宇奈月での講演を早く終えたので、黒部峡谷鉄道のトロッコ列車に乗り込んだ。紅葉の真っ盛りで、列車が峡谷沿いを上るにつれ、朱色に染まった岩山と所々の常緑樹の深い緑が錦絵《にしきえ》のように広がり、見とれているうちに、作家の吉村昭のことが思い浮かんだ。

吉村は、昭和36年（１９６１）に勤めを辞め、ダム工事で水没する村を舞台にした小説を書こうと各地のダム工事現場を見て歩いた。妻（作家・津村節子）の従兄の働く黒部川第四発電所（黒四）の工事現場を訪れ、20日間ほど滞在した。この時の体験を基にして5年後に水没する村の人々との奇妙な交流を幻想的に描いた「水の葬列」と、黒部川第三発電所（黒三）建設の過酷さを実録的に描いた「高熱隧道《ずいどう》」を書いた。

上流の仙人谷にダム、欅平《けやきだいら》に発電設備を造ってトンネル（隧道）で結ぶ黒部川第三発電所（黒三）の着工は昭和11年9月に始まった。この年に二・二六事件が起こり、翌年に盧溝橋《ろこうきょう》事件が起こって中国との本格的な戦争が始まった。黒三発電所建設は軍需工業の電力需要を満たすに必要な戦時体制強化のための国家的に重要な土木工事だった。工事は三つの工区に分けて進められ、第2・第3工区は比較的順調に進捗《しんちょく》したが、仙人谷から阿曽原《あぞはら》への第1工区は、隧道掘削《くっさく》中に高熱地帯に遭遇し、困難を極めた。この第1工区の過《か》酷《こく》で悲惨な状況を描いたのが「高熱隧道」である。

この作品では、物資輸送中の転落事故や地熱の異常高温、掘削中のダイナマイトの自然発火、泡雪崩《ほうなだれ》（表層の新雪が爆発的な速度で崩れ落ちる現象）の発生などで多数の犠牲者が出る状況が事細《ことこま》かに描かれている。その描き方が余りにも詳細かつリアルなので、昭和42年の発表当時、「高熱隧道」は事実に即した記録小説と評価された。

だが、吉村は、この作品を、借用した設計図100枚ほどと、当時の工事関係者のメモだけから書き上げたとし、「『高熱隧道』の取材」（『万年筆の旅（作家のノートⅡ）』所収）で「登場人物も、私のこの作品に託した主題を生かすため、創造上の人間を設定した」と述べている。

新黒部川第三発電所

また、工事当時の新聞記事や関係者の証言をまとめた『黒部・底方《そこい》の声　黒三ダムと朝鮮人』（内田すえの・此川純子・堀江節子著、桂書房、平成4年）によると、工事に従事していた労働者の約3分の1は朝鮮人と推定され、300人ほどの工事犠牲者に多数の朝鮮人労働者が含まれていたという。それらは第1工区で多く働いていたというが、吉村の「高熱隧道」にはその事について触れていない。

工事の時期は昭和14年からの日本国内の炭坑、鉱山への朝鮮人強制連行以前だが、吉村は雑誌『波』（昭和45年5・6月号）の対談で、朝鮮人労働者のことを書くと読者が「虐使《ぎゃくし》したのではないかと考えがち」だとし、「主題が妙にねじれてしまうおそれがあるので、ただ労働者という形で押し通しました。また自分の主題を明確にするためフィクションとして書きました」と述べ、工事全体の雰囲気《ふんいき》は自らが滞在したことのある黒四発電所の工事現場の雰囲気を盛り込んだとしている。「高熱隧道」は事実をまとめた記録小説ではなく、幾つかの事実を基に吉村が創り上げた小説世界、フィクションなのである。

いつしか、列車は欅平駅に着いていた。周囲は一面見事な紅葉だが、苛酷《かこく》な工事だったことを思い浮かべると、鮮やかな葉の色が多くの犠牲者の血で染まっているように見えて立ち尽くしてしまった。

・骨の散乱する村〜黒部市宇奈月

トロッコ列車に乗り込んで紅葉の欅平《けやきだいら》駅を訪れ、黒部峡谷の発電所を眺めながら吉村昭の小説「高熱隧道」に思いを馳せている。

吉村が黒部峡谷を訪れたのはダム工事で水没する村を舞台にした小説を書くためだった。彼は只見川《ただみ》（福島・新潟県境）や白川郷（岐阜県）のダム工事現場を巡り歩き、最後にこの峡谷を訪れた。エッセーや本人の話から推測すれば、それは昭和33年（1961）の秋頃のようで、5年後にこれを題材として「高熱隧道」と「水の葬列」を書いた。とすると、彼の本来の創作目的を叶《かな》えたのは「水の葬列」の方だったと言える。

「水の葬列」は奇妙な作品だ。不貞の妻を殴殺《おうさつ》した男が、服役後、妻の足指の骨を持って山奥のダム建設現場へ流れ込む。そこには水没間際《まぎわ》の落人《おちゅうど》集落があり、建設への抵抗を続けていた。そのさなか、村の娘が労務者に恥辱《ちじょく》され、村内の木で首を吊《つ》る。だが、村人は娘を葬らず、吊るしたまま腐乱するにまかせている。男は娘の遺骸を見るに忍びず、こっそりと木の下に埋める。それを村人は掘り起こし、川上の寺へ運び、それを契機に村の墓を全て暴《あば》き、村中に骨が散乱する。村が水没する日、村人は掘り出した無数の頭蓋骨《ずがいこつ》を箱に納めて背に担《かつ》ぎ、更に彼方《かなた》の奥深い山へと列をなして去っていく。死の影と骨、骨、骨と実に奇妙な作品である。
吉村昭と言えば、「戦艦武蔵」「関東大震災」「桜田門外の変」などと、緻密《ちみつ》な調査・取材によって戦記を含めた実録風の作品や歴史小説を書く作家との印象が強いが、「戦艦武蔵」を発表するまでは、彼を揶揄《やゆ》を含めて「死を抱《かか》えた骨の小説」を書く作家と批評されていた。それまでの吉村は、父母の死、死病患者の悲惨、敗残者の末路などと、彼の身辺にある「死」に関わる私小説めいたものに、「性」や「死体」「骨」などを絡ませて描く作品が多かった。

吉村が「死」「骨」にこだわったのは、幼い頃から身内の者が相次いで死に、自らも14歳で肋膜炎《ろくまくえん》を発病し、肺《はい》浸潤《しんじゅん》で病臥《びょうが》の後、21歳で死の瀬戸際に立ち、約6時間に及ぶ激痛の胸郭《きょうかく》成形手術で肋骨《ろっこつ》を5本切り取ったことで命を取り留めたことによるからだろう。幼い頃より死に怯《おび》えてきた吉村は、自らの死を骨の切除で免れたことから、「骨」が「生と死」の象徴となり、死の怯えに囚われて生きたいと渇望《かつぼう》する際に、自《おの》ずと骨があらわれてくるのだろう。

だが、この「死」「骨」の流れも「水の葬列」までで、「戦艦武蔵」からはガラリと変わる。「戦艦武蔵」は、膨大な

欅平駅周辺の黒部峡谷

資料の中から自らのテーマに適したものを取り出し、それを再構成して創作された。「戦艦武蔵」の発表は『新潮』昭和41年9月号で、「水の葬列」は『展望』42年新年号だが、「水の葬列」は、その前年、41年1月末に「水の墓標」のタイトルで既に書き上げられていた。一方の「高熱隧道」は「戦艦武蔵」の約8カ月後に書き上げられた。同じ黒部峡谷の印象から発しながら、「戦艦武蔵」で見出した新手法によって2作品は異なる世界が描き出されている。文章は不思議な力を持っている。

峡谷に風が吹き出した。木の葉は舞い立ち、谷間《たにあい》から冠雪の峰が望める。静まり返った峡谷は見る人によって様々な姿を思い描かせる。

【岐阜県境】

・帰雲城の埋蔵金〜岐阜県白川村

岐阜県の東海北陸自動車道・白川郷ICから国道156号線を御母衣《みほろ》ダム方向へ車で約15分、帰雲城《かえりくもじょう》の跡とされる地（岐阜県白川村）に立っている。谷間《たにあい》のやや開けた地の彼方《かなた》に崩落《ほう》《らく》し、剥《む》き出しの岩肌の山が聳えている。この地に来たのは先日読んで面白かった宮本昌孝《みやもとまさたか》の「天離《あまさか》り果つる国」の小説舞台で、中学の頃に夢中になった埋蔵金伝説で印象に残っている地だからだ。

天正13（1585）年11月29日の夜半ごろに発生した大地震（推定マグニチュード8・0

ほど）で帰雲山が崩壊し、その山津波で帰雲城と城下の約３００戸が一夜の内に埋没した。城主・内《うち》ケ《が》島氏理《しまうじまさ》をはじめ、５００人以上が圧死したという。天正13年は秀吉が関白に就任して越中征伐を行った年で、内ケ島氏が越中の佐々成政の応援に出かけていた留守に秀吉方の金森長近《かなもりながちか》に城を占拠されて降伏する。諸説あるが、後に領土の大半を安堵《あんど》されて喜びの宴を開こうとした前夜に地震が襲ったという。

その折り、城中の莫大《ばくだい》な金塊も埋没したという話が伝わっている。『神岡鉱山史』（三井金属鉱業）によると、当時、白川郷周辺には上滝《かみたき》・落部《おちべ》・六厩《むまい》・森茂《もりも》・片野《かたの》・天生《あもう》の６金山や横谷銀山などがあり、それらの鉱山からの金・銀が帰雲城に蓄《たくわ》えられていたというので埋蔵金伝説もあながち否定はできないだろう。だが、「帰雲城址《じょうし》」の碑はあるものの、城が埋もれている場所は判明していない。そのためか、埋蔵金に絡んでの作品が多くある。

「天離り果つる国」では、竹中半兵衛の愛弟子《まなでし》の主人公が「内ケ嶋氏」の目付役として帰雲城に赴《おもむ》き、城主の娘と恋仲になるが、娘は信長の命《めい》で佐々成政に嫁ぐ。だが、娘は成政に不義を疑われて富山城に幽閉《ゆうへい》され、それを主人公は救い出し、

帰雲城址の碑

冬の立山を越えて白川郷へと逃げ帰るのだが…。天正10年（1582）の小島職鎮《もとしげ》らの富山城占拠や早百合《さゆり》姫伝説、成政のさらさら越え伝説などを脚色して取り入れ、多少荒唐無稽《こうとうむけい》な処もあるが面白く描いている。

この天正地震で帰雲城から約60キロ離れた越中の木舟城《きふねじょう》（高岡市福岡）でも異変が起こった。成政が秀吉に降伏した後、木舟城には前田利家の弟・秀継《ひでつぐ》が入り、居城数カ月にしてこの地震に遭遇《そうぐう》して城は沈下崩壊し、秀継夫妻を含めて多くの者が圧死した。この後、城下の寺・住民は今石動（小矢部市）に移住し、農民らは高岡町へ移り住んで今日の高岡市木舟町に発展したという。だが、木舟城には埋蔵金伝説はない。安藤正雄は『白山大地震により埋没した帰雲城と木舟城』で、帰雲城は直下地震による山津波で、木舟城は誘発地震か、砂質土の液化現象によっての埋没と推定している。

帰雲山の山裾まで夥《おびただ》しいほどの土砂が積もり、この土砂の何処かにあの帰雲城が、そして埋蔵金が…と思うにつけ、胸が高鳴る。

・作家とモデルの確執～岐阜県飛騨市神岡町

仕事で遅くなり、山沿いの橋までくると遥《はる》か下流の夜空に花火が続けて上がっていた。その花火から中河与一《なかがわよいち》の「天の夕顔」最終章の花火を打ち上げる場面が思い浮かんだ。年上の人妻へ寄せた悲恋の花火だった。翌朝、早速《さっそく》にこの作品の主要舞台の一つである「山之村」（岐阜県神岡町）を訪れた。

「天の夕顔」は、大学生の主人公が下宿の娘（人妻）を慕って20余年にわたり、一途《いちず》に求愛し続けたが、そのつど拒まれて自らの気持ちを鎮めるために山中に籠《こ》もる。その際に女と再会を約束し、５年後に山を下るが、女は既《すで》に亡くなっていて、男は女を偲《しの》んで花火を打ち上げるという物語である。この作品は永井荷風《ながいかふう》に称賛され、独・英・仏・伊・西・中国の６カ国語に翻訳され、アルベール・カミュからも激賞された世界的に著名な作品である。作者は中河与一だが、主人公のモデルは不二樹浩三郎《ふじきこうさぶろう》で、その彼が逼塞《ひっそく》した山中が標高約千《メートル》の「山之村」だった。

国道41号で神岡町に入り、国道４７１号で新穂高へ向かう途中、上宝町との境から双六川に沿って大規模林道（山吹峠越え）で急な傾斜の山中の道をかなり上ると、白樺林の高原になり、不二樹浩三郎の住居跡の案内板を通り過ぎると、「天空の牧場・奥飛騨山之村牧場」が見えてくる。その牧場内に中河与一文学資料室と天の夕顔碑が立っている。

「天の夕顔」は純真な愛を貫いた浪漫《ろうまん》主義文学の名作だが、その高い評価とは裏腹に主人公のモデルに関して問題がある。この作品の大筋は、元々、不二樹が自分の体験として自らが書くつもりでいたが、昭和12年（１９３７）に召集《しょうしゅう》され、死を覚悟した彼は出征するまでの間、中河に口述したものが基《もと》になっている。不二樹の出征後、中河は作品化し、その評価が年々高まるにつれ、帰還した不二樹は中河にモデルの実名公表と自分との共著、印税を求めたが、中河はモデルの存在は認めたものの、要求を拒み続け、二人の間の確執《かくしつ》が深まったという。

「天の夕顔」は不二樹の体験を模した個所が確かに多いが、不二樹が後に書いた「冷たき地上」や「天の夕顔」を非難した数種の私家本を読むと、中河は不二樹の恋愛に関わるものだけを取り上げて作品化したが、不二樹は中河に恋愛も含めた自分の半生全てを高く評価した自伝めいたものを描いて欲しかったようで、その期待外れと中河の名声への嫉妬《しっと》から諍《いさか》いが生じたのだろう。

また、中河の初期の随筆「絵よりも美しかった人」を読むと、彼自身も若い頃に年上の人妻を慕い、その女性の死で錯乱《さくらん》した体験があり、「天の夕顔」の恋愛は他人事《ひとごと》ではなく、自分にも関わるものとして拘《こだわ》り続けたのかもしれない。それにしても極寒の雪の山小屋で一人、愛しい女性を想《おも》い続けた男がいたとは何と驚くことだろう…。

中河与一文学資料室

2　つれづれ・文学雑感

・桜の民俗と文学

満開の桜の下を歩くと気持ちが華《はな》やぐ。桜並木の松川磯部堤《いそべつつみ》から護国神社に向かうと、境内は桜が咲き乱れ、多くの人が集って歓談に耽《ふけ》っている。花びらは戦没者慰霊碑に舞い落ち、春爛漫《はるらんまん》そのものなのだが、その時、ふと京都「今宮神社」の「やすらい祭り」の情景が思い浮かんできた。舞い散る桜の下で黒と赤の鬼が舞い踊っていた。桜はどうも色々な顔を持っているらしい。

古代、春先に人々は飲食物を携えて山や丘に登り、桜を見ながら一日を過ごした。「春山行き（入り）」というが、桜の花を愛《め》でるのではなく、花の咲く状態から年内の稲の出来具合を占う農事だった。「サクラ」の「サ」は穀霊《こくれい》、「クラ」は座、つまりサクラとは「穀霊が依《よ》り憑《つ》く神の座」を表し、桜は神聖なる聖樹だった。

だが、奈良時代から平安時代に移るにつれ、全国に疫病《えきびょう》が大流行した。その疫病の流行時と桜の落下時が重なることから、散る花びらに疫病が取り憑き、悪疫《あくえき》を広げるものとされた。更に疫病の流行は、非業《ひごう》の死を遂げた者の祟《たた》りだとする御霊《ごりょう》信仰が結び付き、舞い散る桜に疫病と悪霊が宿ると信じられるようになった。このため、全国の神社では疫病・悪霊鎮《あくりょうしず》めの「花《はな》鎮めの祭（鎮花祭《ちんかさい》）」が行われ、現在でも今宮神社の「やすらい祭」や奈良・大神《おおがみ》神社の

「鎮花祭」で当時の風習を見ることができる。このように、長い間、満開の桜の下は決して心地のよい所ではなかった。

時代が下り、貴族、僧、富裕層が次第に桜花を愛でて宴などを開くようになったが、庶民は依然として満開の桜の下に寄り付かなかった。現在のような花見の盛況をもたらしたのは徳川8代将軍・吉宗《よしむね》によるものだった。吉宗は鷹狩《たかが》りを好み、狩り用の資源確保の野鳥保護と、狩りで難儀《なんぎ》する農民の慰撫《いぶ》のために紀州・吉野から持参した桜の苗木を下賜《かし》した。それにより鷹狩りの道筋に植樹された桜が、後に桜の名所として庶民の楽しみとなり、全国に広まって現在の花見となって定着した。

一方、幕末に本居宣長《もとおりのりなが》が「敷島《しきしま》の大和心を人問わば朝日に匂う山桜花」と詠み、桜を国粋・国家のイデオロギー性の強い花として唱えたことから、「花は桜木、人は武士」と、散る桜が武士の潔《いさぎよ》さとも結び付き、武士の精神の桜、その死を飾るべき花として、桜に「国・生と死」を見る観念性の強い桜観が生まれてきた。

その流れを引き継ぎ、明治政府の士族官僚は、桜を、国民皆兵《かいへい》を推進する「軍国の花」、「靖国《やすくに》の花」と提唱し、戦没者を飾る花とした。その後も、「国・桜・死」の結合は一層強まり、「散華《さんげ》」の言葉で多くの若者の命を戦地で散らせた。

桜は、明治、大正、昭和へと、輝く国威《こくい》の象徴、戦死した友の面影、ファシズムの残滓《ざんし》などとして人々の目を捉《とら》えてきた。平成ではどのように見えていたのだろう。また、新たな元号の下ではどのように見えるのだろうか。目の前の護国神社の枝垂《しだ》れ桜は美しい。今は、その美しさを無心で受け入れて堪能《たんのう》したいものだ。

◆　　　　　　◆

八尾からの帰り、滅鬼《めっき》からの神通川堤の桜（塩の千本桜）が美しいので夕なずむ桜並木を歩いた。人影はなく、美しい桜の一人占めに満足したものの、次第に不安が込み上げてきた。頭上の桜が華やかなほど、人気《ひとけ》のない樹下はこの上なく寂しく、終《しま》いには怖気《おぞけ》だってきた。桜は美しいゆえに言い知れぬ怖さを宿しているようだ。

「万葉集」では166種の植物が詠われているが、その数の第1位が萩の花、第2位が梅の花で、桜は第8位の40首前後しか詠われていない。だが、平安の貴族に家桜や桜狩りの行楽が定着しだすと、桜を介して歌人たちに共通の文学的志向が生まれ、宮中の花宴でも桜が多く詠われるようになった。桜の美しさを愛でてだが、一方、『今昔物語』巻27には次のような桜の怪異も載っている。

一条帝の中宮・章子《しょうし》が父・藤原道長の邸《やしき》に里帰りした折り、邸の奥の咲き誇る桜の辺りから歌を吟唱《ぎんしょう》する声が聞こえてくる。あれは誰の声かと章子が尋ねると、兄・頼通《よりみち》は平然として鬼神の声だと答えたという。平安の貴族は桜花の下にいる鬼、「桜鬼《さくらおに》」の存在を認めていたらしい。鎮花祭などで庶民は桜花に疫病や悪霊が宿ると信じていたが、貴族も桜花の美を愛でながらも満開の桜の下の不気味さも感じていたようだ。この桜花への〈華やかさ〉と〈おぞましさ〉の感覚はそのまま近・現代文学へも引き継がれている。
梶井基次郎《かじいもとじろう》は「桜の樹の下には屍体が埋まっている！」（「桜の樹の下には」）と叫び、咲き誇った桜の生の極点は死に支えられているとし、坂口安吾《さかぐちあんご》、石川淳《いしかわじゅん》も小説に桜鬼を登場させている。坂口の「桜の森の満開の下」は、鈴鹿の山賊が山中の花盛りの桜の下で美女を掠《さら》い、その女の命じるまま都で残虐非道《ざんぎゃくひどう》を繰り返すが、嫌気がさして女を背負い、山の古巣へ帰る途中、山中の満開の桜の下で女は醜い正体を現す…。また、石川の「修羅《しゅら》」は、応仁の戦乱で荒廃した都を悪辣残虐《あくらつざんぎゃく》な盗賊団が荒らし回る。その盗賊団を率いる美しい女頭領《とうりょう》の正体は…。この上なく美しいものには、限りなくおぞましいものが潜んでいるらしい。

この桜鬼にエロスを加味し、宇野千代《うのちよ》、渡辺淳一《わたなべじゅんいち》は桜を妖美な存在として描いている。宇野は「薄墨《うすずみ》の桜」で、桜を美しい乙女（清純）とおぞましい老婆（桜鬼）からの二面性で描き、渡辺は「桜の樹の下で」で、桜の精のような母娘の怪しい魅力（妖美と清純）に溺れる中年男の背徳の愛を描いている。一方、水上勉《みずかみつとむ》は桜美を賞賛し、生死も汚辱《おじょく》も全て桜で浄化されるという桜浄土の桜観で「桜守」を描き、五味康佑《ごみこうすけ》は散る桜に悲愴美《ひそうび》としての男の美学を見い出し、「桜を斬る」「薄桜記《はくおうき》」を描いている。だが、残念なことに桜をテーマとした富山ゆかりの小説をまだ見い出していない。

神通川の「塩の千本桜」から逃げ出すように橋に戻ってきたが、振り返ると桜はやはり美しい。桜は美しさの中に人々の様々な想いを受け入れてそれを映し出してきたのだろう。

・ミステリアスな高岡の文学

その土地の文化が発展し、深いほど、その深みから奇妙なものが顔を出すことがある。様々な文化が混ざり合い、混沌とした中で不意に形作られた異相の産物である。高岡はそんな雰囲気を宿す土地のようだ。

高校生の頃、室生犀星の歌「夏の日に匹婦《ひっぷ》の腹にうまれけり」に出会い、花咲く野を歩いていて花の下から不意に蛇が顔を出したような衝撃を受けた。情細やかな詩人が自らの母を「匹婦」（いやしい女）と蔑んでいたからだ。後に犀星の出生の複雑さを知り、「匹婦」の言葉の裏に犀星の生母への強い思慕があるのに気付き、そこに彼れの秘密があるように感じた。その秘密を犀星の愛娘で彼の代表作「杏っ子」のモデルでもある室生朝子が『父犀星の秘密』（昭和55年毎日新聞社刊）として随筆にまとめた。

犀星は明治22年に加賀藩の元足軽頭小畠弥左衛門吉種の私生児として生まれ、生後間もなく、近くの雨宝院に預けられて住職の内妻ハツに育てられた。ハツは気性が荒く、そのために犀星は不遇な少年時代を送るが、血の繋がらない同じ養女の姉テエの優しさで慰められる。そのことは短編「幼年時代」に詳しく描かれている。その義姉が伏木の玉川町（現・伏木中央町）の料亭に嫁いだので、犀星は成人後に義姉を慕って何度も伏木玉川町を訪れている。

その時のことを二つの短編に描いた。姉の料亭を訪れた時に知り合った二人の美しい半玉《はんぎょく》（芸妓）との淡い交流を繊細な筆遣いで描いた「美しき氷河」（大正9年「中央公論」4月号）と、病気の夫を気遣う姉の様子をうかがい、姉の料亭に長逗留《とうりゅう》した日々を描いた「あら磯」（大正14年「中央公論」7月号）である。伏木はこのように犀星にとって縁の深い土地であったが、室生朝子は犀星にとって最も縁の深い土地は高岡だと言う。それは彼の生母の関係からである。

犀星の生母は、新保千代子『室生犀星・ききがき抄』を根拠として、小畠家で当時女中をしていたハルが定説だった。当初、朝子もそれを信じていたが、弟の三回忌に金沢に帰った折りに犀星宛の古いハガキを手渡され、その時以来、事情が大きく変わる。それを発端に室生朝子の「父犀星の秘密」が書き始められる。随筆なのにミステリアルなルーツ探しのようで推理小説よりも面白く、胸が躍る。最初の「鯛の帯締め」の章でハガキの〈貴兄の母は山崎千賀〉という文面から朝子の祖母捜しが始まり、国会図書館の中島正之氏の援助を得て山崎千賀の足跡を追い、宮城県塩竈《しおがま》から再び金沢に戻り、千賀を犀星の生母と確信する。次の「高岡の遊亀戸」の章では、4年間、千賀が高岡瞽女《ごぜ》町（現・川原町）の遊亀戸で芸妓に出ていたのを突き止め、高岡に赴き、千賀が借りた横田町の家で出産した可能性があるとし、この地が犀星の出生地と確信する。「世にも不思議な話」の章では、朝子が生母ハル説を唱えた新保千代子（当時・石川近代文学館長）と会い、ハル説の矛盾を問い詰め、それ以後、確執に似た諍いを繰り返している。「夏ごとの蚊帳」の章では、犀星の養母ハツの隠された人柄を。「福王寺過去帳」の章では、養父真乗が富山県中老田村（富山市）の小川家の出だったと述べている。

犀星の高岡での出生は文学史を書きかえる一大事で、この説について歌人の米田憲三氏が緻密《ちみつ》な調査と取材で研究を進めておられ、今後の研究成果が期待される。だが、千賀実母説には金沢の父吉種と高岡の千賀とでは距離が離れ過ぎているとの反論があり、父親においても犀星は吉種64歳の時の子で、父親が老い過ぎているのではと疑問視する者もいるが、この二つを同時に解決する新説が最近発表された。犀星研究家の安宅夏夫氏が『人物研究』第17号で発表した生種〈吉種の子〉実父・千賀生母説である。生種は高岡の作道小学校、下久津呂小学校で校長を務めた人物で、当時の高岡の社交の場「遊亀戸〈勇木楼〉」で芸妓の千賀と馴染みになり、千賀が子を宿して犀星が生まれ、世間体をはばかった吉種が犀星を金沢へ引き取り、我が子としたとする説である。犀星は祖父を父としたということになる。現職の校長と芸妓との間に子が生まれたとなると、現在でも昔でもスキャンダラスなことで、もしそれが事実なら、犀星に「高岡生まれの、校長と芸妓の子」との新たな秘密が加わり、犀星の「ふるさと」とは何処かの謎が深まるばかりで今後の展開が待たれる。

さて、もう一つ奇妙なことがある。高岡市和田に西光寺という寺がある。明治32年頃、この寺に富山日報社主筆の佐藤紅緑（佐藤愛子、サトウ・ハチローの父）がしばしば宿泊した。当時、この地は日本派俳句の越中での結社「越友会」の活動拠点で「和田俳人村」とも呼ばれていた。越友会の代表は山口花笠、会員で際立っていたのが沢田はぎ女だった。その句は国民新聞の高浜虚子《きょし》や松根東洋城《とうようじょう》の選で最上級の讃辞を受け、名は中央にまで響いていた。その彼女の句が夫の代作したものとの噂が立ち、真偽がはっきりしないままに彼女は筆を折り、夫と共に俳壇から姿を消した。彗星の如く日本俳壇に現れ、早々と姿を消した。この幻の女流俳人に興味を抱いたのが吉屋信子だった。彼女はそれを「はぎ女事件」(「オール読物」昭和40年2月号・「私の見た美人たち」読売新聞社刊に収録)としてまとめた。その内容は次のようなものだった。

　東洋城が評価したように、はぎ女の俳句の実力は相当高いものだったが、彼女の句が夫の代作だとの噂が立つと、それ以来、はぎ女と夫は国民新聞への投句を止めた。時を経て昭和27年に室積徂春《むろづみしょしゅん》が山口花笠から聞いた話として「夫の代作説」を「俳句研究」6月号に発表した。それ以来、それが事実として広く信じられるようになったが、昭和32年に俳人の池上不二子が疑問を抱き、高岡の沢田家を訪れ、健在だったはぎ女に直接尋ねたところ、室積徂春の発表には不審な点があり、新聞への投句を止めたのは夫と義母の厳命に因るもので句は自作のものだとの言を得て、それを「俳句研究」10月号に発表した。それが地元紙で大きく取り上げられたことから、「代作説」の真相に関わって山口花笠説の支持者との間に論争が再燃した。その後、はぎ女の句集も出版され、初めて彼女は東洋城の家へ訪れたが、謎はそのままで現在に至っているとの歯切れの悪い結びで終わっている。

この歯切れの悪さは何だろう。執筆する際、生存している関係者への配慮から躊躇《ためら》いが生じたのかもしれないし、厳密に究明すると明治大正期の女性の社会的立場や女性俳人の俳壇での立場などにも触れなければならなく、その際に様々な差障りが生じると危惧《きぐ》したのかもしれない。それにしても謎が深まるばかりである。はぎ女に関しては福田俳句同好会編『俳人はぎ女』（平成17年）の好著もあり、はぎ女の句を自ら読み味わって、そこから、銘々の感性で、この事件の真偽に答えを出して欲しい。

2件しか謎めいたものを紹介できなかったが、高岡の文学の奥底にはまだまだミステリアスなものが潜んでいる。豊かな文化が産み出した異相なものをその土地に住む人が探り当て解き明かすのも文学作品を読むうえでの楽しみになることだろう。

・哀愁漂う八尾の文学

おわらの季節が近づくと、山間《やまあい》の静かな町の辻々から三味線や胡弓《こきゅう》の音色が聞こえてくる。その物悲しい音色は、祭の華やかさとは裏腹に、生きることの哀しみを切々と訴えて、多くの優れた文学作品を生み出した。

おわらの踊り手の大方は、男は股引に法被《はっぴ》、女は浴衣に太鼓結びの黒帯の装いだが、男女共々、深々と編笠《あみがさ》を被《かぶ》る。その編笠には、ある物語が彩りを添える。水戸街道は取手宿《とりで》。一文無しで空腹の相撲取りが、酌婦《しゃくふ》に故郷の母の墓前で横綱の土俵入りをしたいと嘆く。その言葉で、酌婦は望郷に駆られて唄いだし、相撲取りに小金を与える。唄は「おわら節」、酌婦はお蔦《つた》、相撲取りが茂兵衛《もへえ》で、後に渡世人になってお蔦の窮地を救う。長谷川伸の「一本《いっぽん》刀土俵入《かたなどひょういり》」（昭和6年）である。お蔦の故郷は八尾で、「～取手を立ち去ったお蔦は夫と女の子と三人で八尾におちつき、年々の九月一日風の盆に親子夫婦三人で小原節を楽しむ～」お蔦あみ笠背に投げかけて越中八尾の風の盆。長谷川伸」と八尾町の観光会館前の碑に記してある。そのことからか、踊る女性の被る菅《すげ》笠を「お蔦笠」という。長谷川伸は川崎順二（おわら中興の祖・医師）に招かれて何度も八尾を訪れた。野口雨情、佐藤惣之助、藤原義江、高階哲夫などの文人、音楽家も川崎に招かれて八尾を訪れている。

「風の盆」がさほど知られていない頃、テレビ取材（「遠くへ行きたい」）で八尾を訪れた作家が、祭の印象を小説にまとめた。五木寛之の「風の柩《ひつぎ》」（昭和46年）である。東京のテレビ局関係の男が八尾を訪れる。取材は名目で、八尾出身の昔の恋人の消息を確かめるためだった。だが、娘は自殺していて、娘の妹は訪れた男のせいだと責める。おわらの哀愁を帯びた調べの中で男は娘を想って佇《たたず》む。逸早《いちはや》く「風の盆」の素晴らしさを見出し、小説に取り入れた五木の先見性と感性の鋭さには舌を巻く。

「風の盆」が全国に知られるようになり、その名を更に高めたのが、高橋治の「風の盆恋歌」（昭和62年）である。若い頃に心を通わせながらも離ればなれになった男女が「風の盆」の八尾の夜に忍び逢う。罪の意識に戦《おのの》きながら一夜限りの愛に身を燃やす男女の姿を切々と描いた。石川さゆりが歌い、多くの女優が演じてテレビ、映画の不倫物の定番となった。だが、高橋は「不倫を書いたのではない」と怒り、老いを迎えた男の未練に似た悔いを書いたのだと力説する。それに加えて、八尾には自らが「風の盆恋歌」の登場人物のモデルだと称する人も多くいる。高橋は「モデルはいない。人物は創作だ」とまた怒る。小説で多くの読者に自分がモデルだと思わせるならば、それこそ紛《まぎ》れもない傑作の証《あかし》だろう。

「風の盆」はミステリーにも描かれた。前夜祭の夜、八尾の街並みを見下ろす城ケ山で老舗旅館の若旦那が殺される。その死の謎を追うのが探偵・浅見光彦だが、謎解きばかりでなく、踊りに関わる現在の人脈までが分かる。内田康夫の『風の盆幻想』（平成5年）である。他に和崎峻三『風の盆殺人事件越中おわら』、西村京太郎『風の殺意・おわら風の盆』などもある。風の盆に関わる物語は話が尽きない。

◆　◆

おわらが終わった後、八尾の街は虚《うつ》ろな気怠《けだる》さに覆《おお》われる。風が人影のない坂道を吹き抜け、軒先の風鈴の音以外、町はひっそりと静まりかえる。踊り手たちは次の風の盆まで深い眠りに陥ったのだろう。やがて秋から冬になり、その冬の日に、昔、一人の詩人がこの町を訪れた。

元華族で歌人の吉井勇が京都から八尾に疎開したのは、大戦末期の昭和20年の冬だった。雪深い年で「大雪となりし高志路《こしじ》しづけさは深深として切なかりけれ」「雪はただしんしんとして降るものを何に唇噛み耐へてある身ぞ」と雪国での流浪の身を嘆き、「さむざむと夜半《よわ》の寝酒を飲み居れば炬燵《こたつ》の火さへいつか消えたる」「あはれなる流離のわれや欠椀《けつわん》のにごり酒にも舌鼓打《したつづみう》つ」と、60歳過ぎての仮寓《かぐう》の悲しさを酒で託《かこ》った。八尾での疎開は8ヶ月余りだったが、あちこちに歌碑が建てられ、街々には今なお吉井の気配《けはい》が残っている。歌集『寒行』『流離抄』（共に昭和21年）に吉井の八尾での息遣《いきづか》いがうかがわれる。

八尾角間の八幡社のコブシの老樹の元で句会が開かれ、それが縁で俳誌『辛夷《こぶし》』が大正13年に創刊されてから通巻千号以上になる。俳誌の老舗《しにせ》で、翌14年から昭和6年まで八尾で編集され、後に富山市の前田普羅《ふら》に移った。それまで八尾はアララギ派俳句の越中の拠点で、八尾の多くの人々が俳句にいそしんでいたという。

時間を江戸期まで遡《さかのぼ》る。文化10年、凶作と塩野（現大沢野町）開発の不満から富山藩最大の農民一揆が起こり、一揆の群れは八尾へと押し寄せた。新田次郎の「槍ヶ岳開山」（昭和43年）はこの一揆の場面から始まる。八尾の米屋の番頭が、その騒動の最中《さなか》に誤って妻を槍で突き殺し、悔いた男は出家して、妻の供養のために笠ヶ岳、槍ヶ岳への祈りの道を切り開く。播隆上人《ばんりゅうしょうにん》の一代記である。だが、伝記ではない。新田は実際のモデルを主人公にしながらも、小説では不撓不屈《ふとうふくつ》の精神で人生を切り開いた彼好みの人物を描く。実際の人物を骨格として自分好みの人物像を肉付ける。播隆も新田の思い描いた播隆像で、実物とは異なると怒る人もいるが、あくまでも小説で目くじらを立てる必要もないだろう。

西条八十の詩の一節「母さん、僕のあの帽子、どうしたでせうね。ええ、夏碓井から霧積《きりづみ》へ行くみちで渓谷へ落としたあの麦稈《むぎわら》帽子ですよ」を思い出すつどに森村誠一の「人間の証明』」（昭和51年）が思い浮かぶ。この詩から東京での殺人の手がかりを追って八尾を訪れた刑事がこの地で解決の目処をつける。

華やかな祭の裏の人生の哀歓と八尾の純朴な人情は今後も名作を生み続けるだろう。

・金沢幻影～高橋治の八尾と金沢～

「風の盆」になると3日間で25万人前後の見物客が八尾（富山市）を訪れる。この「おわら」ブームに火を点《つ》けたのが高橋治の「風の盆恋歌」である。

この小説で八尾は全国に知られたが、高橋の金沢での回想を綴《つづ》った「金沢との出会い」（『花と心に囲まれて』所収）や「金沢の人々」（『人間ぱあてぃ』所収）などを読むと、八尾での物語の中に彼の金沢での逸話や金沢の街の風情が数多くちりばめられているのに気づく。八尾の街に流れるおわらの調べは「壁から謡が洩《も》れて来る」金沢の街の風情に通じ、二人の密会の家は高橋が下宿した金沢の家を髣髴《ほうふつ》とさせ、その家のくすんだ赤色の壁は金沢の情緒を漂わす。

主人公は四高（旧制第四高等学校）の卒業生で、金沢の彼の下宿に居候《いそうろう》した同級生は自殺し、後に彼は東京の大学に進学して堀麦水《ほりばくすい》を卒業論文にするなど、高橋と主人公の経歴は重なる。そして、泉鏡花の小説が度々顔を出す。八尾の「風の盆」を小説の表舞台にしているが、根底には金沢での物語が息づいているようだ。

高橋は昭和４年（１９２９）年千葉市に生まれ、地元の中学を卒業後、四高に入り、後に東大の国文科へ進む。人には生まれ育った故郷と、魂が目覚め、躍動して後々まで人生の糧となる心の故郷と言うべき地があるが、それが高橋には四高生として過ごした金沢なのだろう。四高生の彼は野球と映画に熱中し、特に映画にのめり込んだ。各大学高専映画愛好会の連合組織の会長として金沢市内のどの映画館も顔パスで入館していたという。この映画への没頭が後に彼を松竹に入社させ、映画人としての道を歩ませる。また、金沢での３年間の最初の１年半は学生寮で、後は味噌蔵町裏丁に下宿し、この下宿家のおばさんが「風の盆恋歌」の八尾の家の留守番「とめ」のモデルである。そして、退職した教授が卒業後20年も司法試験を受け続けている教え子の謎を追うという筋立ての「名もなき道を」（昭和63年）に彼の四高時代の日々を描いている。この小説執筆の動機は、昭和48年（１９７３）に外国留学歓送のクラス会が金沢で開かれた折、卒業後初めて恩師・慶松光雄教授に再会した感銘によるものだという。

松竹入社後は小津安二郎監督らの助監督を経て、松竹ヌーベルバーグを担う監督として活躍する。この間、脚本を書き、撮影、編集までも担当し、松竹退社後には戯曲も手掛け、故郷・千葉の海の汚染から環境、社会問題のノンフィクションも書いている。これが機縁で大正期の日本のシベリア出兵を題材にした「派兵」を執筆する。「派兵」は高橋の初めての小説で、5年にわたり『朝日ジャーナル』に連載され、昭和53年・48歳の時に泉鏡花記念金沢市民文学賞を受賞する。この賞は高橋が作家として初めて認められた賞だった。心血注いだ大作だけに喜びもひとしおだろうが、作家としての自信も大いに得たに違いない。

受賞に際し、高橋は「私の運命は金沢と結びついている」と述べた。受賞の喜びばかりでなく、「泉鏡花記念」の賞名にも感慨深いものがあったのだろう。彼が四高に志望したのは「鏡花の生まれた土地だった」からと「風の盆恋歌」の主人公に言わせ、「金沢との出会い」では鏡花と島田清次郎ゆかりの地だからと述べている。

泉鏡花を特に好み、高橋家客室床の間には「雪洞をかさせは花の梢《こずえ》かな」の鏡花の俳句の軸が掛かっている。鏡花に魅せられて金沢に来て、そこでの青春が映画人としての道を歩ませ、今再び、金沢で鏡花ゆかりの文学賞で作家への道を確信する。金沢はまさに高橋の運命を決定する地だった。

金沢美術工芸大学の非常勤講師を6年間務める傍ら、次々と小説を発表し、「秘伝」(昭和59年)で直木賞を受賞し、作家としての地位を確かなものにした。また、俳人(俳号・台水)

でもあり、映画、演劇の手法を駆使した彼の文学世界はますます多彩な広がりを見せている。

・作品余談・高橋治「風の盆恋歌」

哀調を帯びた胡弓《こきゅう》の音色を聞く度に暮れなずむ八尾の街並が目に浮かび、おわら節が耳元に蘇ってくる。そして、高橋治の「風の盆恋歌」を思い出す。

小説「風の盆恋歌」は元々は昭和59年『小説新潮』6・7月号に「崖の上の二人」として発表された。だが、当時は八尾の「風の盆」が世にあまり知られていなかったこともあって、この作品は話題にあがらなかった。加えて雑誌の編集者から作品名がよくないとのクレームがあり、単行本化の際には書名を変更するようにとの申し出があったので、高橋は編集者に全てを一任した。こうして生まれたのが翌年出版された『風の盆恋歌』だった。作品名を変えたのが功を奏したのか、それ以後、『風の盆恋歌』はしだいに多くの人に読まれるようになった。一方、「風の盆恋歌」が好評になるにつれ、作者の高橋は、忸怩《じくじく》たる思いが募り、肩身が狭かったという。八尾を舞台にした悲恋物語に五木寛之の「風の柩《ひつぎ》」(昭和46年)があり、同じく五木寛之のベストセラー本に『恋歌』(昭和52年)がある。その題の「風」と「恋歌」を盗用したようで、出版から2、3年は五木寛之に会合で会う度に恥ずかしくて彼の顔を正視できなかったという。さらに「風の盆恋歌」は本とは別の処で話題になった。なかにし礼が「崖の上の二人」を読んで感銘し、高橋に手紙を出して二人で八尾を訪れ、3年がかりで作詞した「風の盆恋歌」（作曲・三木たかし）を石川さゆりが歌って大ヒットした。平成10年には佐久間良子、高橋幸治によって「風の盆恋歌」が帝劇で上演され、後にテレビ化されて爆発的な人気を呼び、八尾の「風の盆」が全国的に知られるようになり、以前は3万人程度の「風の盆」の観光客が一挙に約30万人にも達した。その相乗効果で小説「風の盆恋歌」もますます読まれてベストセラーになった。

だが、作品が好評なのにかかわらず、作家の高橋は憤っていた。年に一度の八尾での「都築」と「えり子」の密会を不倫にしか捉《とら》えぬ読者があまりにも多すぎるのが不満だった。元々不倫を書くつもりはなかった。50代になって〈こんな人生でよかったのか、もっと違った人生があったのでは…〉と、自分のこれまでの人生にふと疑いを抱いた時の気持を、青春の時に成就できなかった恋を「風の盆」の八尾で蘇らせて読者にも問うつもりだった。だが、期待は見事に裏切られ、読者は日常の生活の中での生々《なまなま》しい感覚・欲望に囚われて週刊誌のゴシップネタを読むように不倫ばかりを話題にした。冷静に客観的にこれまでの自分の人生を見つめてほしかった。高橋は更に憤った。観光客が押し寄せる「風の盆」の八尾を訪れた時、地元の世話人が彼に尋ねた。「八尾で小説の〈とめ〉のモデルは私だと8人が名乗りを上げたが、本当はどの人なのが…」と。高橋は驚き、あきれた。「風の盆恋歌」で実在の八尾の人を念頭に置いて書いたのは「おわら保存会」の会長と喫茶「華」の主人の2人だけで、後は全て架空の人物だった。〈とめ〉のモデルは強いて言うなら高橋が金沢で学生の頃に下宿していた家のおばさんをイメージにした。「風の盆恋歌」ばかりでなく、その後も彼の書く「小説の中の人物は私がモデルだ」という人が次々に現れた。それだけ高橋の人物描写はリアルなのだろうが、そのことが癇《かん》にさわり、煩《わずら》わしくなって小説を書く時に彼は作中人物を次々に死なせることが多くなった。

高橋は短編「石の微笑み」（昭和63年）を除き、実在する人をモデルとした小説は書いていない。実在する人の数奇な人生は確かに面白いが、それは読者の人生とかけ離れ過ぎていて読者に共感が湧かないからだ。また、ありふれた人生を書いても読者に興味が湧かなく面白くないからだ。だから読者にも起こり得る程度の奇なる事柄を題材にした小説を書くようにすると言う。誰にも起こり得る刺激的なこと、それが高橋の小説を読む人に自分をモデルにしたのではと思わせるのだろう。

「風の盆恋歌」は実は奇妙な小説だ。「風の盆」の年間3日間だけの都築とえり子の数年に及ぶ密会の場面に青春の思い出を挿入して描いているだけで、それ以外、二人は、まったく交渉がなく、銘々の日常生活も描いていない。二人は、日常と、時間的・空間的に切り離された「祭の八尾」で、いわば現実生活から遊離した異次元の八尾の祭りで会い、青春時代で叶《かな》えられなかった恋に溺れる。八尾は言わば悔いのある願いを叶えられる別世界、夢の世界なのだ。読者は生々しい密会の描写に目を奪われて夢に紛れ込んでいるのに気付いていないが、「風の盆恋歌」の本質は、不倫を伴う官能小説ではなくて幻想小説に近いのではないだろうか。高橋は泉鏡花に憧れて四高に入ったのだが、鏡花の作品にみられる主人公が異界に迷い込んで特異な体験をする手法に似ている。「風の盆恋歌」は八尾を小説舞台にしているが、金沢での青春時代の実らなかった恋の後日談で、心情的には金沢ゆかりの作品ではないだろうか。

・泉鏡花～富山舞台の小説

富山大橋の手前を神通川に沿って松川が流れている。その松川の堤（磯部堤《いそべつつみ》）が富山市の桜の名所で、堤の道を少し歩くと、「一本榎《いっぽんえのき》」がある。戦国武将・佐々成政《さっさなりまさ》が側女《そばめ》の早百合姫と一族を殺し、姫の怨念を宿す黒百合で自滅した早百合姫鬼火・黒百合伝説の発祥の地である。この地は泉鏡花の「蛇くひ」（明治31年）「鎧《よろい》」（大正14年）の小説舞台でもある。

15歳の鏡花は明治22年6月に一人で富山を訪れ、3カ月ほど滞在し、国文・英語の補習講座を開いたという。その滞在中の体験を基に前記の作品と「黒百合」（明治32年）「星女郎《ほしじょろう》」（明治41年）を書いたようだ。いずれも奇怪な物語で、富山に対して抱いた鏡花の印象が興味深い。

「蛇くひ」は「両頭蛇《りょうとうだ》」が元の題名で、明治26年ごろに書いたとされており、鏡花の現存する作品の中では最も古い。神通川畔の成政の別邸跡の一本榎付近に異様な集団がたむろし、町に出掛けては数多の店先で物乞いをする。だが、それを拒むと持参した蛇をかじっては吐き出して強請《ゆす》る。彼らは悪食《あくじき》を好み、特に蛇飯（蛇肉を混ぜた飯）を好む。やがて彼らの偉大な頭目《とうもく》が出現するとの噂が流れ、町中恐れ戦《おのの》くという話である。この話は、鏡花が富山滞在中に神通川が氾濫して米価が上がり、怒った貧民が富家を襲ったのを題材にしたという。この話での「生きた蛇と米を釜に入れ、穴の開いた籠《かご》をかぶせて炊き、苦しくて頭を出す蛇を掴《つか》んで背骨を引き抜き、肉と米を煮て食べる」の蛇飯の場面が刺激的で、夏目漱石の「吾輩《わがはい》は猫である」（明治38年）の迷亭君が蛇飯を食べる場面に似ている。両作品の発表年月から考えて、これは日頃より鏡花を意識していた漱石が「蛇くひ」から取り込んだのだろう。

だが、蛇飯は、江戸時代の荻生徂徠《おぎゅうそらい》の随筆にも同様の話があり、鏡花の創作だとは言い切れない。また、鏡花が愛読した『絵本太閤記』には、成政の早百合姫の虐殺や、豊臣（羽柴）秀吉軍と神通川堤で対峙《たいじ》した成政軍に姫の怨念を宿す鬼の一群が来襲したこと、黒百合に関わって成政が自害したことなども書いてあり、一本榎に屯《たむろ》して町を脅かす異様な集団は、この鬼たちからヒントを得たのかもしれない。鏡花は黒百合伝説によほど関心があったようだ。

さらに黒百合伝説を題材にして、三島由紀夫が浪漫主義の傑作と賞賛した「黒百合」がある。この作品では一本榎は街中にあり、富山市内の総曲輪《そうがわ》、四十物《あいもの》町、旅籠《はたご》町などが舞台になっている。花売り娘の「雪」は恋人・「拓」の目の治療費欲しさから知事令嬢の求める黒百合を魔所の岩瀧《いわたき》に採りに行く。その後を泥棒華族・滝太郎が追い、雪は彼と共に黒百合を手に入れるのだが、魔所の禁忌《きんき》を破り、大洪水が生じて富山市は全滅し、雪も命を落とす。これも「蛇くひ」と同様に背後に神通川の氾濫《はんらん》がある。安政の大鳶崩《おおとんびくず》れの土石流の襲来も重なっているようだ。岩瀧は上市町大岩以奥の立山を想定しているらしい。

後に盗賊団の頭目になる滝太郎と拓は共に眼に特徴があり、「蛇くひ」で出現が噂される異様な集団の頭目も眼に特徴があって原題「両頭蛇」の「両頭」が、両頭目としての滝太郎、拓を暗示しているようで興味深い。それに富山市円隆寺の「さんさい踊唄」が両作品の筋展開に重要な役割を果たしていて、両作品は別々のようだが、もともとは深くつながっていたのかもしれない。神通川畔の一本榎に屯した異様な集団が特徴的な眼を持つ二人の頭目に率いられて大盗賊団になり、早百合姫の怨念が明治に蘇《よみがえ》り、成政ゆかりの富山市を全滅に導くと想像するのも面白い。鏡花は自らの富山体験と富山の口碑、伝説、民俗などから得たさまざまなものを絡み合わせて物語化している。

◆　◆

富山市の桜の名所・松川沿い磯部堤の一本榎付近は、黒百合伝説ゆかりの早百合姫の怨念を今なお宿す地として恐れられている。この地を舞台に泉鏡花は「蛇くひ」と「鎧」を書いているが、「鎧」の前半部に、鏡花が富山に滞在した折のこととして神通川の伝説と絡み合わせて奇妙な話を書いている。

多くの女性に恋い慕われるのが男の夢の一つであろうが、それにも限度がある。女たちに恋い慕われている男に、その女たちの生霊《いきりょう》が取り憑《つ》いて男の体内に入り込み、男を独占しようと競う。そのつど、男は全身に激痛が走り、七転八倒し、悶《もだ》え苦しむ。そこで男は神通川に濃い霞が立ち籠《こ》める日、山媛《やまひめ》（女神）が川を下ると聞いて、一本榎のある地に赴《おもむ》き、山媛の霊力で体内の生霊を追い払ってもらおうとするが、かえって山媛の怒りをかい、酷《ひど》い目にあう。女としての山媛の嫉妬か、早百合姫の崇りなのかは分からないが、鏡花は霊魂の存在を真顔で信じていたらしい。この「鎧」での男の苦しみの女性版が「星女郎《ほしじょろう》」（明治41年）に見られる。

「星女郎」の舞台は越中と加賀の国境の倶利伽羅峠《くりからとうげ》である。美しく妖しげな二人の女性が登場する。一人は峠の茶屋に幽閉《ゆうへい》されている女で、もう一人は茶屋の女を見舞う大家《たいけ》の人妻である。二人は女学校からの親友で、人妻には「鎧」の主人公と同様に、男たちの生霊に取り憑かれ、激痛で苦しんだ過去がある。異なるのは、親友の女が介抱《かいほう》すると激痛がやみ、その女が生霊の男たちの肖像を描いて画面上でそれらを殺すと、実際にその男たちが死ぬことだ。親友の女は、それを繰り返すうちに肖像画で男を殺す楽しみを覚え、それを危惧《きぐ》した大家の女は峠の茶屋を買い取り、そこに親友の女を閉じ込める。物語は、この妖女《ようじょ》たちがいる峠の茶店へ帰省途中に学生が訪れるところから始まる。鏡花が「星女郎」を執筆中に愛妻

「すず」が入院、手術をして、動揺した彼が、妻の病状を「星女郎」の生霊に取り憑かれて苦しむ女に投影したとも言われている。

富山滞在中に「鎧」のモデルになった友人がいて、それに基づき「星女郎」が書かれ、後年に体験に近いような「鎧」が発表されたのではないだろうか。だが、奇妙なことに小説舞台は倶利伽羅峠なのに、茶店に近づくにつれて辺りは立山地獄の様相を帯びてくる。立山地獄谷伝説も巧みに絡ませているようだ。

生霊の話は越中と越後の国境にもある。「湯女《ゆな》の魂」（明治33年）である。この話は「高野聖」発表の三カ月後に発表された。友人と深い仲になった湯女を訪ねて小川温泉を訪れた男が、山中の孤家で、深夜、湯女から抜き取った魂を奇怪な女から預かる。翌朝、男は帰京し、友人の元へ行くのだが、後に湯女が死んだ知らせが届く。舞台は小川温泉だが、小川は山中の寂しい一軒家の温泉なので、作品中の賑《にぎ》やかな温泉は鏡花なじみの辰口鉱泉のようでもある。鏡花は越中の加賀、越後、飛騨の国境付近に妖女たちを住まわせ、越中の中央には早百合姫鬼火、黒百合伝説の早百合姫の怨念が息づいているように描き、「魔の結界《けっかい》」を設けているが、鏡花はいったい富山にどのような印象を抱いていたのだろうか。

鏡花が好んで読んだ『加越能三州奇談』には、越中の魔所として倶利伽羅峠や神通川が取り上げられ、小川温泉の山向かいは謡曲「山姥《やまんば》」の舞台で、能に詳しい鏡花は熟知していたはずで、それに『絵本太閤記』などの草双紙も加えて、富山を本で膨らませた不気味な印象でとらえていたのだろうか。また、「蛇くひ」「黒百合」でも鏡花は富山に滞在経験があるのに、あえて富山町の地形を東西南北を逆にしていて、越中を異次元の地として奇怪な伝説等もいまだ罷《まか》り通る不可思議な土地と思っていたのかもしれない。

・作品余談・泉鏡花「湯女の魂」

谷間《たにあい》の紅葉の美しさに誘われて小川温泉元湯まで足を伸ばし、久しぶりに湯に浸《つ》かった。浴場は清潔で明るく、数十年前に初めて入湯した折りの、岩風呂の暗闇に妖しげなものが潜んでいるような雰囲気はなかった。

この温泉を舞台に泉鏡花が明治33年に「湯女の魂」を書き、雑誌『太陽』5月号に発表した。だが、この作品は3月に川上眉山《びざん》宅で催された硯友社《けんゆうしゃ》の文士講談会で鏡花が口演したものの速記に自らが手を加え、改稿したものだった。人前で話したものなので文章も分かり易く、違和感なく奇妙な話に釣り込まれてしまう。旅の途中、男は友人と恋仲だった湯女《ゆな》を訪ねて小川温泉へ出掛ける。温泉では友人を恋い慕う湯女が蝙蝠《こうもり》の化身《けしん》の妖女に毎夜苛《さいな》まれ、深夜に山中の孤家へ連れ出されて、そこで妖女から折檻《せっかん》を受けている。

最後に妖女は男に湯女の魂を預け、それを湯女の恋する男へ届けるようにと命じる。さて男は……。

奇妙な話でこの作品だけでは話の辻褄《つじつま》が合わなく頭をひねる。鏡花は明治29年に同じ朝日町の笹川を舞台にして「蝙蝠物語」を書いた。人妻の恋人が蝙蝠の妖怪に拐《かどわ》かされて山奥の孤家に連れ去られる。後を追い、男がその家に辿《たど》り着くと、恋人は蝙蝠妖怪から男への未練を断ち切れと責められている。恋人の夫は蝙蝠妖怪の弟らしい。

また、鏡花は「湯女の魂」を書く3カ月前に「高野聖《こうやひじり》」を書いた。山奥に迷い込んだ男たちが孤家の妖女の魔力で獣にされている。それに、後の明治35年に「女仙前期」「きぬぎぬ川」で苦しむ女性を救う女仙（女仙人）が出現している。どうも妖女には二つの顔があるらしい。「湯女の魂」の妖女は男への未練を捨て切れずに苦しんでいる湯女を憐れに思い、魂だけでも男と添い遂げさせようとしているが、「蝙蝠物語」の妖怪女は弟のために女の想いを断ちきろうとして女を憎々しく苛んでいる。また、「高野聖」でも色香に迷い言い寄る男たちを獣に変えて苛んでいる。これは、鏡花が愛読した「金驟譚」と「アラビアンナイト」からの影響のようだ。「金驟譚」に登場する好色な男を嫌悪する魔女（善い魔女）と好色的な妖婦的魔女（悪い魔女）が、この時期の鏡花の描く妖女に交互にあらわれている。それに「アラビアンライト」に多くある人を動物に変える話にも大きく影響を受けているらしい。鏡花は人を動物に変える話が好きらしい。鏡花の作品の幾つかは一話完結というより一連の作品の流れから納得できるものが多い。

更に小川元湯から山一つ隔てた山間の上路《あげろ》は謡曲「山姥《やまんば》」の里である。京都の遊女が善光寺参りの途中、山中で日が暮れ、戸惑っているると女に出会い、その女の山中の孤家に泊まるのだが、その女は山姥だった。そして、正体を現した山姥は遊女と共に一晩踊り明かす。鏡花の母の家は、能・葛野流《くずのりゅう》太鼓方、伯父は宝生流シテ方・松本金太郎なので、謡曲「山姥」は熟知しているに違いない。この謡曲「山姥」のイメージが上路近辺の小川元湯での〈山中の孤家の妖女〉に流れ込んでいるのかもしれない。

イメージと言えば、鏡花は元湯での蝙蝠を夜な夜な男の精血を吸って取り殺す丙午年生《ひのえうまどし》まれの美女妖怪の「飛縁魔《ひえんま》」のように描いているが、むしろ、山に住み、数百年も生きた蝙蝠妖怪の「山地乳《やまちち》」の方がふさわしく、江戸の妖怪図鑑を好んで読んでいた鏡花がこの2妖怪を掛け合わせて創り出したものだろう。また、小川温泉を、湯女・芸妓が多くいる歓楽的な温泉郷のように描いているが、小川温泉は江戸時代初期の開湯以来、静かな山中の一軒宿（湯治場）で、作品中の温泉は、鏡花が17歳頃に一時滞在した叔母の家がある金沢の奥座敷と言われる辰口鉱泉の情況を投影したものだろう。当時の辰口鉱泉は加賀4温泉で最も芸妓数が多い歓楽的な賑わいの鉱泉として知られていた。

また、この作品が講談会で話されたのに留意すると、講談（講談本）が当時は盛んで、特に武者修行ものが好まれ、中でも『岩見重太郎武勇伝』が人気があった。この話の中には富山の黒河《くろかわ》（射水市小杉）の狒々《ひひ》退治もある。この話を踏まえていれば勇ましく蝙蝠の妖怪退治に出掛けたものの、妖怪に歯が立たず、その上に女の幽霊にまで取り憑《つ》かれてしまうという「湯女の魂」は、岩見重太郎もののパロディになる。案外、鏡花は講談会でそれを狙ったのかもしれない。

昭和3年の鏡花の随筆「啄木鳥《きつつき》」には前年に小川温泉に泊まったと記しているが、その折りに「総二階の縁で遠くの海を見た」と書いているので、小川温泉でも、海岸近くの小川温泉天望閣のことではないだろうか。それ以外に小川温泉については記載はなく、鏡花が実際に元湯を訪れたか否かは判明しない。それにしても鏡花が描いた元湯の妖怪たちは何処へ行ったのだろうか。暗くなりはじめた元湯の湯気の中から不意に現れることを期待しながら湯に浸かり、鏡花に思いを馳せた。

・新田次郎の小説手法

空に聳《そび》える剱岳を見るつど、新田次郎の「劒岳　点の記」が思い浮かんでくる。新田次郎が剱岳を登ったのは昭和51年彼が64歳の時だった。翌年8月に『劒岳　点の記』を刊行したが、下山した後、オーバーワークを痛感し、以後、山岳小説の執筆を断念し、4年後の昭和55年2月7日に心筋梗塞で亡くなった。68歳だった。

新田は元々作家志望ではなかった。文学にもさほど関心はなかったようだ。むしろ、理系方面に興味があり、伯父が中央気象台長であったことから、彼も気象台に入り、昭和41年彼が54歳までの34年間を気象台で勤務した。創作を始めたのは39歳頃からで最初は理科教材、少年科学小説を書いていた。書こうと思ったのは家計の面で収入を得たかったからで、内職としての創作だった。更に付け加えるならば、妻の藤原てい（テエ）の『流れる星は生きている』が大ベストセラーになり、その様子から自分も小説が書けるのではないかと触発されたからである。

彼の初期の創作の目的は収入を得るためだったので、売れる小説を数多く書く必要があった。売れる小説とはストーリー性のある面白い小説で、それを書くのに、彼は流行作家の作品を幾度も書き写して読者の好みを体得しようとしたり、作品の構成図を詳細に書き、ストーリーの複雑な膨らみから読者を飽きさせぬ小説を書こうとした。加えて実在する人物をモデルにして読者の身近な処から関心を煽《あお》ろうともした。理系的な生真面目な発想で売れるための小説づくりの工夫に励んだようだ。それによって、新田は、構成がしっかりしていて、伏線の多いストーリー性豊かな、読者を飽きさせぬ臨場感ある面白い小説を数多く生み出した。

昭和30年43歳の時に「強力伝」を発表し、翌年、それが直木賞になった。ちなみにその時の芥川賞は石原慎太郎の「太陽の季節」である。直木賞を受賞し、作家として認められたとはいえ、新田は作家一本に打ち込むつもりはなかった。作家デビューの遅さと経済的な不安から作家と気象台の二本立てで通した。作家一本に絞って創作に励んだのは昭和41年彼が54歳で退職した後からである。退職して2年後の、作家として脂が乗ってきた昭和43年に彼は一つの実験を試みて、それが作家としての転機となった。その実験的、記念的とも言える作品が昭和44年5月刊行の『神通川』である。

彼が試みた実験とは、十分に下調べした後に現地で取材し、それを現地で書き上げるという手法だった。その最初の試みは富山市婦中町のイタイイタイ病関連だった。新田は43年10月に婦中町の現地に赴き、富山市に20日間滞在し、調査・取材しながらそれを百枚の原稿にまとめて「神通川」を書き上げた。「神通川」はまさに正真正銘の富山産の小説と言える。この小説は好評で、気を好くした新田は、その後、鹿児島に20間滞在して「桜島」を、極寒の根室に1ヶ月滞在して「北方領土」を、京都に1ヶ月滞在して「笛師」を書き上げた。これらの小説はいずれも好評で、実験は成功した。それ以来、新田は現地取材に重点を置いて小説を書くようになった。執筆するのに必ず現地を訪れることとした。それを「劒岳　点の記」執筆のため劒岳を登った後に止めた。「神通川」で富山から始めた現地取材重点の執筆を「劒岳　点の記」の富山での取材で終止符を打ったことになる。

新田の小説には実在の人物をモデルにした主人公が多い。「強力伝」の小宮正作、「聖職の碑」の赤羽長重、「孤高の人」の加藤文太郎、「栄光の岩壁」の吉野満彦など、他にも多くのモデルがいるが、「神通川」では婦中町在住の萩野昇医師をモデルにしている。だが、彼は「熊野正澄イコール萩野昇ではなかった。熊野正澄というほとんど欠陥がない、理想的な医師を小説に登場させた」(「小説に書けなかった自伝」と述べている。多くの読者は実在の人をモデルにしていると小説内容は事実に近いものと受け取るが、伝記と小説とは違う。新田の場合は特にそうだ。確かに彼は実在の人を徹底的に調査し、モデルにするが、その人を忠実に描くのではなく、自分なりの理想像に書き換えて描く。実在の人物を下敷きにし、その人を骨組みにして自分の理想的な人物像に肉付けして描くのである。そのため、「逆境《ぎゃっきょう》に耐え、不撓不屈《ふとうふくつ》の信念をもって努力一筋の生涯を貫き、遂に事を成し遂げ、後世に影響を与える」という新田の理想像の人物が、どの小説でも主人公になる。新田流のマンネリ化した主人公と実際のモデルとは違うので、モデルとの関係者の間にトラブルがよく生じる。「神通川」の熊野正澄は実在の萩野昇ではない。また、「劒岳　点の記」で柴崎芳太郎と宇治長治郎は劒岳を登頂し、長治郎が錫杖《しゃくじょう》頭や鉄剣を発見したとしているが、当時の資料には柴崎や長治郎が劒岳を登頂し、長治郎が錫杖頭等を発見したとは明記していない。新田はそれを知りながら書いている。新田の読者はモデルがいるからといって、その小説がそのモデルの伝記ではないという一線を引いて読むべきであろう。

・吉村昭の転機

吉村昭の「水の葬列」と「高熱隧道」（共に昭和42年）は、同じく黒部峡谷を小説舞台にしながら、発表当時、前者は「虚構小説」、後者は「記録小説」と見なされた。「虚構」と「記録」とでは全く正反対の評価だが、この2作品は吉村（34歳）が昭和36年に会社を辞め、その年の秋に黒部川第4ダム工事現場を訪れ、そこで数日間滞在した折りの旅が契機となっている。先ずはこの2作品を紹介する。

「水の葬列」…。不貞の妻を殴殺《おうさつ》し、服役した男が、妻の足指の骨を持って山奥のダム建設現場へ流れ込む。そこには水没間際の集落があり、建設への抵抗を続けている。そんな折り、村の娘が工事現場の男に強姦され、村内の木で首を吊《つ》る。だが、村人はその娘をそのまま放置し、腐るに任せる。男は娘の死体を憐み、こっそりと木の下に埋める。それに気付いた村人は娘の死体を掘り起し、川上の寺へと運び、後に村中の墓を暴《あば》く。辺りに骨が散乱する。しばらくして村人たちは掘り出した無数の頭蓋骨《ずがいこつ》を骨箱に納め、奥深い山の彼方《かなた》へと立ち去る。幻想的で骨が多く出る話だ。

「高熱隧道《こうねつずいどう》」…。陸軍将校7名の溺死から始まり、地熱による異常高温やダイナマイトの自然発火、物資輸送の転落事故や泡雪崩《ほうなだれ》の発生などで次々に工夫が死んでいく。3百余名の犠牲者の死を代償として工事が完成する。工事での死に関わる事項（エピソード）を小さな核として、その核を繋ぎ合わせて工事の進展が描かれる。事件的でやたらと悲惨な死の場面が出てくる。

確かにこの2作品は印象も違い、類の異なる作品のように見えるが、彼の初期作品群では同種のものといえる。また、この2作品と同時期に「戦艦武蔵」を発表した。これが好評で、その後の「破獄」「関東大震災」「桜田門外ノ変」「天狗騒乱」などから、現場・証言・史料を周到に取材し、緻密《ちみつ》に構成した多彩な記録・歴史文学の泰斗《たいと》としての印象が強いが、彼の初期の作品の作風は全く違っていた。彼の初期の作品は、結核末期の男が死んだ妹の遺体を病院に売り、その金で娼婦を買い、その娼婦が度々男の所へ尋ねてくると、それを諌《いさ》めた友人の母まで誘い、情交を重ねる「青い骨」（昭和30年）、癌《がん》治療でモルヒネ中毒となり、痛いと絶叫しながら衰弱死する母の姿を描いた「無影燈」（昭和31年）、試合に敗れたボクサーが、試合での勘《かん》を再び試そうと疾走してくる機関車に立ち向かい、失敗して死ぬ「鉄橋」（昭和33年）、献体《けんたい》された少女の遺体が大学病院で腑分《ふわ》けされ、焼骨《しょうこつ》されるまでを少女の視線から描いた「少女架刑」（昭和33年）、新鮮な死体で人間の標本を作りたいと願う男が、死んだ義理の娘の遺体から透明な骨格標本を作る「透明標本」（昭和36年）、そして、太宰治賞受賞作「星への旅」（昭和41年）では集団自殺する若者たちの姿を描いた。吉村の初期の作品には死をテーマにして結核・骨が頻出している。

吉村は、幼年期から青年期にかけて肉親が相次いで死に、彼自身も16歳で肋膜炎《ろくまくえん》を発病、翌年に肺浸潤《はいしんじゅん》で病臥《びょうが》、20歳には死の瀬戸際まで追い詰められて胸部成形手術を受けた。6時間近くに及ぶ手術で激痛の中、5本の肋骨を切り取ることで彼はようやく命を取り留めた。彼にとって死は幼い頃より彼に付き纏《まと》い、彼を脅《おど》かしたが、その死に埋没しようとした時に骨の切除で生き延びた。それ以来、彼にとって「骨」は、死に対しての生への願望、言い換

える と、「生と死」の表裏一体の象徴として意識されることになる。

吉村の創作は、この自らの悲痛を書き表すことから始まった。それには自らの心境をありのままに書き表す私小説の手法が相応《ふさわ》しいのだが、彼には「小説における真実は虚構の中にこそ求められる」との信条があり、私小説めいたものの虚構化したものに小説の理想を求めた。だが、死を描こうとすると、決まって「生と死」を象徴する「骨」が思い浮かぶので、それならばその骨を使って作品の虚構性を膨らませようとした。

だが、テーマを死に絞り、死病や骨ばかりを題材にしている限り、限界が訪れる。また、短命と思っていたのに、意外に生き延びたという思いが、長い間の緊張を緩ませ、従来のテーマへの集中を弱めさせたのかもしれない。張り詰めた思いが解けた後の吉村の頭の中は空《から》っぽで、作家を続けるには新たなテーマが必要な時期だった。それが昭和36年から41年頃で、そんな折りに「武蔵」（戦艦）の膨大な資料を示され、それに関わる創作を依頼された。それが現場・証言・史料を駆使しての新たな手法、後の記録・歴史文学へと導く契機になった。

「水の葬列」「高熱隧道」は「戦艦武蔵」の後の発表だが、実際は「水の葬列」が書かれ、次に「戦艦武蔵」、その後に「高熱隧道」が書かれた。「高熱隧道」は「戦艦武蔵」の手法の影響はあるが、当時の百枚近くの設計図と工事関係者のメモを参考に吉村が頭の中で創り上げたもので、事実をそのまま記録したものではない。この2作品は内容的には吉村の初期の死と骨の文学の最後を飾った作品と言えよう。

・作家とモデルの確執～中河与一の場合

小説は人を中心に描くので、そこには作者自身や周辺の人を観察しての人物描写がなされる。だから、小説中の人物は作者や作者周辺の人たちの面影を宿している。それを架空の人物として描くのなら小説として受容できるが、実際の人をモデルにしてその人物を描く時には問題が生じる。

現実のある人の足跡を追って事実に即して記すのは伝記だが、伝記なら小説家はいらない。小説は実際のモデルを作者が頭の中で自分なりに整理し、新たに創り上げた人物として描く。モデルが歴史上、過去の人物ならまだしも、現実に生きている人となると事情が異なってくる。モデルになった人物や身内らの思惑が絡み、こじれることがある。薬師岳山麓を印象的な小説舞台として描いた中河与一の「天の夕顔」（昭和13年）にもそのことが見い出せる。

「天の夕顔」は、独、英、仏、伊・中、西の6カ国語に翻訳され、純愛小説の名著としての名が高いが、この作品にも影の部分がある。先ずはこの作品を紹介する。

主人公の滝口は学生時代に7歳年上のあき子を知り、彼女に思いを寄せる。彼女は人妻で子もいたが、滝口の想いは尽きることなく、また、彼女も不幸な結婚生活から滝口に強く惹《ひ》かれる。だが、二人の間はあくまでもプラトニック（精神的）で、そんな愛が20余年も続く。

途中、滝口は彼女へ想いの苦しさから山奥（薬師岳山麓）に籠《こ》もり、自らの気持を鎮めようとする。そんなある日、彼女の夫が死んだのを知り、山から下り、数年ぶりに彼女に会う。彼女は心の整理をするので5年間待って欲しいと言う。滝口は再び山に籠もり、5年が経とうとする前日にあき子の死の連絡を受ける。

この話は、中河与一が出征間際《しゅっせいまぎわ》の不二樹浩三郎《ふじきこうさぶろう》から彼の体験談を聞き、それを作品化したものだ。詳しく述べると、中河の妻が自宅で按摩《あんま》を呼び、その按摩（不二樹）から聞いた話を中河に話し、話に興味を抱いた中河が再び按摩（不二樹）を呼んで聞いた話を作品化しようと、不二樹に再三頼むが、彼は自分が書くつもりだと言って承諾しなかった。不二樹は大阪の大資産家の家で生まれ、同志社大学の英文科を卒業し、中学の英語教師をしたこともあり、彼の文章表現力は、後に「天の夕顔」に対抗して「冷たき地上」を書くが、その能力はなかなかのものだった。それに後に生計のために按摩になるが、当時は父母の遺産で悠々自適《ゆうゆうじてき》に暮らしていた。そのような不二樹に召集がきた。彼は死を覚悟し、中河からの頼みを受け入れて自らの日記や手紙類一切を中河に託して戦地に赴《おもむ》いた。

中河はそれらを基にして作品化して「天の夕顔」として発表した。だが、不評で彼は腐りきっていた。そんな矢先、一通の手紙が舞い込んだ。「ゲーテのウェルテル、ミツセの世紀の児に匹敵すべき名編で…二葉亭の浮雲とも比較すべきもの…」との永井荷風からの激賞だった。この手紙が文壇に知れ渡ると、忽《たちま》ち文壇は手を返して名作と囃《はや》し立てた。西洋にはゲーテを始めとしてストイック（禁欲的）な恋愛を描く文学の流れがある。西洋文学通の荷風であるからこそ「天の夕顔」を評価したのだろうし、また、この文学の流れがあるからこそ、後に翻訳されて西洋で評価されたのだろう。文壇の評価の豹変《ひょうへん》に中河自身も驚いただろうが、この作品には後日談がある。

戦地から負傷して帰還した不二樹は、当初はこの作品の評価を喜んだが、次第に不満が募ってきた。中河は作品を自ら一人で創作したとして、資料提供者の不二樹の存在を無視し続けた。不二樹は自分の存在の公表を中河に再三迫るが、中河は、作品は自らの芸術観で創り上げたものとして拒み続ける。憤《いきどお》った不二樹は「天の夕顔」を「デタラメ、盗作」と批難し、共著者としての金銭的要求をも含めて裁判所へ告訴までしようとする。そして、自らも「天の夕顔」と同内容の「冷たき地上」を書き始める。「冷たき地上」を読むと、自分の恋愛体験ばかりでなく、自分の半生の全ての体験を克明・正確に描こうとしている。この傾向から、不二樹は中河に「天の夕顔」を自己の半生の自伝めいた形で描いて欲しいと期待していたのだろう。だが、中河は不二樹の半生への興味より、彼の特殊な恋愛（禁欲的な恋愛）に興味を抱き、その「愛の形」にテーマを絞って描いた。難点を言えば、当初から不二樹の存在を公表しなかったことと、彼からの提供資料を安易に使い過ぎたきらいがある。

資料提供者の不二樹が望んだ自伝になっていない「天の夕顔」への彼の苛立《いらだ》ちは分かるが、この作品が、多くの人に読まれるのは、一人の男のストイックな純愛にテーマを絞った構成と、中河の読み易い文章力によることが多い。それにしても純愛の物語なのに、その当事者たちの名誉欲や盗作・金銭問題等で汚されるとは何ともやりきれない。

・高田宏の世界

太宰治のことを人はよく作品は面白いが友人にはなりたくないと言う。だが、高田宏の著作を読めば読むほど、彼と近しい友人になりたくなってくる。それほどに彼の著作には彼の人柄の魅力が溢《あふ》れている。

当代きっての読書人で博覧強記《はくらんきょうき》、しかし、若い頃からの無類の酒好きで、酒が入ると底なしだが、場の盛り上げは最高で、話上手で聞き上手、だが、一人で飲むと「網走番外地」を口ずさみ、涙ぐむ。雪好き、木好き、子ども好きで猫を好み、自宅には常に数匹の猫が屯《たむろ》し、今度生まれる時は猫か木になると明言し、八ガ岳の山中に一人で数週間も籠《こ》もって著述に励む。社交好きのようだが、孤独癖があり、見識が広く、融通性《ゆうづうせい》ある人物に見えて、こと自分に関しては頑固なほどに思い込みが強い。

平成23年に石川県立図書館で「高田宏の世界」の企画展示があった。その際、106点の展示本の内、彼の著作本が67点、若い頃からの著述かと思えば、初出版が昭和53年45歳の時の遅い出発で、その割には多作である。著作の内容は、小説や、自然（樹木・森・島・旅・

雪）、猫、子どもなどと、幅広い題材の随筆・評論・紀行・書評などで、多岐にわたるというより雑然としていて文芸のどのジャンルの専門家なのか判然としない。一筋縄《ひとすじなわ》ではいかない「もの書き」である。高田自らも「これは小説、これは伝記、これはエッセー、これは評論といったふうに分けて考えておりません。～すくなくとも書くときには、どの文章を書くにも差はありません」「一切の縛るものから自分を解き放って自由でしなやかな心で書かれる」（「エッセーの書き方」）と述べ、区別していない。彼の著述の仕方や生き方の根底には「ものに縛られない」「自由」があるようだ。それは彼の素質もあるだろうが、若い頃に感動した本や、「もの書き」になる前に携わった仕事で培《つちか》われた影響によるものだろう。

高田は昭和7年に京都市に生まれ、4歳の時に加賀市大聖寺町《だいしょうじ》に移り住み、大聖寺高等学校を経て京都大学文学部仏文科へと進む。大聖寺の家は貧しくて、狭いので、親戚、知人等から借りた本を近くの神社境内で読んでいたという。その本の大半は翻訳小説や翻訳の哲学書で、日本のものは詩集が多かったらしい。大学に入り、辻潤《つじじゅん》訳・スティルネル『唯一者とその所有』に出遭う。この本の〔自分を何物にも従属させないで生きる〕という考えに共感し、何物にも縛られない自分こそが、真に自由な自分であると確信し、〔囚われない、縛られない〕を自らのモットーとする。酒好きになっていったのも、案外、酒の酩酊感《めいていかん》を自己から脱却した、縛られぬ自分であるとの思いから、酒席での談論風発を好むようになったのかもしれない。

大学卒業後、編集者として光文社で「少女」「マイホーム」、アジア経済研究所で「アジア経済」の編集に携わり、その後、エッソ石油でPR誌「エナジー」「エナジー対話」「エナジー叢書」「エナジー小事典」を創刊し、また、石油情報誌や社内報等の編集にも携わり、28年9カ月を雑誌編集一筋に勤め上げた。若い頃に何物にも従属しないと決めたものの、生活のために職に就かなければならなかった。だが、雑誌編集の要《かなめ》は企画で、その企画は従来のものに囚われない斬新さが重要なので、高田の〔囚われない、縛られない〕の姿勢が雑誌編集にも本人にも好都合だったと言える。そして、この編集での仕事が後に彼が著述する際に大いに役立つ。

企画を練るのに多種多様な本を読み、取材では多くの人と出会い、日本各地を巡り歩いた。それによって広範囲の知識を得るとともに、個性的な人物や地方の自然・民俗・歴史に直接触れて、広い視野に立った人物観と独自の自然観や歴史観を培った。それが彼の後の小説・随筆・評論・紀行・書評等の幅広い題材として用いられることになる。昭和53年46歳の時に、これまでの編集の仕事の総括として『言葉の海へ』を出版し、退職の意志を固める。だが、退職金割増の関係で5年後の昭和58年51歳で早期退職し、「もの書き」の世界に新たに踏み込むことになる。

◆　◆

高田は自著『編集者放浪記』で、編集は、その仕事を通して編集者である自分と共に協働する人達も同じように成長していく創造の楽しみであると述べている。これは大槻文彦《おおつきふみひこ》が同じ志の人たちと共に我が国初めての辞書を編纂し、互いに成長していく小説「言葉の海へ」の状況に似ている。高田はこの小説で作家デビューを試みたのではない。編集者としての日々を辞書編纂者・大槻文彦に託して描いたのだろう。この作品は大佛《おさらぎ》次郎《じろう》賞と亀井勝一郎《かめいかついちろう》賞を受賞した。〔囚われない、縛られない〕がモットーの高田が、脚光を浴びて世から囚われ、縛られるようになった。その後、自戒の意を込め、以前に雑誌で担当し、敬慕した大酒飲みの無頼の作家・小山勝清《おやまかつきよ》の伝記「われ山に帰る」を書く。何物にも従属することなく生きた小山の姿を描くことで再度スティルネリアンの〔囚われない者〕としての自分を取り戻すつもりだったのだろう。そして、きっぱりと勤めとは訣別する。

　高田の最大の関心事は「自分」（自分の在り方）にあるらしい。「囚われない自分」（自由）を理想としているようだ。また、自分の本質を一つに限定することなく、自分の中には多様な自分がいるとし、その多様な自分を、それぞれ息づかせることが自由に生きることだと力説する。その時々の自分で、在りのままに生きることなのだろうが、それを彼は「浮気性」に通じると危惧《きぐ》もしている。このような自由気儘《きまま》で在りのままに生きている身近な動物と言えば猫がいる。高田が猫好きなのは猫の自由気儘な姿に「囚われない自分」の姿を見立てているのかもしれない。

　更に「囚われない自分」は万物の源・根源的なものに触れた時に生じると熱く語る。その根源的なものを「原始」「野性」と言い換える。彼が「雪」「子ども」「木」を取り分け好むのは、その根源的なものと関わっているからだろう。「雪は文明を覆《おお》いつくして降る。原始の世界をあらわにしてくる。吹雪のなかで、輝く雪世界のなかで、人は原始の力を身体に感じる」(「田舎者の東京暮らし」)、「雪が人間の魂に働きかけて、その本来の自分を解放してくれる」(「ふるさと北陸に心寄せて」)と述べ「子どもたちのなかに、人間の最古層の時間、というより生命の歴史の最古層の時間がひそかに、かすかに流れている」(「子供誌」)とし、子どもの中の原始を強調し、大人の中の「内なる子ども」を目覚めさす必要を説く。また、「屋久島の森を歩いたとき、～森の生命の中に私の生命が溶け込んでいく。一つの生命を一緒に生きている」(「木に会う」)と巨大な原始の命(森)に触れ、癒される感動を綴《つづ》る。この著で平成2年の読売文学賞を受賞した。いずれも根源的なものに触れて魂が解放され、本来の自分を取り戻して生きる力を得たと強調している。この想いを数十冊に及ぶ自著に折に触れて述べている。著述で八ガ岳山中に幾日も籠もるのは、太古の自然に身を浸《ひた》し、力を得るためなのかもしれない。

高田の著作は小説・随筆・評論・紀行・書評と多岐にわたっているが、僅かの小説を除き、さほど書き方や主張に違いがない。30年近くの雑誌編集者としての視点と著述作法が尾を引いているからだろう。題材を幅広くとり、それを冷静に観察・分析し、読者に喚起《かんき》させるように控え目に自己の考えを述べる。課題事項の関連人物や本を体系的に整理、紹介し、それに基づき、考えを述べるのだが、それは編纂、編集を経て出版へ移る際の作業を著述の中で行っているようなものだ。だからその著作はアンソロジーを兼ねたエッセー、もしくは長めのコラムの感がある。それに関心事が「自分」なので、理想とする他者の生き方やその著書、本来の自分を取り戻せる根源的なものに関する内容が多くなり、多数の著作があるにも拘《かか》わらず、主意が同じようで目新しさはない。だが、彼が憧れる詩情豊かな世界観には終始ブレがなく、そのことが彼の人間性への信頼を高め、親近感を更に強める。囚われないと言いながら頑固なほどに自らの想いに固執する可笑しさが、かえって高田の人間的魅力を募らせる。奥深い森の中で彼と酒を酌み交わし、太古の自然に想いを馳せたくなってくる。

【追悼文】

雪の季節が訪れる矢先に、自らを「雪恋い人」と呼ぶ英知の人がこの世から旅立った。この上もなく愛した大聖寺（加賀市）の雪景色を見ることもなく、身罷《みまか》るとはどんなにか心残りだったことだろう。

彼は雪を愛し、樹木を愛し、森を、旅を、そして、猫と子どもを深く愛した。降る雪の中に無限を感じ、白一色の雪景色には汚れなき太古の姿を思い浮かべ、樹木や森の中では悠久《ゆうきゅう》の生命《いのち》の息吹に触れた。また、猫に野性の健《すこ》やかな生命を見て、子どもにはその内に秘めた原始の躍動に魅せられた。そして、それらから生きることの根源の力を見い出そうとした。頑《かたく》ななほどに自分の生命、生きることに真摯《しんし》に向き合った人だった。

昭和7年に京都駅の近くで生まれ、4歳の時に父の商売の都合で大聖寺に移り、小学から高校までを過ごした。京大卒業後は雑誌編集者を経て企業PR誌の編集に51歳まで携わり、その後は著述の日々を送った。彼に出身地を尋ねると決まって石川県大聖寺と答え、少し間《ま》をおいて出生地は京都市ですが…と呟《つぶや》く。大聖寺が故郷との思いが強かったのだろう。取り分け大聖寺の雪景色が好きで、その雪に自分の生の根っこがあると言っていた。雪への思い入れが年毎《としごと》に強まり、晩年は石川県九谷焼美術館館長、深田久弥山の文化館館長として、東京に居を定めながらも、心は雪国加賀の地に根を下ろしていた。彼は雪国育ちに自らの本性を見て、魂の帰郷を望んだのだろう。

会社勤めの頃は幾度となく肝炎や胃・腸の潰瘍、腰の椎間板《ついかんばん》ヘルニアを患い、満足に動けない時もあった。だが、編集でひとたび独創的な企画を打ち出すと、勇猛果敢《ゆうもうかかん》に立ち向かい、獅子奮迅《ししふんじん》の行動力で巧みに成し遂げた。『エナジー』の編集がそうだった。宣伝臭のない企業PR誌など前代未聞で彼が初めて創り出したものだった。彼は自分の気性は雪国・大聖寺で培われた、雪国育ちの〈我慢強さ〉だと言うが、それは自分を殺しきることではなくて、抑《おさ》えに抑えて激しいものを溜め、機を見てそれを〈捨て身〉になって一気に吐き出すことだった。それが彼の仕事ぶりだった。まさに彼の生の根っこには雪があった。

彼は編集で多くの人に会ったが、「友離れ癖」や「孤独《ひとり》癖」があると言って、その人たちとは深くは付き合わなかった。冷淡なのではなく、己の生を全《まっと》うするのに何物にも囚われたくなく、真に自由な自分でありたいからだ。それを根源的な〈原始〉〈野性〉の宿す力から得ようとした。その力を雪や樹木や森林、猫や子どもに垣間見《かいまみ》て、それらから得た安らぎを文章に綴った。囚われることを嫌う彼にとって文芸のジャンルなどは問題でなく、まして文学賞の有無などは二の次のことだったろう。

自らの生命・生を全うしようとした彼はもういない。悲しみが募る。今は、肉体や時間、そして様々な柵《しがらみ》から解き放されて真に自由を得た彼の魂の冥福を祈り、同じ雪国育ちの者として彼の跡に続くと誓うだけだ。

高田宏　平成27年（２０１５）11月24日、肺がんのため死去。享年83。

3　とやま幻想

・一本道とレモン

晴れた日の昼下がりは、私は職場を脱けだし、館の裏手に広がる射水野を歩き回る。中でも広々とした田畑を一直線に貫く、長くて細い一本道を歩くのがこの上なく心地よい。行く手左前方に二上山の山容が大きく迫り、右手彼方《かなた》に立山・剱岳の険しい稜線が天空を横切っている。そして、海から吹き寄せる風が稲穂を大海の波のようにうねらせ、私の頬の汗を拭ってくれる。風は絶えることなく田畑の上を吹き渡り、その風の中を遙《はる》か彼方の集落まで真っ直ぐに伸びる一本道を私はひたすら歩き進む。爽快この上ない。

そんな時、よく思い浮かぶ詩がある。「僕の前に道はない／僕の後ろに道は出来る／ああ、自然よ／父よ／僕を一人立《ひとりだ》ちにさせた広大な父よ／僕から目を離さないで守る事をせよ／常に父の気魄《きはく》を僕に充たせよ／この遠い道程のため／この遠い道程のため」。高村光太郎の「道程」だ。この詩は、高校、大学の頃の私の心の支えだった。あの頃は「後ろに道が出来る」ことなど気にせずに、ただガムシャラに前へ突き進んだ。そして、卒業後の実社会でも、そのまま形振《なりふ》り構わず前へ前へと進んできた。しかし、60歳を過ぎた頃からか少しずつ「後ろに道は出来る」の詩句が胸につかえだし、近頃はやたらと昔の事が思い出されて、そのつど、もの哀しく切なくて胸が締め付けられる。老いたのだろう。これまで歩んできた道の辿《たど》り着く先が見えてきたからだろうか…。果てが見え、前方が塞《ふさ》がると振り返るしかない。

光太郎の詩といえば、あれは高校2年の数学の授業中のことだった。退屈のあまり、横の席のN子を見ると、N子は涙ぐみながら熱心に何かを読んでいた。彼女の涙が時たま真夏の陽の光に煌《きら》めきながら本に滴《したた》れ落ちていた。詩集のようだった。休憩時間にN子からその本を借りると、高村光太郎の詩集で「レモン哀歌」の頁が濡れていた。「そんなにもあなたはレモンを待ってゐた／かなしく白くあかるい死の床で／わたしの手からとった一つのレモンを／あなたのきれいな歯ががりりと噛んだ／トパアズいろの香気が立つ／その数滴の天のものなるレモンの汁は／ぱっとあなたの意識を正常にした／…（後略）」。N子は若い頃の女優の松原智恵子に似た、清楚で爽《さわ》やかな女生徒だった。私は彼女を好きだったのかもしれない。だが、好きとはっきり自覚しない前に、彼女から借りた詩集で光太郎の詩の世界に魅入《みい》られ、彼の詩の中の恋愛に囚われてしまった。「僕はあなたをおもふたびに／一ばんぢかに永遠を感じる／僕があり、あなたがある／自分はこれに尽きてゐる／…（後略）」（「僕等」）。「をんなが付属品をだんだん棄てると／どうしてこんなにきれいになるのか／年で洗われたあなたのからだは／無辺際を飛ぶ天の金属／…（後略）」（「智恵子抄」）。光太郎の詩句は、心躍《おど》らせ、胸ときめかす女人との出会いが将来に待ち受けているかのように思わせた。文学が、光に充《み》ちた未來へと導くに違いないと思えた。光太郎の『智恵子抄』がバイブルとなり、血湧き肉《にく》躍る青春の日々を謳歌するために一刻も早く都会に出て文学に打ちこみたかった。そして、私の〈智恵子〉に巡り会いたかった。……あれから半世紀余り、「レモン哀歌」を読んで泣いていたN子はどんな老いを迎えているのだろう…。高校のあの頃に身近な処で大事な忘れ物をしてきたように思える。もっとよくN子と親しく話をしていればよかった…。

田畑の中の長い一本道を歩いていると、色んなことが思い浮かんでくる。…大学の頃、70年安保闘争で殺伐とした学園の中で必死に小説を書き、それを文芸雑誌に投稿し続けていた。そんな中でもいつか必ず私の〈智恵子〉に会えると思っていた。

そんな夏のある日のことだった。大学地階の購買部で時間を持て余し、薄暗さと暑苦しさに辟易《へきえき》し、地上へ出ようと狭い階段に足をかけた。地上の出口からは燦々《さんさん》と輝く陽光が溢《あふ》れんばかりに地階に射し込んでいた。その眩《まぶ》しい光の中を、陽光を背にした人影が階段を降りてきた。真紅の薄地のシャツに濃紺の短いスカート、そのスカートから伸びた形のよい白い素足がゆっくりと階段を降りてきた。降りるにつれ、長い黒髪が肩先で緩やかに揺れていた。その女は眩《まばゆ》い光から生まれ出て、光の微粉を辺りに撒《ま》き散らしながら天上から地階へと舞い降りて来たかのように思えた。私は階段から壁の片隅に身を寄せ、恍惚《こうこつ》としてその女に見惚《みと》れていた。やがて周辺に爽やかな柑橘系の香りが立ち籠《こ》め、鼻筋の通った面長《おもなが》の美しい横顔が、伏し目がちに通り過ぎた。豊かな黒髪が大きく揺らめき、深紅の胸の膨《ふく》らみがひどく眩しかった。私はときめきの中に思考がまどろみ、幸せな永遠の時間に包まれていた。光の女はそのまま足早《あしばや》に通路奥の書籍部の方へと立ち去った。

余りの興奮で身動きがとれず、私は女の後ろ姿を目で追っているだけだった。通路奥の薄闇に女が消えると、ようやく正気《しょうき》に戻り、彼女こそ私の〈智恵子〉に違いないと確信した。私はその女の後を追った。書籍部へ駆け込んだが、深紅のシャツの女の姿は何処にも見当らなかった。それ以来、彼女の姿を探し求め、日々、大学や周辺の街々を歩き回った。だが、二度と彼女の姿を目にすることはなかった。光の中から現れ、束《つか》の間に薄闇に消えた彼女はいったい何者だったのだろうか…。ふと光太郎の詩句が思い浮かんだ。「我はただ一人を恋ふ／生まれてより眼に見えぬただ一人を恋ふ／さまざまな人を慕ひて／ただ此の一人の影を追ひける」（「泥七宝」）。友人たちは幻の女を探す私の姿を見て笑った。白日夢の女を追いかける愚か者と揶揄《やゆ》した。だが、室生犀星の詩にあるように、「けふもあなたは／何をさがしにとぼとぼ歩いてゐるのです、／まだ逢ったこともない人なんですが／その人にもしかしたら／けふ逢えるかと尋ねて歩いてゐるのです、／逢ったこともない人を／どうしてあなたは尋ね出せるのです、／顔だって見たことのない他人でせう、／それがどうして見つかるとお思ひなんです、／いやまだ逢ったことがないから／その人を是非尋ね出したいのです／…（後略）」（「誰かをさがすために」）にと…。顔も定かでないからこそ、そんな彼女を私は尋ね出したかったのだ。それにしても光から現れたあの女は何者だったのだろうか。友が言うように「青春の白日夢」だったのだろうか……。

田畑の中の一本道を歩き進むと、振り返らずとも色んな思い出が追いかけてくる。ふとしたはずみに、レモンの香が鼻先に漂って来る時もある。

・雨の中

しとしと降り続く雨がようやく止み、気晴らしに窓を開けて中庭を見ると、庭石の傍らに紫陽花《あじさい》が咲いていた。長雨で気鬱《きうつ》の私とは違い、雨に洗われて一段と青紫が濃く、活き活きと咲いている。ふと、久保田万太郎の「あぢさゐの藍のやうやく濃かりけり」の句が頭を過《よ》ぎり、紫陽花が一面に咲き乱れている光景が思い浮かんだ。矢も楯《たて》もたまらなくなり、射水市の県民公園太閤山ランドの紫陽花を見に出かけた。

天候が怪しいせいか、公園には人影がなく、道の両側に幾百幾千と色取り取りに咲き誇る紫陽花の間を歩くと、紫陽花を独り占めにしたようで妙に身も心も浮き立った。すると不意に頬に冷たいものが当たり、ポツリポツリと雨が降りだした。やがて季節外れの夕立のように激しく降りだし、慌てて茶室風の休憩所に駆け込んで、しばしの雨宿りと決め込んだ。だが、いっこうに雨は止む気配がなく、風も加わって辺りは雨空の薄闇に沈み込んだ。降りしきる雨の音、荒《すさ》ぶ風の音、揺らぐ紫陽花のざわめき、それらに耳を傾け、なすこともなく雨に煙る紫陽花の花を見ていた。…長い時間が経った。雨はまだ降り続いている。十数年前なら、さしずめ雨に打たれる紫陽花の風情に心動かされ、何か気の利《き》いた一句でも捻《ひね》り出すところだが、その気力も減じ、今はただ雨の中で老骨をかこっているだけだ。思わず溜息が漏れ、いつしか詩を口ずさんでいた。「都に雨の降るごとく／わが心にも涙ふる。／心の底ににじみいる／この侘《わび》しさは何ならむ。大地《だいち》に屋根に降りしきる／雨のひびきのしめやかさ。／うらさびわたる心には／おお　雨の音　雨の歌」。そして「かなしみうれふるこの心／いはれもなくて涙ふる／うらみの思《おもい》あらばこそ／ゆゑだもあらぬこのなげき。／恋も憎《にくみ》もあらずして／いかなるゆゑにわが心／かくも悩むか知らぬこそ／悩《なやみ》のうちのなやみなれ」と……。高校の時に覚えたヴェルレエヌの「都に雨の降るごとく」（鈴木信太郎訳）の詩だ。だが、雨に降られている今は、同じ〈侘しさ〉〈かなしみ〉でも、ヴェルレエヌの詩のような青春の甘美な憂えや感傷ではない。むしろ伊藤整の「雨」の心情に近いものだ。

「雨の降る日／私の心は花壇の白い花のやうに／雨にたたかれて乱れてしまふ。／私は頼るものをしらず／人の心も信じようとはしない。／さびしく荒れた心に眺める／暗い紫の地には雨が降つて降つて／いつまでも降り続いてゐて／そこに夕方の闇がくると／泣いたあとの様に悲しくつかれて／私は眠るのだ」（『雪明りの路』所収）。この詩の「花壇の白い花」を「雨に降られる紫陽花」に置き換えると、いくぶん今の私の「さびしく荒れた」気分に通じてくる。だが、この詩も孤独に酔って感傷的なので厳密には今の私の心情ではない。雨に降られているとはいえ、私は乾いている。そして疲れている。私なりに精一杯生きてきた疲れと新たに出発できない虚《むな》しさに囚われている。老いたのだろう。昔の事がやたらと思い出され、そのつど羞恥《しゅうち》と悔いが込み上げてくる。雨の日は特にその想いが募る。雨で外界の景観が遮断されると、自分の内へ内へと入り込み、胸の奥底の見たくもないものまでが見えてくる。雨の日は心静まるなどと体裁《ていさい》の好いことは言えそうにない。

…雨がまだ降っている。暗さも増し、寒さも募ってきた。また厭《いや》なことを思い出しそうだ。少年の頃は雨の日が嫌いだった。しとしと雨が降る夜は雨音が厭《いと》わしく、その音が耳にまとわり付いて深夜まで眠れなかった。だが、雨音よりもその雨音に交じって聞こえてくる音…、深夜の雨の中を誰かが私の家に近づいてくるような微《かす》かな足音に怖気《おぞけ》だった。雨がしとしと降る夜には、得体の知れぬ不気味なものが微かにピシャピシャと音をたてて家を訪れて来るようで怖くてならなかった。そんな夜は怖れ戦き、親をずいぶんと困らせた。

　小学3年の頃だった。黄疸《おうだん》で死の瀬戸際《せとぎわ》までいき、4カ月の入院後、ようやく帰宅し、落ち着きを取り戻した晩秋の雨の夜のことだった。夕食後しばらくして急に吐き気を催し、台所へと駆け込んだ。当時は県東部の田園地帯の変電所の社宅住まいで、社宅の周りは見渡す限りの田圃だった。台所の流し台に何度も吐いた後、ようやく一息《ひといき》吐《つ》くと、不意に奇妙な気配に囚われた。誰かに見つめられているようで、それもひどく悪意を含んだ視線のように感じられた。嫌な予感がした。徐《おもむろ》に顔を上げると、目前の窓ガラスに私の顔が映っていた。外は雨がしとしと降っていたが、窓外の闇が窓ガラスを鏡にして私の顔を映しだしていた。その顔が私を執拗《しつよう》に見つめていた。確かに自分の顔だった。だが、どこかが違っていた。私は思わずニコリと笑ってみた。だが、窓の顔は無表情だった。再度、試しにニコリと笑ってみた。やはり無表情のままだった。その時だった。突然、窓の顔がニヤリと笑った。息が詰まり、背筋に冷たいものが走った。悲鳴を上げ、その場から逃げようとした弾《はず》みに足が縺《もつ》れ、前のめりに床に倒れた。その音を聞きつけて父と母が血相《けっそう》を変えて飛んで来た。それ以来、雨がしとしと降る夜は、何かがこっそりと家を訪れ、窓から不気味な笑いを浮かべて覗き込んでいるように思え、一晩中、怯《おび》え戦くようになった。退院したとはいえ、体の深部では未だ神経が病んでいたのだろう。年が経るごとに雨の夜の恐れは薄れていったが、時として深夜に寝覚め、外が雨だったりすると、雨の中にあの足音が聞こえてくるような気がして不安が蘇ることがある。

雨は小降りになってきた。紫陽花は雨の中でも健気《けなげ》に花の賑わいを奮い立たそうとしている。そんな紫陽花が羨《うらや》ましくなってきた。すると、八木重吉の「雨」の詩が思い浮かんだ。「雨がふっている／いろいろなものをぬらしてゆくらしい／こうしてうつむいてすわっているると／雨というものがめのまえへあらわれて／おまえはそう悪るいものではないといってくれそうなきがしてくる」「窓をあけて雨を見ていると／なんにも要らないから／こうしておだやかなきもちでいたいとおもう」「雨のおとがきこえる／雨がふっていたのだ／あのおとのようにそっと世のためにはたらいていよう／雨があがるようにしづかに死んでゆこう」と……。気持がしだいに鎮まってきた。そして、何となく仄《ほの》かな勇気が湧いてきた。雨の中で老骨をかこち、悔いに翻弄《ほんろう》されるのにも辟易《へきえき》してきた。紫陽花と共に雨に打たれ、雨から「おまえはそう悪るいものではない」そして「そっと世のためにはたらいて…しづかに死んでゆこう」の言葉を投げかけられ、前を見て頑張ってみよう。「なほ生きむわれのいのちの薄き濃き強いてなげかじあじさゐのはな」（斎藤史）。

・螢の行方

深夜、縁側に腰を下ろし、中庭を見ながら亡くなった父のことを思い出していた。静かな夜だ。手元のコップの中で氷が溶けて微かな音をたてた。ウイスキーを口に含むと、目の片隅を光の粒が掠《かす》めた。おやっと思い、庭の闇に目をやると、冷ややかで微かな一粒《ひとつぶ》の光が、弱々しく儚《はかな》げに、ゆらゆらと飛んでいく。どこから来たのだろうか…。仲間とはぐれたとしても、螢が飛び交う時期には少し早過ぎるし、家の近くに川もない。季節外れの螢が場違いな庭の闇に紛れ込み、寂しく思惑ありげに飛んでいく。ウイスキーを喉に流しこむと、父に連れられて螢を見に行った幼い頃のことが思い浮かんだ。田の中の小川の土手に螢が群れ飛び、流れに沿って点滅を繰り返して蠢《うごめ》いていた。一面の闇の中に光の粒の一筋の流れのように瞬《また》いていた。

昭和も30年代の初め、8歳の頃だったろうか、変電所勤めの父の異動で富山市から県西部の田園地帯の福野に移り住んだ。父と蛍を見たのは、その最初の年の夏先のことだった。町外れの変電所の社宅裏から遙《はる》か山裾《やますそ》まで田が続き、その広々とした平野を幾筋もの小川が流れていた。彼方《かなた》の田畑の中には病院や神社の杜《もり》も見え、富山市の街内《まちうち》育ちの私には田舎町の風物が珍しく、図鑑でしか見たことがない蛍が実際に飛んでいる光景も驚きだった。それ以来、何度も父にせがんで蛍を見に行き、終《しま》いには夜半に家をこっそりと抜け出し、一人で蛍を見に行くようになった。夜の田圃《たんぼ》道は暗くて怖ろしかったが、一目散《いちもくさん》に駆けて目的の川辺に辿《たど》り着き、乱舞する蛍を目にするのは8歳の子の冒険を伴った秘密の世界の楽しみだった。

泉鏡花に「蓑谷《みのたに》」、三島霜川《そうせん》に「水郷」という蛍に関わっての作品がある。「蓑谷」は、7歳の男の子が蛍狩りの夜、蛍を追って禁断の蓑谷に迷い込み、そこで美しい女人（女神）に出会い、女人から諫《いさ》められるが、なおも甘えて蛍を求めて女人の許しを得たものの、忽《たちま》ち意識を失い、気が付くと、谷外の野に戻っていたという話だ。また、「水郷」は、家人に蛍狩りを禁じられた少年が、それを破り、夢中で蛍を追って無数の蛍が飛び交う深い谷に迷い込む。そこで老人に出会い、老人から魔物の住む谷だと諫められて老人に背負われ谷から出ようとする矢先に眠りに陥り、気が付くと自分の部屋で寝ていたという話だ。どちらも蛍の光に魅入られ、執拗《しつよう》に蛍を追って奇妙な体験をする話だが、この時の少年の蛍に抱く気持ちは8歳の頃の自分を思い出すとよく分かる。だが、今はあの頃のような蛍への一途《いちず》な憧れはない。むしろ飛び交う蛍の群れを見ると、冷ややかな戦慄《せんりつ》を覚える時がある。

宮本輝の芥川賞受賞作「螢川」に、竜夫と英子が川の上流で幾万幾千とも知れぬ螢の大群に遭遇する場面がある。螢の大群が英子に押し寄せ、彼女を包み込み、渦巻く光の中で英子は一段と輝き、竜夫を魅惑する。この場面などは、『源氏物語』二十五帖「螢」巻での、光源氏が、姫君（玉鬘《たまかずら》）の許《もと》を訪れた男性（兵部卿宮）に姫君の魅力を印象づけようと、機を見て姫君の几帳《きちょう》の内に多くの螢を放ち、その光で男性（兵部卿宮）の心を捉《とら》えようとする「螢の光は女性をより美しく際立《きわだ》たせる」という日本伝統の文学の手法を巧みに使っているようだが、確かに「螢川」でも最高潮の感動場面である。だが、女性に群がる螢の描写には私は怖気《おぞけ》だつ。それは幼い頃の福野での螢に関わる厭《いと》わしい思い出があるからだ。

福野での2年目の晩春、私は黄疸《おうだん》で緊急入院した。かなり悪化していて一時《いっとき》は命が危ぶまれた。一日に何度となく静脈に注射針が刺し込まれた。青黒く変色した皮膚には胡麻粒《ごまつぶ》のような多数の針跡が残り、昏睡《こんすい》状態が続いて心地よい微睡《まどろ》みの果てに死が控えていた。ようやく危機を乗り越え、快方に向かいだし、夏が近づく頃には病院内を歩けるようになっていた。そんなある日の早朝、病室前の廊下が騒々しくなり、向かいの病室の女の子が亡くなった。同じ歳で、長い間、腎臓を患って入院していた。その子とは滅多《めった》に話さなかったが、数日前の夕方、廊下で出会った時、その子は窓の外を指さし、「向こうの川の螢は綺麗なの。私、螢になりたい…」と青白く浮腫《むく》んだ顔で話しかけ、微笑んだ。その親しげな微笑みが不可解で、目を反《そ》らして黙ってその場から離れた。その女の子が亡くなって数日後の晩、仕事帰りに立ち寄った父が、去年、一緒に出掛けた病院近くの川に早くも沢山の螢が出ていたと話した。その瞬間、小川に舞い飛ぶ無数の螢が思い浮かび、胸が高鳴り、むしょうに螢を見たくなった。そして、その晩、看護師の最後の巡回が終わった後、病棟の裏口からこっそりと抜け出して螢のいる小川へ向かった。

川までは思いのほか遠く、ようやく川に辿り着くと、その美しさに目を見張った。螢は去年よりも多かった。川面や土手、その周辺の田など、光の粒が至る所に撒《ま》き散らされ、絶え間なく瞬き、蠢き、夢の世界に迷い込んだような気がした。道から土手に下り、周りの螢に手を伸ばすと、螢は微妙に逃げ去り、その螢を追って更に土手をどんどん進むと、螢が、一際《ひときわ》、群れ集って光を放っている所に行き着いた。神社の杜の近くだった。何百という光の粒が瞬き、絡《から》み合って中空に舞い上っていた。この上なく美しいのだが、どこか奇妙だった。近づき、渦巻く光の中を見上げると、蠢く光の粒の中に2本の足が見えた。体が固まった。白いスカートから足が伸び、松の木の枝から人がぶら下がっていた。それを何百という螢が取り囲んで光を放ち、生き生きと自由自在に舞い飛んでいた。私は悲鳴を上げ、その場から逃げ出した。その後のことは覚えていない。ただ半狂乱になって病院に辿り着き、そのまま倒れて2日間、高熱と悪夢にうなされて寝込んでしまった。夢の中では、ぶら下がっていた女が亡くなった向かいの病室の女の子になり、私を見つめて笑っていた。黄疸は治ったが、それから数年間、その夢に苛《さいな》まれ続け、夜になると言いようのない怯《おび》えが募り、震えが止まらなかった。螢を追って私は首吊《くびつ》り女の自殺の現場に辿り着いたが、それは9歳の子には余りにも酷《ひど》すぎた。

コップの中で氷がまた微かに音を立てた。ウイスキーがずいぶんと薄まっている。螢はもう見えない。どこへ行ったのだろう…。螢火の美しさはこの世のものとは思えない。どこか別の世界から来ていたのかもしれない。父を思い出していたから舞い込んできたのだろうか…。そう言えば父もこのウイスキーが好きだった。

・黒いヒマワリ

暑い陽射しが燦々《さんさん》と地上に降り注いでいる。絵本館の裏手に目をやると、田畑の中に鮮やかな黄の絨毯《じゅうたん》が広がっている。ヒマワリ畑だ。射水市の絵本館を訪れる子どもたちのために、地元の農家の好意で植えられたヒマワリが列をなして咲き誇っている。いずれも大輪の派手な装いで臆《おく》することなく太陽を一途《いちず》に見つめている。風もなく、全《すべ》てのものが息を潜めている真夏の昼下がりに、黄と褐色の頭状花《とうじょうか》だけが生気《せいき》に満ち溢《あふ》れ、眩《まばゆ》い太陽の熱情を一身に集め、我が物顔に胸を反《そ》らせて今を盛りに咲き競っている。どうしてヒマワリは、これほど我が身を焦《こ》がしてまで太陽を見つめるのだろうか…。ふと、クリュティエの名が思い浮かんだ。

クリュティエは水の妖精だ。ギリシア神話にこんな話がある。クリュティエは太陽神アポロンに恋をした。だが、アポロンは、その想いに少しも応えぬばかりか、他の妖精たちとの恋に戯れた。しかし、クリュティエは、そんなアポロンに狂おしいほどに恋い焦がれ、相手にされぬ我が身を悔やみ、涙ながらに毎日、水中から天空を見上げ、頭上を通るアポロンの姿を追い求め、終《しま》いには、水から上がって地に座り、何日もの間、ひたすらアポロンの姿を追い続けるようになった。そのうちに、彼女の手足はいつしか地に根をはやし、その顔は花に変じた。そして、その花は茎の上で向きを変えながら、太陽をいつまでも見つめるようになったという。ヒマワリが太陽を凝視《ぎょうし》するのは、片想いの相手への愛執《あいしゅう》だったのだ。かなわぬ恋の切なさと、それでもなお気丈《きじょう》に振る舞おうとする健気《けなげ》な乙女の姿がヒマワリに宿っている。

このギリシア神話のせいか、ヒマワリの花言葉は「報われぬ恋」を感じさせるようなものが多い。ヒマワリの色や大きさ、本数によって花言葉は様々だが、「憧れ」「あなただけを見つめる」が代表的なものだ。色によっては白のヒマワリは「程よき恋愛」、紫のヒマワリは「悲哀」、大きさでは大輪のものが「偽りの愛」、小輪のものが「高貴」「愛慕」などと様々である。これほど花言葉があるのは、ヒマワリが多くの人に愛されてきたからなのだろうが、私にはヒマワリを素直に愛せない複雑な気持ちがある。

絵本館裏手のヒマワリ畑は子どもたちが喜ぶように迷路になっている。その迷路に子どもたちの姿がない時には、私はそのヒマワリ畑を独占する。そんな時、ムンムンとする草いきれの中で決まって言い知れぬ不安に襲われる。あれは3、4歳の頃だったろうか、祖父に連れられて山際《やまぎわ》のヒマワリ畑に行き、祖父の手を振り切って咲き誇るヒマワリ畑に飛び込んだことがある。初めの意気込《いきご》みが覚めると、周囲は自分の背丈《せたけ》よりも高いヒマワリばかりで何処にいるのか分からなく、むせ返る草いきれと、コトリとも音のせぬ明るく乾いた静かヒマワリの群立の中で立ち竦《すく》んでしまった。不安が募り、縋《すが》り付くようにヒマワリの花を見上げると、花は眩く黄金色に輝いて皆一様に太陽を仰ぎ、心細い私に優しさの一瞥《いちべつ》も与えてくれなかった。私は完全に無視され、見棄てられていた。惨めだった。私は助けを求めてヒマワリを見上げ、その頭上の太陽を仰いで泣き続けた。ヒマワリの華やかな顔の下に、無慈悲で冷ややかな自己中心の顔があるのを子ども心に強く刻み込まれた。華やかさの中で恐れを感じた最初の経験だった。

マルチェロ・マストロヤンニとソフィア・ローレン主演の映画に「ひまわり」がある。学生時代から何度も観た映画だ。戦争で引き裂かれた夫婦の悲哀を描いているが、エンディングでの、地平線にまで及ぶ画面一面のヒマワリ畑は圧巻《あっかん》だった。ソフィアが演じる妻が出征した夫を偲《しの》んで戦場跡を訪れる。その戦場跡は一面、ヒマワリ畑になっている。その時、案内人か彼女に告げる。「このヒマワリ畑の下には無数の戦死者が眠っている」と…。梶井基次郎の「桜の樹の下には」を読んだ直後にこの映画を観たせいか、梶井の「桜の樹の下には屍体が埋まつてゐる」との叫びが、映画の戦場跡のヒマワリ畑のシーンに作用し、今でも、咲き誇るヒマワリの下には無数の屍体が埋まっているような気がする。ヒマワリ畑を見て一《いち》概《がい》に感嘆の声を上げれないのはこんな関わりからかもしれない。

更に一つ、西東三鬼《さいとうさんき》の句「がつくりと祈る向日葵星曇る」を思い浮かべる度、決まってある光景が浮かんでくる。丘の斜面に、数え切れぬほどの黒いヒマワリが首を項垂《うなだ》れて、延々と列をなして立ち並んでいる光景だ。その光景に出遭ったのは、30年ほど前だったろうか、10月の中頃、イタリア中東部、アドリア海側の人口5万余りの静かな田舎町を訪れた時のことだった。

町の郊外の緩やかな丘の斜面に、真っ黒な小柄な無数の人影が連なっていた。皆、一様《いちよう》に力なく頭を垂れ、背を同じ方向に丸め、しずしずと列をなして立っていた。その姿は深い悲しみに沈んで為《な》す術《すべ》もなく茫然《ぼうぜん》と立ち尽くしているように見えた。耳を澄ませば、その者たちの嗚咽《おえつ》や悲嘆が耳元に聞こえてきそうだった。おぞましい愁嘆《しゅうたん》の場に出くわしたような気がした。そこは、陽当たりのよい丘の斜面を利用したヒマワリ畑で、幾千幾万のヒマワリが、明るい陽射しの中で真っ黒に腐り、朽ちるに任せていた。真夏に鮮黄色で際立《きわだ》たせた花弁も、黒く干涸《ひか》らびて花の頭を包み、心臓形の大きな葉も、黒ずんだ破れマントのように太い茎に纏《まつ》わり付いていた。無惨な姿だった。太陽に見捨てられた無数のヒマワリの屍《しかばね》が、丘の斜面に累々《るいるい》と連なっているようだった。その姿は、黒いフード付きの修道士服で身を包んだ僧のようにも見えた。無数の黒い矮小《わいしょう》な修道士が、苦しみにひたすら堪《た》えながら必死に祈っているようでもあり、異教徒に棄教を拒んだ僧が捕縛され、重い首枷《くびかせ》を嵌《は》められて刑場へ引き立てられていくようにも見えた。黒く干涸らびたヒマワリは、絶望で打ちのめされた殉教者《じゅんきょうしゃ》の群れのようだった。黒いヒマワリを殉教者のように感じたのは、昨日、ローマのコロッセオで聞いたキリスト教徒迫害の話が脳裏に強く焼き付いていたからかもしれない。また、学生の頃に感動したシェンキエーウィチの「クオーウァーディス」からの連想だったのかもしれない。

ヒマワリは太陽に身を華々しく晒《さら》している。太陽を仰ぐものは、内に憧れと希望を宿すが、背後には色濃い影が伸びている。私はどうもその影ばかりに目が囚われる。拗《ねじ》けた性分だ。迷路で楽しそうに遊ぶ子どもたちの声が聞こえてくる。私も素直にヒマワリの花を愛でたいものだ。

・山の彼方に

晴れ渡った青空に立山・剱岳の稜線がくっきりと浮かび上がり、嶺々《みねみね》の岩肌が眩《まばゆ》く煌《きら》めくと、ときめきにも似た熱い想いが込み上げてくる。高校、大学と山に入り浸《びた》った青春の情熱の火種がまだ燻《くすぶ》っている。

剱岳の欠けた鋸《のこぎり》の刃のような稜線が、神々が鎮座します中空の台地のような立山を経て鷲岳、鳶山、越中沢岳へと延び、最後に薬師岳の豊かな山容に連なる。この標高２９２６㍍の薬師岳が私にとっては青春の山だ。高校生の頃、夏の補習が終了するやいなや、薬師岳に登り、それから山に囚われる一夏《ひとなつ》が始まる。高校以来、十数年間、毎年、薬師岳に登った。目をつぶると、山道の草木の一本一草、山頂の祠の傍らの小石の欠片《かけら》までが鮮やかに浮かび上がってくる。あの頃はどうしてあんなにも山に憧れたのだろうか…。

薬師岳を知ったのは昭和38年の1月、中学生の頃だった。屋根まで雪に埋もれた３８豪雪《さんぱち》の1月の新聞紙上で愛知大学生13人の薬師岳遭難の記事が連日報道された。13人ものパーティが冬山で遭難するのは我が国の近代登山史上、稀《まれ》なことだった。２カ月後、11遺体が、10月に残りの2遺体が発見され、これを契機に県警山岳隊も発足した。この遭難以来、薬師岳は私の頭に居座《いすわ》った。高校に入り、初めての本格登山に薬師岳を選んだのはこのせいだったのかもしれない。

あれは高校2年の頃だった。物理の授業中に島崎藤村の「初恋」の詩を読んで泣いていた友人を誘い、薬師岳に登った。太郎小屋から薬師岳山頂を目指し、尾根道を登っている途中、天候が急変し、白濁色の深い霧に包まれた。濃霧の中はひたすら静かで、ひしひしと寒さが募り、前を歩く友人の姿は朧《おぼろ》に確認できるものの、周囲は全て白濁色に塗り潰《つぶ》されて何も見えなかった。耳も目も奪われ、前へ進む足裏の感覚だけが生きている自分の証《あかし》だった。孤独と不安に苛《さいな》まれ、立ち止まると恐怖で狂いそうになるので、ただがむしゃらに歩いた。前を歩く友人も同じ気持だったろう。その時、やや霧が薄れ、前方に数名の人が歩いているのが見えた。安堵《あんど》し、助かったと思い、その人たちの後に従うことにした。友人もそう思ったに違いない。彼の足も後を追って速まった。だが、奇妙な一行《いっこう》だった。私たちの夏山登山の軽装に比べ、前を歩く一行は冬山登山でもするかのような重装備だった。だが、大学の山岳部では新人部員を鍛えるのに夏山合宿で重装備をさせることもあるので、その部類かと思っているると、その一向は急に右に方向を変え、足早く霧の中へと姿を消していった。私たちも急いでその後を追うと、いつしか足裏が雪渓を踏み締めていた。薬師岳の尾根は広く、雪や霧で視界が遮《さえぎ》られると見当違いの谷へと落ち込む。危ないと思い、友人を見ると、何かに取り憑《つ》かれたように足早に前の一向の後を追っている。いくら呼び止めても振り返ろうともしない。ようやく彼に追いつき、無理やり引き留めてその顔を覗《のぞ》き込むと、虚《うつ》ろな目で頻りに何かを呟《つぶや》いている。「…やさしく白き手をのべて林檎《りんご》をわれにあたへしは、薄紅の秋の実に…」。島崎藤村の「初恋」だ。正気《しょうき》ではない。私は彼を殴りつけ、その場に坐らせ、霧が晴れるのを待った。しばらくして霧が晴れると驚いた。目の前5㍍ほど先で雪渓がとぎれ、谷に落ち込んでいる。咄嗟《とっさ》に前の一向が遭難したに違いないと思い、急いで山小屋に引き返して小屋の親爺《おやじ》に告げた。親爺は場所を確認した後、ただ笑って頷《うなず》いているだけだった。薬師岳の東南稜に向かう薬師沢側の付近でのことだった。何が何だか分からなかった。あの一向は濃霧の中での不安がつくり出した幻影だったのか、あるいは…。一緒に登った友人は霧の中でのことは一切覚えていなかった。だが、私に殴られたことは覚えていて時たま彼に会うと決まってそのことで文句を言う。私が彼の命の恩人のはずなのに私の方がかえって腹が立つ。

数年前だが、久しぶりに薬師岳登山口の有峰口駅を訪れた。駅舎の板壁に短冊《たんざく》が貼ってあり、それに「そうなん死のわが子思いて冬山の姿もとめてきぬ小見駅」「そうなんを知るよしもなく山に入る子をとむるすべなかりし悲しみ」「そうなん死して一年のすぎしいま吾子と見がまう山男たち」の三首があり、「牛田てる子」と記してあった。遭難した愛知大学一年の中に「牛田正伸」の名があり、恐らく彼の母親なのであろう。思わず胸が締め付けられた。我が子を亡くした母の悲しみは同じく子を持つ親として痛いほど分かる。どれほどに我が子を奪った冬山を憎んだことだろう。だが、山を愛する者としてその子の気持ちもよく分かる。吹雪の夜の冬山の怖さは言葉に尽くしがたいが、翌朝の晴れ渡った冬山の美しさには言葉を失う。白きたおやかな嶺々と、光眩い雪原の輝きは天上世界に踏み込んだようで吹雪の夜の恐怖などは吹き飛んでしまう。選ばれて至極の地に導かれた幸せで全身が震える。だが、短冊に目をやると、母と子の絡み合わぬ気持ちが切なくて目頭《めがしら》が熱くなる。親の切なる想いを背負い、若者たちは山に憧れ、薬師岳東南稜の薬師沢で深雪に埋もれた。

高校3年生の夏の終わり、私は一人で薬師岳に登った。受験勉強が思うとおりに捗《はかど》らず、焦《あせ》りから鬱々《うつうつ》として家や学校から脱け出すように薬師岳に向かった。頭の隅に死があったのかもしれない。早々と太郎小屋に着いたが、早いペースで登ってきた疲れで、小屋近くの薬師沢を見下ろす斜面で身を横たえた。温かく心地よい日だった。いつの間にか眠ったらしい。目を開けると、爽《さわ》やかな風が沢から吹き上げ、寝そべる顔の傍らで可憐《かれん》な花々や草葉が揺らめき、崖下からは絶えず微かに沢のせせらぎが聞こえてくる。雲ひとつない青空が広がり、その下に、後立山、穂高、槍の連山、中央、南アルプスの嶺々までが一望できた。だが、光は満ち溢《あふ》れているのに、あたかも時の流れが止まったかのようで山々は微動だにしない。私は斜面にそのまま身を横たえ、ぼんやりとその嶺々を見つめ、転がる石ころになったつもりで周囲と同化した。時にも縛られず、想いにも煩《わずら》わされず、私の空っぽの頭の中を沢のせせらぎと谷間からの風が通り過ぎていった。どれほど時間が経ったろうか、小屋の親爺の声で意識が戻り、立ち上がると、妙に身も心も軽く、言いようのない充実感に満たされていた。遙《はる》か崖下の沢で13人の若者が命を落としたが、その沢から吹き上げる風で私は生気《せいき》を取り戻した。薬師岳の斜面での何にも囚われない空っぽの数時間が私の青春時代で最も充実した、忘れがたい一ときになった。

若い頃、あれほど山に憧れたのは、カール・ブッセが「山の彼方《かなた》の空遠く／幸い住むと人のいう…」と詠んだが、山の彼方に希望に満ちた未來があると思っていたからかもしれない。

・お客は羅漢さま

ＪＲ富山駅に下り、駅前に出ると右手に小高い丘陵が見える。司馬遼太郎が「立山の御師」（『街道をゆく』所収）で「（越中の）野の中央に、呉羽山という低く細ながいナマコ形の丘陵が隆起しており、この平野の人文を東西にわけている。「呉東・呉西」などと、富山県ではいう」と書いている呉羽山である。その山向こうの山裾（呉西）に県立図書館があり、そこに以前、私は勤めていた。

勤めの合間《あいま》の晴れた日の昼下がりなど、よく図書館を抜け出し、林の中の急な坂道を上って山頂付近の展望台に出かけた。息を切らせて坂道を上りつめると、急に目の前が開け、北アルプス・立山連峰の雄大なパノラマが目に飛び込み、息を呑むほどの素晴らしい眺めに、ただ見とれた。展望台からは、中空に立山連峰、彼方《かなた》には富山湾や能登半島までが見渡せ、眼下に富山市街が広がって天と地が一望できた。この時ほど、富山に生まれた喜びを感じたことはなかった。

そして、今再び、呉羽山の展望台を訪れている。展望台には、白鷹《はくたか》を左手にのせ、右手で立山を指す「立山開山佐伯有頼少年像」が立っている。童話作家・大井冷光《おおいれいこう》が郷土の子どもの健《すこ》やかな成長を願って有頼像の建立を計画したものの、36歳で死去し、計画は頓挫《とんざ》したが、没後80年を経て彼の志を継いでこの地に建立された。少年像は冷光に代わり、朝な夕なに子どもの健やかな成長を立山に祈り続けているのだろう。また、この展望台には多くの著名人が訪れている。昭和8年11月4日に与謝野鉄幹・晶子夫妻が富山市を訪れ、総曲輪小学校、富山女子師範学校で講演を終えた後に呉羽山に上っている。晶子は「富山平野と其れを横ぎる神通川を展望するのは快心な大歓であつた」と述べ、「吉林の北山のごと呉羽山みやびやかなり大河のうへに」。「黄昏《たそがれ》に総曲輪町もしづかなり深雪降る日の夢を見るごと」と、富山市街地や神通川の流れから暮れなずむ北陸の静かさや、深まりゆく秋の風情を詠んでいる。

昭和47年には司馬遼太郎も呉羽山を訪れている。司馬は「呉羽の丘の頂に立つと、夕闇の底に越中の野がひろがり、呉西のかたには野を焼くけむりが靄《もや》のようにたなびいていた。」(「立山の御師」)と書き、その心境はあたかも万葉集巻一の「〜天の香具山登り立ち国見をすれば国原は煙立ち立つ〜」の舒明天皇の国見の歌のようである。その時、司馬には珍しく「茜《あかね》さす呉羽の田の面暮れなづみ雲よりあかき野火のほのむら」の一首を詠み、同行の島村美代子氏(当時・富山女短大教授)に贈っている。また、その折りに『万葉集』の家持の立山に関する歌に言及し、家持が頻りに立山を詠んだのは「美しさが極まるところに神が在《いま》すという感動」からだろうとし、司馬も「立山は神であるらしい」と述べ、感動に共鳴している。ただし、その時には、あいにく立山は見えていなかったらしい。後日、司馬は島村美代子氏に『古事記』の片歌形式(基本・五七七音)に似せて「虚しき日立山は神にしあらむとひたに思ひつ」の一首を贈ってきたという。

「司馬は呉羽丘陵が「この平野の人文を東西にわけている」とし、この丘陵が富山県での関東文化圏と関西文化圏を分ける人文的な境界線だといっているが、文化の境界的な意味ばかりでなく、この地域にはもっと興味がそそられることがある。この丘陵の西裾（呉西）の地名が呉羽、東裾（呉東）の地名が五福である。呉羽、五福の地名は古く、『古事記』では、応神天皇の時に朝鮮半島の百済から西素という名の「呉服」が渡来し、『日本書紀』では、雄略天皇14年に呉国から漢織《あやはとり》・呉織が渡来帰化したとの記述がある。古代、「日出《い》づる国」の日本に対して大陸の国を「日の暮れる国」として「クレ」と称し、クレから渡来した機織《はたおり》技術者の呉織をクレノハタオリ、縮まってクレハトリと称した。そして、彼らの居住地を「クレハ」と呼び、漢字で「呉服」と書き、これを音読して「ゴフク」とし、呉服・御服・五福などの字を当てた。呉羽地区にある古社・姉倉比賣《あねくらひめ》神社の祭神・姉倉比賣は機織の女神であることからも、この丘陵付近は、古代、帰化人が住み集い、大陸文化が花咲いた文化地域だったことが窺《うかが》える。この丘陵地帯は、司馬がいう人文的な境界線ばかりでなく、古代には大陸文化が周辺に波及していった中心地だったのかもしれない。

展望台から呉羽山公園へ向かい、そのまま道なりに長慶寺の五百羅漢に向かう。丘陵の西斜面は緩やかな起伏が続くが、東斜面は急峻で、その急斜面に石灯籠《いしどうろう》を交えて数段に５３０余体の仏道修行者の石像が並んでいる。五百羅漢である。これらは寛政15年に富山町の廻船問屋・黒牧屋善治郎の発願で、その子、孫の代までの50余年にわたり、佐渡で石工《いしく》に刻ませ、北前船で運んで完成したものである。

人影のない石像への石段を下りるにつれ、辺りはひっそりとして湿気を帯びた空気が妙に不安を駆り立てる。静まりかえった石像群の間の小道を歩くと、誰一人見ていない空間で喜怒哀楽の表情をひたすら崩さぬまま立ち尽くす石像の群れに不気味さを覚えてくる。その無言で変わらぬ表情の下に何か邪気《じゃき》があり、その邪《よこしま》な心根《こころね》で私を見つめて、今にも立ち上がって挑みかかってきそうな気がする。そう思うのは、これらの石像は良観尼が描いた画像をモデルにして石工が刻んだからだろうか。出家前の良観尼は佐渡の遊女で、画像のモデルは、彼女が遊女の頃に接した男たちだという。目の前の羅漢たちは遊女が相手にした客だったのだ。生涯に否応《いやおう》なく5百人以上もの男と接しなければならなかった遊女の嘆き・哀しみ・恨み、また、金で女の体を弄《もてあそ》んだ男たちの卑しい心情など、人の鬱積《うっせき》した暗部の諸々の性根《しょうね》がさり気なく羅漢像の表情の奥に宿っているようで、艶《なま》めかしい石像と見るよりも、自分も含め、男の性《さが》の浅ましさに情けなくなってくる。

作家・水上勉も長慶寺の五百羅漢に人が宿す性の虚《むな》しさを感じたのだろうか、この地を舞台にして短編「呉羽の羅漢山」(『鬼のやま水』所収)を書いている。能登・珠洲《すず》の貧家で育ち、家出して富山に出てきた女が騙されて廓《くるわ》の遊女になるが、病身で借金が嵩《かさ》み、客も取れずに喀血《かっけつ》が続く。その上、朋輩《ほうばい》と見物した呉羽の五百羅漢は、遊女が生涯に接した客だと知り、その数の多さに自分の行く末を儚《はかな》み、石像の傍らの木で首を吊る。その様子を水上は「死体の裾が乱れて、羅漢さんを股ではさむようにしていた光景は不気味だった」と、遊女への哀れさを誘うように描いている。

水上の短編を思い出しているうちに気分が滅入ってきたので展望台に引き返すことにする。呉羽山はやはり光が満ち溢《あふ》れる展望台からの眺めが一番好い。

・闇夜の露天風呂

新潟との県境にある朝日町の泊で講演を頼まれ、その帰りに小川温泉元湯に立ち寄った。元湯は泊から車で20分ほどの、朝日岳山麓の渓流沿いの静かな1軒宿の湯治場だ。湯に浸かり、渓流の瀬音に耳を傾けて先ほどの講演のことを思い浮かべていた。40数年前、私は泊の高校に勤めていた。初任校だった。童謡「めだかの学校」の「だあれが生徒か、先生か〜みんなで元気に遊んでる」のように生徒たちと青春を共に過ごした。若かった。その時の生徒たちは、もう60歳近くだが、彼らが講演会場に来ていて、この温泉宿で会う手配をしてくれて、私は一足先に着いて湯に浸かっている。

講演では泉鏡花の「湯女《ゆな》の魂」について話した。「湯女の魂」の小説舞台は、この小川温泉元湯だった。東京の学生が旅の途中、友人が旅した折に恋仲になった湯女のことを思い出して、その湯女を訪ねて元湯に立ち寄る。温泉では、毎晩、湯女が得体《えたい》の知れぬものに魘《うな》されて寝込んでいた。その夜、学生は湯女の傍らで寝ずの番をすると、深夜に大きな蝙蝠《こうもり》が現れ、湯女を山中へ誘い出す。学生はその跡を追い、山奥の孤家に入ると、蝙蝠の化身の妖女が湯女を折檻《せっかん》している。妖女は学生に気づき、湯女から魂を抜き取ると、それを学生に……。実に奇妙な話だ。

この小説は、鏡花が明治33年に雑誌『太陽』5月号に発表したものだが、その2カ月前に、川上眉山《びざん》宅での硯友社・文士講談会で鏡花が口演し、速記したものを、鏡花が手を加えて改稿したものだ。元々話したものだけに文章が平易で、話の筋も滑らかで面白い。話の中で奇怪なのは蝙蝠だ。この蝙蝠を、鏡花は夜な夜な男の精血を吸って取り殺す美女妖怪の「飛縁《ひえん》魔《ま》」のように描いている。「丙午の女《ひのえうま》」が妖怪化したものだが、むしろ、元湯には山に住む年を経た蝙蝠が変じた「山地乳《やまちち》」の方が似つかわしい。江戸の妖怪図鑑を好んで読んでいた鏡花のことだから、この二種類の妖怪を掛け合わせて彼が新しく創り出した妖怪なのだろう。

また、この「湯女の魂」の前に、同じ朝日町の笹川を舞台にして「蝙蝠物語」を明治29年に書いている。拐《かどわ》かされた恋人を求めて山中の孤家に男が辿り着くと、蝙蝠妖怪が、男への想いを断ち切れと恋人を折檻している。

このような妖怪たちの暗躍は、山深い元湯だけに有りそうなことと頷《うなず》けるが、鏡花は、元湯を湯女・芸妓が多くいる歓楽的な温泉として描いている。元湯は、江戸初期の開湯以来、山中の静かな一軒宿で、小説中の温泉は、おそらく鏡花が17歳頃に一時滞在した叔母の家がある、加賀4温泉で最も芸妓数が多い、歓楽的な賑わいの辰口鉱泉の様子を重ねたものだろう。こんなことを思いながら湯に浸かっていると、立ち籠《こ》める湯気の中に様々な奇怪なものが浮かび上がってくる。だが、そんなものより、私には元湯で忘れられぬ怖い思い出がある。

泊での高校勤務の当時、私は少林寺拳法部の顧問をしていた。大学も拳法部だったので、部員と一緒に練習すると、大学の部活動に戻ったような気がして、教員であるのを忘れ、調子に乗りすぎることが多々あった。あの日も放課後、7時過ぎまで部員と共に練習をし、シャワーで汗を流す段になって、部員の一人が、元湯の露天風呂に入りたいと言いだし、その後で、混浴だと呟《つぶや》いた。その呟きに引き摺《ず》られ、学校の軽トラックを借用し、部員たちを荷台に乗せて元湯の露天風呂に向かった。

露天風呂は、元湯の本館裏手の早川の橋を渡り、川沿いの山道を50㍍ほど行った崖っ縁《ぷち》の傍らにある。その夜は星一つ出ていない闇夜だった。橋は改修中のために通行止めで、露天風呂も閉鎖されていた。…やはり、調子に乗りすぎていた。だが、せっかく来たのにと思うと残念で、部員に稽古着を荷台に脱ぎ捨てさせ、私も含め、全員が真っ裸になり、橋をどうにか渡ると、雄叫《おたけ》びを上げて漆黒の山道を露天風呂へと突っ走った。闇夜のストリーキングは、練習で火照《ほて》った体には爽快だった。

露天風呂に着くと、真っ暗な岩風呂に飛び込んだ。長い間、閉鎖しているらしく、暗くてよく分からないが、色んな物が湯に浮いているようだった。暗闇だが、湯加減《ゆかげん》もよく、気持が好かった。物珍しさも募り、私は、岩風呂の端で騒ぐ部員を残し、岩窟《がんくつ》の奥へ奥へと進んだ。進むにつれ、朽ちた小枝のような浮遊物が体に当たり、岩窟の最奥辺りで湯に浸かっていても、しきりに小枝のようなものが体に触れてくる。そのつど、腕で静かにその浮遊物を押しやっていた。真暗闇の中の入浴は快適だった。

翌朝、職員室に入ると、元湯近くに住む教員が露天風呂のことを話しているのを耳にした。その教員が言うには、長い間、露天風呂を閉鎖していたので、付近が自然の状態に戻り、獣たちも湯に浸かりにくるという。そこまでは好かったのだが、次の話を聞いて思わず息が詰まった。「特に夜は酷《ひど》いもので、巣穴から蛇が大挙して這い出てきて、湯に浸かるんですよ。蛇も湯の中は気持ちが好いのか、湯の中一面、蛇だらけですよ。それもマムシなのですから……」と。最後まで聞かない内に、私は吐き気を覚え、便所へ飛び込んだ。朝、食べた物を全て吐き出しながら、暗闇とはいえ、多数の蛇が泳ぎまわる湯の中に浸かっていたのかと思うと、全身から汗がふきだし、ブルブルと体が震えた。小枝だと思った浮遊物はマムシだったのだ……。

話はこれで終わらない。それから2週間後、部員の足腰の鍛錬を兼ねて、元湯から渓谷沿いの山道を登り、北又の沢から朝日岳へ向かうことにした。元湯のあの露天風呂を過ぎ、しばらく行った所で尿意を催したので、部員を残し、適当な場所を捜すのに林の中に入った。大きな沼があり、淀《よど》んだ水面には様々な物が浮かんでいた。沼を見ながら放尿していると、数メートル先の沼に浮かぶ朽ちた木の太い幹の輪郭が微妙に蠢《うごめ》いているのに気が付いた。嫌な予感がした。よくよく見ると、何十何百という蛇が、それもあの特有の色をしたマムシが絡《から》み合って一本の太い幹のようになり、何百何千という目で私を執拗《しつよう》に見つめているのだ。そのおぞましさ…。私はそのままの状態で部員の許《もと》へ逃げ帰り、部員は私のチャックを開けた〈そのままの状態〉を見て大笑いをした。

あの時のことを思い出すと、元湯の湯に浸かっていても寒気《さむけ》を覚える。「飛縁魔」や「山地乳」などは怖くない。それよりも、マムシが泳ぎ回る湯に浸かり、無数のマムシの目に見《み》据《す》えられたことが何よりも怖い…。

駐車場に数台の車が停まったようだ。昔の生徒、あの時の拳法部の部員たちだが、宿に到着したのだろう。さて、私も含め、老いた悪童連の宴会が始まる…。

・百間川の闇

夜間開放の小学校の体育館での剣道の練習を終え、一人残って後始末をした後に外へ出ると真の闇だった。星ひとつなく、富山市郊外の田圃《たんぼ》の中にポツンと建つ小学校は、闇と静寂に包まれていた。風もなく、練習の汗が肌に纏《まつ》わり付いて気持が悪かった。

グラウンドを横切り、彼方の駐車場へと歩き出すと、帰宅してから書こうと思っていた小説の書き出し思い浮かんだ。
〔私は暗闇の中に立っていた。しばらくすると、私は闇の中を歩いているのに気が付いた。頭と足裏を除いて、私の体の全ては闇に塗り潰《つぶ》されていた。黒く澱《よど》んだ空間が隙間《すきま》なく私の肉体を埋め尽くしていた。〕
この書き出しには自分ながら満足で、真っ暗なグラウンドを歩いている丁度《ちょうど》今の気分にぴったりだった。続く文も思い浮かんできた。
〔私は完全に闇に溶け込んでいた。だが、足裏を一歩大きく前に踏み出すと、大地の揺るぎない感触が足裏に伝わり、闇にかき消されていた肉の重みが唐突《とうとつ》に蘇ってきた。〕
この続きもなかなか好いと思いながらグラウンドを歩き続けた。それにしても周囲はあまりにも暗かった。長野・善光寺のお戒壇巡り《かいだんめぐ》り（胎内めぐり）ほどの漆黒《しっこく》の闇ではないが、手足が闇に消されて、いくら歩いてもグラウンドが尽きなかった。グラウンドのどの辺りなのか、方向も定かでなく、かといって立ち止まると闇に完全に呑み込まれてしまいそうで、ただ闇雲《やみくも》に前へ前へと仕方なく進むしかなかった。そのくせ、そんな不安とは裏腹《うらはら》に頭の中では続きの文が勝手に生まれてきた。
〔私は更に歩み続けた。歩み続ける内に足裏から、長い間忘れていた〈己《おの》れ〉が姿を現した。大地を押し付ける足裏の感触自体に〈確かな己れ〉が蘇っていた。〕

そこまで思い浮かべて、思わず「確かな己れ」と呟《つぶや》いた。確かな己れとは何なのだろうか。長い間生きてきたが、その言葉の意味がまだ分からない。その時、急に漠然《ばくぜん》とした不安に囚われた。どうやらグラウンドの真ん中辺りまで来ていたらしい。闇の異様な広がりの気配がそう感じさせた。不安が募ってきた。こんな気分は前にもあった。あれは薬師岳の高原地帯で濃霧に見舞われて立ち往生した時だった。周囲全てが濁った乳白色の霧に閉ざされ、視界・方向・時間が消え、湿った静寂の中で進退極《しんたいきわ》まり、怖《おそ》れ戦《おのの》くばかりだった。あの時と違うのは、湿った乳白色が真っ黒な闇で、乾いた空虚な暗黒が漠《ばく》として広がっていることだ。闇夜にグラウンドの真ん中に立つものではない。体が震えてきた。すると、また思い出したくもない厭な情景が浮かび上がってきた。

大学卒業後、一時、岡山市の会社で働いたことがある。郊外の社員寮は百間川の土手沿いにあった。百間川は豪雨の際の臨時の放水路として開削された川幅約160メートル《メートル》の人工川で普段は水が流れていなかった。河川敷《かせんじき》には一面茫々《ぼうぼう》と葦《あし》が生い茂っていた。あれは、残業で帰りが遅れ、対岸の社員寮へ近道をしようと10時過ぎに百間川を自転車で横切った時のことだった。あの夜も星ひとつ出ていない闇夜だった。自転車は河川敷の葦の中の細い一本道を突っ切って進んだ。僅かに前を照らす自転車のライトの仄《ほの》かな光以外、周りは漆黒の闇だった。広々とした河川敷を捉《とら》え処のない闇が覆《おお》っていた。静かだった。真っ黒な深海の底を突き進んで行くようだった。ペダルをいくら踏み込んでも、進んだ実感はなく、前を照らすライトの光は瞬時に深い闇に吸い込まれた。ペダルの軋《きし》む音以外、物音一つしなかった。無間《むげん》の闇の空間に浮遊しているような気がした。後悔が募ったが、今更《いまさら》引き返しようがなかった。体が震えてきた。頭から足先まで言い知れぬ恐怖に包まれ、声を出そうにも喉がつまり、鼓動が頭の奥まで響いてきた。だが、止まるわけにはいかなかった。止まれば自分が消えてしまいそうな気がした。

いくら進んでも闇の道は尽きなかった。その時だった。ライトのか細い光の中に、突然、人影が浮かび上がった。一瞬、息が詰まった。頬被《ほおかぶ》りをした老婆が鍬《くわ》のような物を担《かつ》いで傍らを通り過ぎた。驚きで声を上げる暇もなく、唖然《あぜん》としている私を乗せて自転車は勝手に前へ進んでいた。あれは何だったのだろう。近辺の農家の老婆だったのか、それにしてもこんな遅い時間に……。あるいは私と同じく、近道をしようと対岸から歩いてきたのだろうか。だが、懐中電灯一つ点《つ》けず、この闇の中を、それも女一人で……。何一つ分からなかった。私の体は恐怖で引き攣《つ》り、体中の汗穴から一気に汗が噴《ふ》き出し、毛が逆立《さかだ》った。体がブルブルと震えた。…真の恐怖とは、原因・理由が分からぬまま、不意に訪れ、後々まで何も分からぬまま恐れだけを残していくものだ。通り魔とはよく言ったものだ。

震えながらも闇をひた走り、やがて前方に仄かな灯が見えた時、言いようのない安堵で溜め息をついた。土手を上りながら後ろを振り返ると、百間川には底無しの暗闇が広がっていた。それにしてもあの老婆はいったい何だったのだろうか…。ともかくようやく対岸の土手沿いの道に下りた。だが、妙なことがまだ続いた。

〔高い、大きな、黒い土手が、何処から何処へ行くのか解らない、静かに、冷たく、夜の中を走っている。その土手の下に、小屋掛けの一ぜんめし屋が一軒あった。〕

これは百間川を舞台にした岡山市出身の内田百閒《ひゃっけん》の短編「冥途《めいど》」の冒頭だか、あの時も確か土手沿いの道に飲み屋めいた店があった。店内からは光が煌々《こうこう》と漏れ、内のざわめきが戸外にまで聞き取れた。「冥途」では、主人公が盂蘭盆《うらぼん》の終わりで冥途へ帰ろうとする亡父一行の声を店内で聞き取り、その一行を見送る。

〔月も星も見えない、空明かりさへない暗闇の中に、土手の上だけ、ぼうと薄白い明かりが流れている。さっきの一連れが、何時の間にか土手を上って、その白んだ中を、ぼんやりした尾を引く様に行くのが見えた。〕と。

その場面を思い浮かべていると、店の戸が開き、数名の男が現れ、連れ立って土手の上へと歩いていった。その中の一人が昨年死んだ祖父に似ていた。いや、祖父に違いないように思えた。頭が混乱してきた。夢かうつつか、百間川を横切ってから「冥途」に迷い込んだようで頭が軋んだ。変な夜だった。あの時のことが未だに忘れられない。

ふと我に返ると、グラウンドの真ん中に佇《たたず》んでいた。闇に囚われると怖い。おぞましいものが浮かび上がってくる。胸の奥底に仕舞い込んでいたものが頭をもたげてくる。例え闇が広がっていても、心の奥底を覗《のぞ》き込むより、ひたすら前へ進めば好い。その内に月が出てくるかもしれない。早く帰らねば……。足を一歩、前へ踏み出し、歩を早めた。この闇の中を車まで辿《たど》り着けるかどうか不安になってきた。

・白昼の通り魔

奇妙な夢をみた。どこかの会社の会議室のようだった。会議が始まるらしく、役員が次々と部屋に入ってきた。私は議長として彼らを迎え、一同が座につくと、改めて彼らの顔を見た。「あっ、あなたは…」「やぁ、君は…」「これは久しぶり…」と、驚きと言いようのない懐かしさを覚えた。だが、誰一人として答えてくれる者はいない。ただ穏やかに微笑んでいるだけだ。どうしたのだろう…。再び声を張り上げて呼びかけたが、やはり微笑みの沈黙が続く……。そこで目が覚めた。体が汗ばんでいた。夢でみた彼らは、私の友人や仕事仲間で、いずれも、5、6年以前に亡くなっている。彼らの顔を久し振りに見て懐かしかったが、その一方で死者がこぞって夢に現れてきたのが不気味で、思わずブルッと背筋が震えた。不意に「死期」という言葉が思い浮かんだ。すると、5歳の時のある光景が頭をよぎった。その時のことがまざまざと頭に浮かぶと、急《せ》かされる思いで朝飯もそこそこに神通川上流、富山市八尾の薄島《うすじま》に向かった。

大沢野・塩から新婦大橋で神通川を渡り、そのまま中州を進み、更に西神通橋を渡ると滅《めっ》鬼《き》の交差点に行き着く。交差点の八尾側には牛ヶ首用水が流れている。用水の傍らに車を駐め、流れを追うと、古い墓地を迂回《うかい》してコンクリートの建物の背後へと用水は一気に流れ込でいる。その建物が薄島発電所で、現在は無人の発電所だが、60数年前、電力会社に勤めていた父の転勤で、私はこの発電所の社宅で4歳からの2年間を送った。

車を発電所の正面へまわし、朽ちた門柱から敷地内に足を踏み入れた。当時は敷地内に数軒の社宅が建ち並び、それなりの賑わいがあったが、現在は発電所本体の建物以外、全てが取り壊され、閑散とした広い荒れ地に枯れた松の樹が疎らに立っている。幼い頃の自分の姿を求めて周辺に目をやるが、茫々《ぼうぼう》と生い茂る草と、松の樹を揺らす風音ばかりで広漠とした寂しさが漂っている。

なすこともなく、発電所の排水槽に歩み寄った。学校のプールが優に二つは入るほどに地中深く掘り下げられた水槽に暗緑色の水が昔と変わらず、激しく渦巻いている。あの当時、この排水槽に近づくなと父に厳しく言われていた。私より2歳年上の男の子がこの排水槽に落ちて溺れ死んでいた。だが、私はこっそりとよく排水槽を覗《のぞ》き込んだ。ゴーゴーと渦巻く凄まじい水の流れが珍しく、水槽の石囲いから身を乗り出して飽きることなく見入っていた。そんな姿を父に見付けられ、散々に叱られたあげく、戒《いまし》めに社宅近くの松の樹に縛り付けられたこともあった。その松も今はない。それでも懲《こ》りることなく、その後も父の目を盗んでは幾度となく排水槽を覗き込みにいった。それが、あることを契機に排水槽に、また、水辺にもまったく近づかなくなった。

あれは5歳の頃だった。発電所の門前で一人で遊んでいると、傍らの道を荷車が馬に引かれて通っていった。その馬車が珍しく、後を追って、とぼとぼ歩いた。ムンムンとする草いきれ、木立の騒がしい蝉の鳴き声を聞きながら、子ども心にもずいぶんと歩いたと思った時、不意に背後から誰かに呼び止められた。振り返ったが、誰もいなく、真夏の昼の陽を浴びて溜め池の水面《みなも》が眩《まばゆ》く輝いていた。…どうしたことか、そのキラキラと輝く池の水面がやたらと気にかかりだし、いつしか足が溜め池へと向かっていた。池の縁はぬかるんで足場が悪かったが、池を覗き込むと、細かな波が煌《きら》めく水面に、私の顔が映っていた。

その顔は奇妙に歪《ゆが》んだ笑いを浮かべ、覗き込む私を見返していた。その顔は確かに自分の顔のようだが、見知らぬ人の顔のようにも見えた。不思議な感じだった。急に体が火照《ほて》りだし、頭がぼんやりすると、手が水面の顔にのびていた。その時、両足がズブズブと泥濘《ぬかるみ》の中へ沈み込んだ。沈むというより、何かに両足を掴《つか》まれ、強引に池の中へと引き摺《ず》り込まれていくようだった。怖かった。だが、逃げようとしても体が強ばり、そのまま得体《えたい》の知れぬ力に身を任せた。すると、何か濡れたものに顔が打ち付けられ、忽《たちま》ちそのものに包み込まれ、喉から耳の奥底へゴボゴボという音が伝わり、頭の後ろ一面に鏡のように水面が広がった。揺らめく水面は陽を浴びてキラキラと輝き、万華鏡《まんげきょう》の中に身を沈めているようで煌めいて美しく、そして、ひどく静かだった。その時、急に体が軽くなり、辺りが真っ暗になるとプッりと意識が消えた。

……しばらくして、突如《とつじょ》、目に火花が飛び散った。光だった。薄目に入り込んだ光は痛いくらいに眩く、ようやく目を開けきると、父と母が心配そうに私を覗き込んでいた。池に浮いていた私を通りかかった中学生が見付けて社宅に運んでくれた。一時、息が止まっていたという。その時以来、排水濟や水辺には一切近づかなくなった。海水浴や学校での水泳実習にも理由をつけて一度も参加しなくなった。水が怖かった。そして、水辺にいる得体の知れぬものが怖かった。私の足を捕まえ、引き摺りこもうとしたのは何だったのだろうか…。真夏の昼下がりに通り魔に出遭ったようで思い起こすだけでも怖じ気だつ。だが、年を重ねるにつれ、水や魔物への怖れは薄らいだが、それとは別に不可解な想いに苛まれるようになった。

カラスの鳴き声で我に返り、排水濟の前から踵《きびす》を返し、あの溜め池の辺りへと歩きだした。歩きながら今朝の夢を思い出していた。すると、祖母のことが思い浮かんだ。祖母は死ぬ数年前から頻《しき》りに夢で死んだ人たちに会ったと話していた。そのことより、祖母が亡くなった時、死は突然に訪れるのではなく、生きている内から次第に死に触れ、やがて死に完全に包み込まれるものだと思うようになった。すると私も……。ようやく溜め池があった辺りに辿り着いた。今はその跡もなく粗末な作業小屋が建っている。ここで私は幼い頃に一度死んでいる…と思うと、あの不可解な想いにまた苛《さいな》まれた。溺れて意識が途切れた後、漆黒の闇の中で私は何かに出会い、諭《さと》され、この世に送り返されて、するべきことを課せられたような気がするのだが、それが何だか未だに分からない。祖母のように死人を夢で見るようになり、死期も迫っているのだろうが、自分のなすべき使命のようなものがまだ分からない。このままでは、あの闇の中で出会ったものに再会した時、どう陳謝すればよいのだろう…。

・月夜の遠吠え

あまりの胸苦しさで目が覚めると、開いた窓から煌々《こうこう》と月の光が射し込んでいた。月の光を浴びながら眠り込んでしまったらしい。寝静まった秋の深夜に見る月は美しさを通り越して恐ろしいほどの凄《すご》みがある。月の光は思いの外、鋭く、無防備に寝ていた私を臆面《おくめん》もなく苛《さいな》んだようだ。まだ胸が重苦しい。枕元を見ると読みかけの詩集がある。詩を読んでいるうちに眠ったらしい。開いたままの頁に目が行く。

ぬすつと犬めが、
くさつた波止場の月に吠えてゐる。
たましひが耳をすますと、
陰気くさい声をして、
黄いろい娘たちが合唱してゐる、
合唱してゐる。

波止場のくらい石垣で。
いつも、
なぜおれはこれなんだ、
犬よ、
青白いふしあはせの犬よ。

萩原朔太郎『月に吠える』の「悲しい月夜」だ。このような詩を読んでいたから月にうなされたのだろう。ベッドから起き上がり、窓辺で改めて月を見る。虫の声も聞こえない。星も見えない。真っ黒な夜空に妙に明るい丸い穴がポッカリと開いている。ブラックホールとは真逆の青白い光を放つ穴だ。その光の穴に思いを馳《は》せていると、ふと中原中也の詩の一編が思い浮かんだ。「一つのメルヘン」だ。

秋の夜は、
はるかの彼方に、
小石ばかりの、河原があって、
それに陽は、さらさらと
さらさらと射しているのでありました。
陽といっても、まるでけいせきで硅石か何かのようで、
非常な個体の粉末のようで、

さればこそ、さらさらと
かすかな音を立ててもいるのでした。

硅石の粉末のような乾いた光、その冷え冷えとした月の光が私の深奥まで入り込み、体の芯《しん》を凍らせたのだろう。この胸苦しさを…。秋の深夜の月の光は心を癒す美しさより、私の何かを狂わせる。

月をラテン語では「ルナ」と呼ぶ。それを語源とする英語の「ルナ」や「ルナシイ」には〈狂気〉の意味がある。また、「ルナティック」は〈精神異常的〉〈狂気的〉の意味を持つ。古代ギリシアでは「セレニ」が月の語源だが、それから発展した「セレニアコス」は〈精神に異常をきたした者〉との意味になる。そして、西洋の伝説では満月の夜になると狼に変身した男が暴れ回るという。古代の西洋人は、月は人を狂わすものと思っていたらしい。月を見て狂おしい気分になるのは私一人だけではないようだ。少しは安心した。だが、月夜には厭《いと》わしい思い出がある。それがトラウマとなって、美しい月夜になると私はいつも気持が千々《ちぢ》に乱れ、狂わしくなる。

あの夜も月の光が煌々と降り注ぐ秋の夜だった。深夜、月の光に誘われてフラフラと下宿近くの深泥ケ池《みどろがいけ》へと出かけた。丸い月が池面に映り、辺りがほんのりと明るく、殺風景な所なのに美しい夢の世界に迷い込んだような気がした。しばらく池端を歩いていると、前方の木の傍らに白いものが立っていた。近づくと、白い着物姿の髪の長い女が顔を伏せていた。悪寒《おかん》が走った。すると、女は顔を上げ、私を見つめた。その女の美しいこと…。と、女はニコリと笑った。再び悪寒が走った。私はその場から逃げだした。どれほど走ったことか…。息が切れ、立ち止まって振り返ると、間近にあの女が髪を振り乱し、美しい顔に妖しげな笑いを浮かべて迫っていた。「お願い。私を連れていって…」と叫んだ。怖気《おぞけ》立ち、再び逃げたが、走っても走っても女は不気味な笑いを浮かべて追ってきた。明け方、ようやく池畔の病院の職員に私と女は保護された。女はその精神科の病院の患者で拘束《こうそく》されていた病棟から抜け出したのだという。満月の夜は取り分け患者が動揺して騒ぐので困るとも言っていた。私は一晩中、狂女に追われて逃げ回っていたことになる。だが、どちらが狂っていたのか分からない。昔の京都での大学時代のことだが、それ以来、月がひどく美しい秋の夜になると、狂女に追われるような気がしてならない。また、極めて美しいものには、極めて怖ろしいものが取り憑《つ》いているようで気味が悪い。

近くで犬が吠えた。あちこちで犬が吠えだした。月に吠えているのか…。すると、月に咆《ほう》哮《こう》する虎の姿が思い浮かんだ。先日読み直した中島敦の「山月記」の虎の姿だ。「山月記」を読んで以来、胸につかえていることがある。あの胸苦しいことが蘇ってきた。

唐代、博学の秀才・李徴《りちょう》は若くして高級官僚となった。だが、役人の身分に満足できず、詩人として名を残そうと思い、辞職して詩作に専念した。しかし、名声は上がらず、再度、地方の小役人となったが、その屈辱的な生活に我慢しきれず、発狂して消息を絶った。翌年のある月夜、旧友の高官、袁傪《えんさん》が公用中に虎に襲われ、その虎が変身した李徴だと知った。李徴は袁傪にこれまでの経緯《けいい》を話し、自作の詩を書き取ってもらい、妻子には自分はもう死んだと伝えてほしいと頼み、月に向かい、二三度、咆哮すると姿を消した。

「山月記」は若い頃の私の感動の書だ。自意識が高まり、その自意識を才能だと思い込み、〈己こそが〉との自惚《うぬぼ》れで周りの人たちを見下し、その一方で過剰なほど高ぶる自意識の重さとその扱いに困り果てていた青春時代を代弁してくれた書だった。青春の自意識と才能は別物だったが、李徴の姿に自分を重ね、自分を認めてくれぬ世の中を恨み、失意を繰り返しながらも世の中に挑み続け、それなりの結果を得て定年退職を迎えた。そして、「山月記」を読み返すと、李徴よりも袁傪に強く心惹《ひ》かれる。才能がありながらも世に認められなく悶々《もんもん》としている者が私の友人にも多くいた。だが、私は彼らの才能を生かす手助けもせず、自分だけで先へと急いだ。自分の事で手一杯《ていっぱい》だったとは言い訳だ。嫉妬《しっと》深く狡猾《こうかつ》で心根《こころね》が狭量だったからだ。知らないうちに私も李徴と同じ人食い虎になっていた。浅ましいことだ。友をいたわり、友と楽しみを共有する度量の広い袁傪になることを怠っていた。悔やんでも悔やみきれない。

月の光はやたらと体を冷やす。ようやく気が付いた。月の光が人を狂わすのではなく、人は月の光で本性をさらけ出され、露わになった自らの本性を冷めた光の中で正視しなければならなくなるからだ。己の真の本性を知った者は狂うしかない。罪深い生だ。まだ犬が吠えている。私もあの月に吠えたくなった。この胸の苦しみを吐き出したくなった。

◆

・忘れ得ぬ光景と本

◆

明治の作家・国木田独歩の短編「忘れ得ぬ人々」の中に「忘れ得ぬ人は必ずしも忘れて叶《かな》うまじき人にあらず」という一文がある。これは〈忘れられない人とは、忘れることができない人のことを言うのではなくて、不思議と心にいつまでも残っている人〉のことを言っているらしい。私の場合〈人〉を〈光景〉と置き換えても、その意味が通じる。

教職に就いている頃、海外研修で中部イタリアの田舎町に滞在した折り、山道に踏み込み、迷ってしまったことがあった。夕方近く異国の見知らぬ山中なので不安は募るばかりだったが、やがて草が生い茂る川縁《かわべり》の湿地に行き当たった。葉群の湿り、微かな水音、その全てが妙に懐かしく、不安に戦《おのの》く私の心を癒してくれた。初めての土地なのに遙か昔に来たことがあるような気がした。すると、唐突に幼い頃のある光景が思い浮かんできた。発電所近くの荒れた湿地を歩いている光景だった。それで心が和み、元の道へ戻ることができた。その時に気が付いたのだが、私には視覚ばかりでなく、嗅覚、聴覚など、五感全てで覚えている「忘れ得ぬ光景」があるらしかった。

幼い頃、電力会社に勤める父の転勤で、私は何度も転校した。イタリアで思い出した光景は、４歳頃の富山市八尾の薄島発電所周辺での光景だった。近くを牛ケ首用水が流れ、横に神通川中州の茫々と草が茂る湿地が広がっていた。そこを父に連れられ鮎釣りに幾度となく通った。神通川上流の山あいの何の変哲もない光景だったが、穏やか山並みや草いきれ・湿った土の臭いと共によく心に残っている。後年、京都での大学時代は比叡山の麓《ふもと》の高野川が流れる山あいの八瀬の地で下宿し、卒業後は、草茫々の枯れた河川敷が広がる岡山市の百間川の堤沿いの社員寮から市内の会社に通った。これらの地に不思議に親しみと落ち着きを覚え、異郷での寂しさを感じなかったのは、おそらく幼い頃に過ごした故郷の光景に似ていたからだろう。

更に一つ。10歳の頃、父の転勤で福野町に移ったが、移住地の周辺が、赤白黄などの彩り鮮やかな段だら染めの幕のようなチューリップ畑だった。その美しさに魅入《みい》られ、畑に毎日訪れたが、ある日、忽然《こつぜん》とチューリップの花が消え、畑中の川に、切り取られた無数のチューリップの花首が雪解け水に流されていた。色取り取りの花で埋まった川の流れが延々と日本海まで続いているようで見惚《みと》れていたが、その一方で美しい花を無惨に切り捨てる大人に疑問が生まれた。その時からだが、盛んに本を読みだし、文芸に淡い憧れを抱《いだ》きはじめた。今でも本を手に取ると、彩り鮮やかな川の流れが思い浮かんでくる。

また、高校３年の夏、薬師岳を早々と登り終え、尾根に横たわって茫然と北アルプスの山々を数時間見つめたことがある。青い空、岩峰の連なり、微動だにせぬ高山の光景が、蝉が鳴きだす頃になるといつも目の前に浮かんでくる。高校の教員となって部活動で毎日走った泊から宮崎までの海沿いの道も忘れられない。陽の光で刻一刻と海の色は変わり、夜になると彼方《かなた》の漆黒の海に漁《いさ》り火が瞬《またた》き、潮の香と共にその美しさは脳裏に焼き付いている。

高校卒業後、富山の鉛色の陰惨な冬空を嫌って故郷を飛び出し、京都、岡山、東京を経て再び富山に戻ってきた。あれほど嫌った故郷に何故戻ったのだろうか。それは異郷で悲しみに打ち沈んだ時、何度もデジャ・ビュ（既視感）のような懐かしい光景に出会い、それに救われたからだ。人は誰でも胸内に「忘れ得ぬ光景」を持っている。暮らしている中で五感の全てで覚え込み、記憶の奥底まで染み込んだ自分史に関わる故郷の光景、その「忘れ得ぬ光景」が明日への生を支え、安らぎと希望を与えてくれる。そして、自然の豊かさは「忘れ得ぬ光景」を良質にし、更に新たな光景を創り出してくれる。富山の豊かな自然の中に生まれて私は本当に幸せだった。

※

「三つ子の魂、百までも」という諺がある。幼い頃の体験等が後々の人生にまで深く関わるということのようだが、それは読む本の傾向にも言えるらしい。

幼い頃、私は体が弱く、外で遊ぶより家で祖父母から昔話や伝説を聞いたり、中庭で虫を観察したりするのが好きだった。そのせいか、昔話や伝説の中の不思議な話や神通力に興味が募り、小学生の頃は世界や日本の昔話や伝説集を読み漁り、中・高校生では小泉八雲の「怪談・奇談」、上田秋成の「雨月物語」に夢中になり「今昔物語」「聊斎志異《りようさいしい》」へと続き、江戸川乱歩や横溝正史の探偵小説、それに西洋の怪奇幻想小説などを数限りなく乱読した。大学では全国の山間部の村々を巡り歩いて昔話や伝説を採録し、中世の「神道集」を卒論とし、その後も上田秋成や鶴屋南北の「東海道四谷怪談」の研究を続けた。また、神通力〈不思議で強い力〉への憧れも強く、中学では柔道部に入り、富田常雄の「姿三四郎」などの柔道小説や中山義秀、吉川英治の剣豪小説にのめり込み、それが縁で司馬遼太郎や子母沢寛に惹かれ「燃えよ剣」や「新撰組始末記」に酔い痴れ、新撰組に入る気分で京都の大学へ文学と武道修行のつもりで赴き、創作と少林寺拳法に熱中した。国文科を卒業したが、物足りなく司馬文学に引き摺《ず》られて東京の大学の国史科に学士入学し、中世の南北朝史で卒業はしたものの、まだ物足りなく勤めてからも大学院に通った。

また、虫の観察から高じて幼い頃の愛読書が「ファーブル昆虫記」で、それを片手に小・中学生の頃は昆虫採集に夢中になり、北杜夫の「マンボウ昆虫記」「マンボウ青春記」等を読み漁り、虫から山に興味が移り、井上靖の「氷壁」に胸打たれ、新田次郎の山岳小説を貪り読み、20代の夏は彼の小説舞台の北アルプスの主な山の頂に立っていた。「貴方の青春は」と尋ねられたら即座に「本と山と拳法」と答えられるが、全ては本の感動を直ぐに行動に移しただけで、いかにも単純で短絡的な青春だったような気がする。だが、私にはもう一つ、珠玉《しゆぎよく》の作家たちがいる。幼い頃に体が弱かったせいか、同じような匂いを感じれる作家たちだ。芥川龍之介、立原道造、堀辰雄、そして、福永武彦、中村真一郎らである。それに私の場合は、三島由起夫と辻邦生が加わる。堀の「風立ちぬ」は高校生の私の心を昂《たか》ぶらせ、三島の「金閣寺」では目が眩《くら》み、大学の時は彼の「仮面の告白」から脱するのに苦労した。それを癒したのが福永武彦の一連の小説で、企業に勤めた私を文学の世界へ修正してくれたのが辻邦生の「嵯峨野明月記」だった。この本で会社勤めを辞めて教職に就いた。外国では、プーシキン、デケンズ、スタンダール、マルロー、レマルク、ミチェルが私の胸内で輝く作家たちで、若い日、全ての翻訳を読もうと古本屋を尋ね歩いた。読むことの面白さはこれらの作家から教わったような気がする。教職に就いてから再び大学院に通い、泉鏡花の研究と心理学にも興味があったので死生学も学び、文学と人間学の修士は得たものの、特定のものを深めていくのに堅苦しさを感じ、色んな本を読んで楽しみたいので研究者への道から遠退いた。自由に色んな本を読んでいるのが一番楽しい。

私は今までに多くの作家と作中人物に会ってきた。そして、現在も会っている。こんな楽しい出会いはない。私は友人も少ないし、人付き合いも上手い方ではないが、寂しいと思ったことはない。本によって私の内に沢山の友人たちがいるからだ。本がある限り人生は最高で楽しく、そして、豊かな生を味わえる。本は生きるに最良の伴侶である。

おわりに

県内各所を巡り歩き、民俗、伝説、歴史を通して改めてその土地を見つめ直すと、目前の何の変哲もない土地が急に輝き出し、血の通った活き活きとした表情でこれまでの様々な人々の営みを物語ってくれる。土地は過去から現在、そして未来にかけて今なお確実に人々と共に息づき、その土地ならではの文化を育んでいる。それを実感すると、その土地ゆかりの文学作品が机上での読書世界から血肉分けた分身の物語として蘇り、熱い想いで胸が満たされる。この3年半あまりのフィールドワークで郷土の文学、歴史の醍醐味を大いに満喫した。だが、残念なことに、当初、文学作品と郷土史とが程よく調和した形で、特に歴史・伝説等を加味することで文学作品の奥行きを深めるつもりだったが、文学、歴史それぞれに偏ったきらいがあり、今後の課題として研鑽を深めていくつもりである。

読み返すつど、その時々のことがまざまざと思い浮かび、書き足らなかった悔やみと我ながらよく巡りまわったものと驚き、このような場を与えてくださった方々に感謝の念が込み上げてくる。本書「ぶらり・富山の歴史と文学」では、「ぶらり　つれづれ」の新聞連載で朝日新聞社富山総局長の野中一郎氏、当時の富山総局長の中川恒氏や駒井匠氏には様々な面でお世話になり、また、「つれづれ・文学雑感」では北陸中日新聞社の澤井秀和氏、中島健二氏、それに『雷鳥』編集部の方々、「とやま幻想」では文芸誌『弦』の吉野光男氏にお世話になり、深く感謝する。更に出版にあたっては桂書房代表の勝山敏一氏にもお世話になり、感謝する。そして、様々な形でご支援いただいた畏友・前田和良氏には深く感謝する。そして、県内取材中、同行し、様々な形で手助けしてくれた妻・清恵にもこの場を借りて深く感謝する。

令和五年二月

立野　幸雄

立野幸雄《たてのゆきお》　プロフィール

昭和25年（1950）　富山県富山市生まれ。
立命館大学文学部（日文）・慶應大学文学部（国史）卒業。
〈定年退職後〉
仏教大学大学院国文研究科修了（文学修士）。
武蔵野大学人間科学部（心理）卒業・同大学院人間社会研究科修了（人間学修士）。

民間企業勤務の後、県立高校教員、県教育委員会生涯学習室社会教育主事、富山県民カレッジ学習専門員、県警察本部警務部及び県警察学校管理官、県立八尾高校長、県立図書館長、富山国際大学非常勤講師を兼務し、平成23年に退職。富山県民カレッジ勤務を経て、射水市大島絵本館長（公益財団射水市絵本文化振興財団専務理事）・全国絵本ミュージュアム協議会長を歴任する。

これまでの主な活動歴は
・全国公共図書館協議会理事・富山県図書館長会会長・富山県ふるさと文学館開設準備委員・富山ふるさと文学資料選定評価委員・富山県文化審議会委員・高志の国文学館運営委員・富山県子ども読書活動推進委員会会長

受賞は
・とやま文学賞・富山新聞文化賞・北日本掌編小説賞
・令和元年度富山県学校教育功労者表彰

著書は
・『富山文学探訪』（桂書房）・『越中文学の情景』（桂書房）
・『とやま駅物語』（富山新聞社）
・『ケセラセラ、見上げれば青い空』『ラブ・アップル　夏の匂い』『ウルビーノ・風の声』『雨夜の花火』『三人法師　雨宿りの懺悔』『レモンの残り香』（いずれもアマゾン　ペーパーバック）など。

富山の文学・歴史散策

二〇二三年一二月二〇日

定　価　二、〇〇〇円＋税
著　者　立野幸雄
発行者　勝山敏一
発行所　桂書房
〒九三〇-〇一〇三
富山市北代三六八三-一一
電　話＝〇七六-四三四-四六〇〇
ＦＡＸ＝〇七六-四三四-四六一七

印　刷　株式会社すがの印刷

地方・小出版流通センター扱い

＊造本には十分注意しておりますが、万一、落丁、乱丁などの不良品がありましたら送料当社負担でお取替えいたします。

ISBN：978-4-86627-145-3